Received On

D0642372

ANGELITOS

NO LONGER PROPERTY OF
SEATTLE PUBLIC LIBRARY

© Ilan Stavans and Santiago Cohen, 2018.

To
Alejandro García Durán de Lara (1935-1999)
and to all the homeless children in Mexico City.

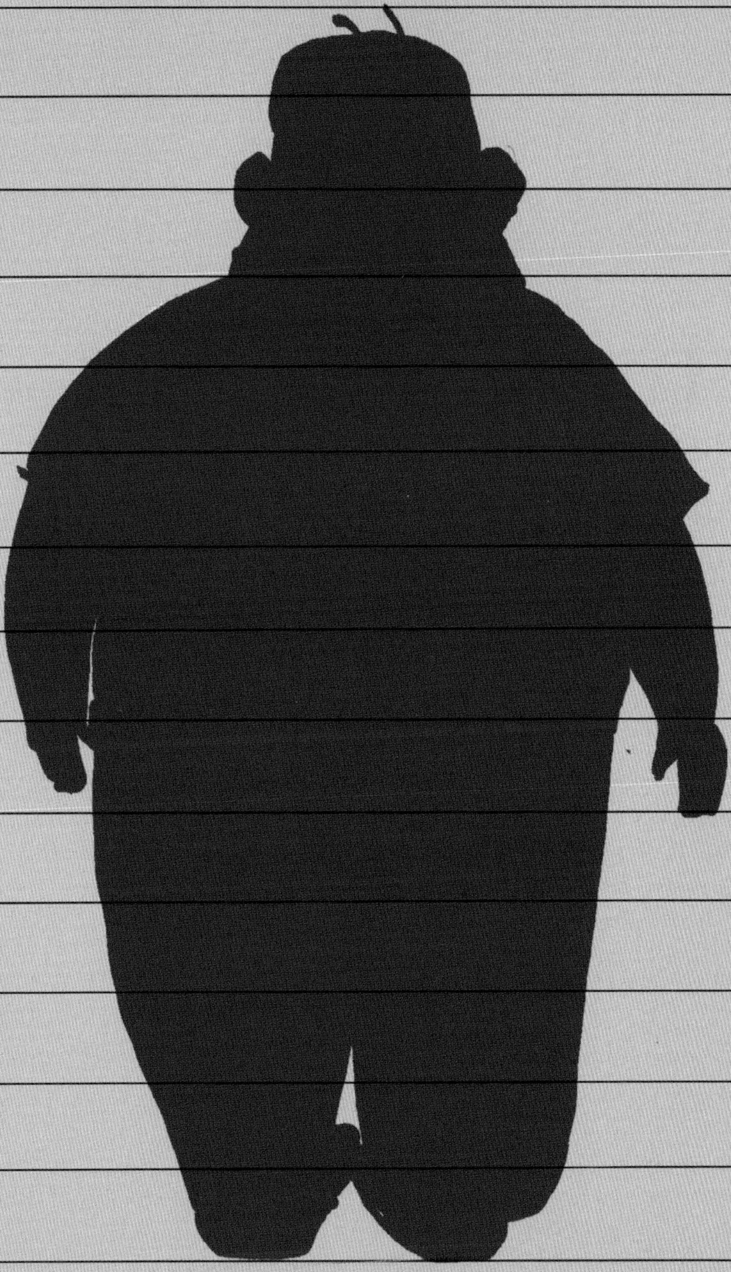

Copyright © 2018 by The Ohio State University.

All rights reserved.

Mad Creek Books, an imprint of The Ohio State University Press.

PRINTED IN SOUTH KOREA

Library of Congress Cataloging-in-Publication Data

Names: Stavans, Ilan, author. | Cohen, Santiago, author, illustrator.

Title: Angelitos : a graphic novel / Ilan Stavans, Santiago Cohen.

Other titles: Latinographix: The Ohio State Latinx comics series.

Description: Columbus : Mad Creek Books, an imprint of The Ohio State University Press,
     [2018] | Series: Latinographix: The Ohio State Latinx comics series

Identifiers: LCCN 2017041337 | ISBN 9780814254592 (pbk. ; alk. paper) | ISBN 0814254594
     (pbk. ; alk. paper)

Subjects: LCSH: García Durán, Alejandro—Comic books, strips, etc. | Church work with poor
     children—Mexico—Comic books, strips, etc. | Church work with the homeless—Mexico—
     Comic books, strips, etc. | Child sexual abuse—Mexico—Comic books, strips, etc.

Classification: LCC PN6727.S677 A83 2018 | DDC 741.5/973—dc23

LC record available at https://lccn.loc.gov/2017041337

Cover design by Amanda Weiss

Type set in Sydfonts, Action Man, and Frutiger

♾ The paper used in this publication meets the minimum requirements of the American
National Standard for Information Sciences—Permanence of Paper for Printed Library
Materials. ANSI Z39.48-1992.

9 8 7 6 5 4 3 2 1

ÁNGELITOS
A GRAPHIC NOVEL

ILAN STAVANS
SANTIAGO COHEN

MAD CREEK BOOKS, AN IMPRINT OF
The Ohio State University Press
Columbus

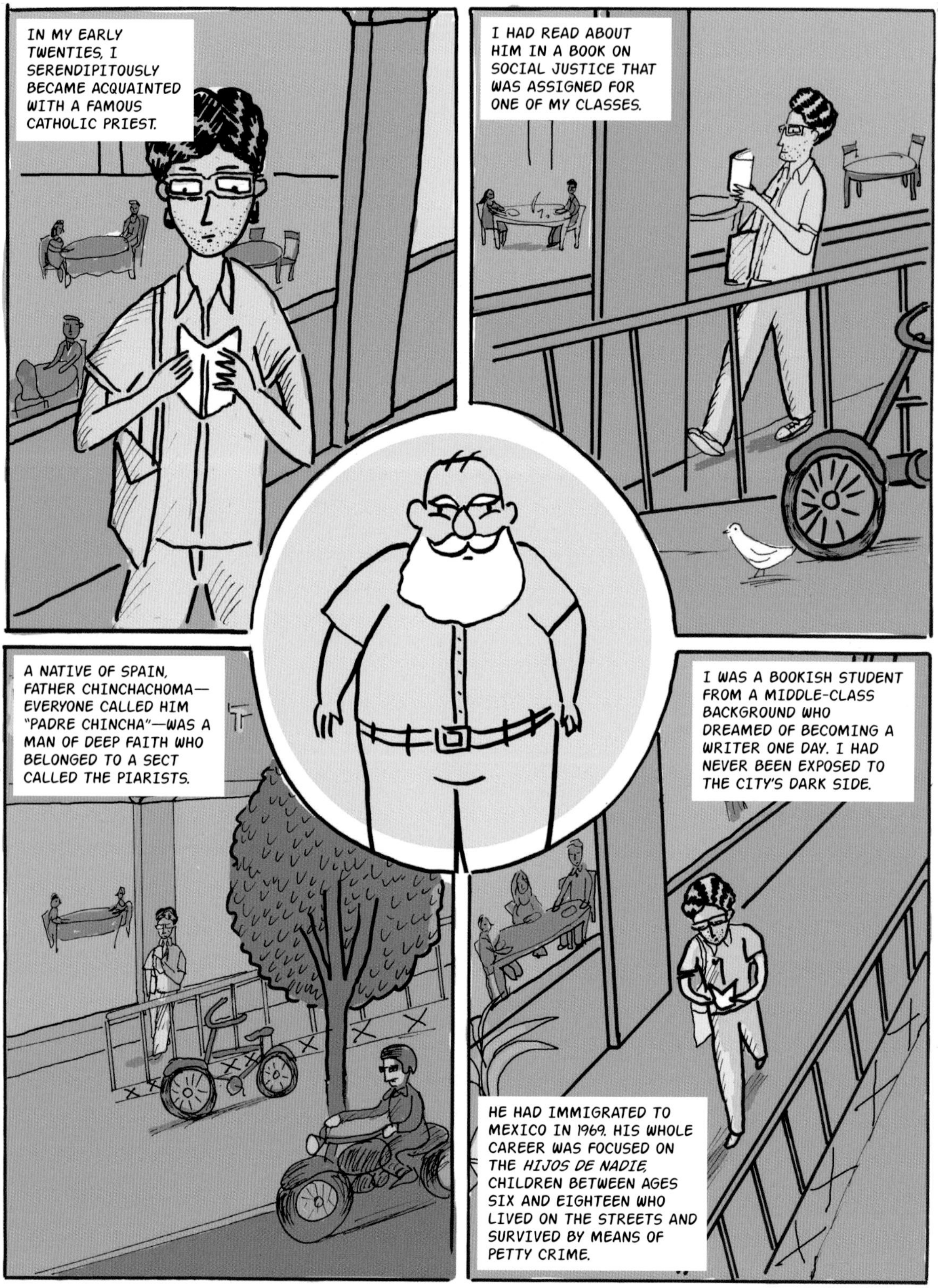
IN MY EARLY TWENTIES, I SERENDIPITOUSLY BECAME ACQUAINTED WITH A FAMOUS CATHOLIC PRIEST.
I HAD READ ABOUT HIM IN A BOOK ON SOCIAL JUSTICE THAT WAS ASSIGNED FOR ONE OF MY CLASSES.
A NATIVE OF SPAIN, FATHER CHINCHACHOMA—EVERYONE CALLED HIM "PADRE CHINCHA"—WAS A MAN OF DEEP FAITH WHO BELONGED TO A SECT CALLED THE PIARISTS.
I WAS A BOOKISH STUDENT FROM A MIDDLE-CLASS BACKGROUND WHO DREAMED OF BECOMING A WRITER ONE DAY. I HAD NEVER BEEN EXPOSED TO THE CITY'S DARK SIDE.
HE HAD IMMIGRATED TO MEXICO IN 1969. HIS WHOLE CAREER WAS FOCUSED ON THE *HIJOS DE NADIE*, CHILDREN BETWEEN AGES SIX AND EIGHTEEN WHO LIVED ON THE STREETS AND SURVIVED BY MEANS OF PETTY CRIME.

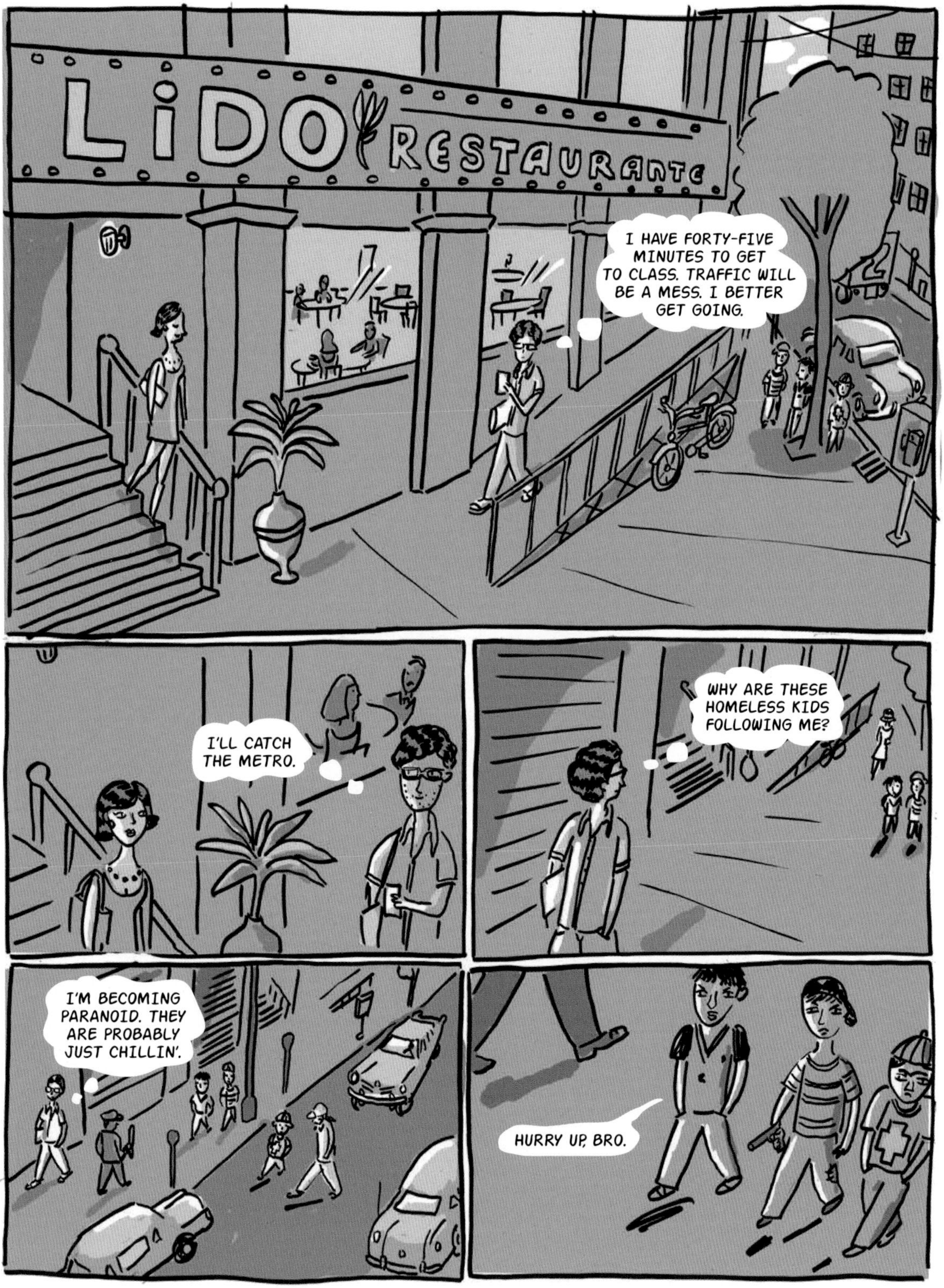
LiDO RESTAURANTE
I HAVE FORTY-FIVE MINUTES TO GET TO CLASS. TRAFFIC WILL BE A MESS. I BETTER GET GOING.
I'LL CATCH THE METRO.
WHY ARE THESE HOMELESS KIDS FOLLOWING ME?
I'M BECOMING PARANOID. THEY ARE PROBABLY JUST CHILLIN'.
HURRY UP, BRO.

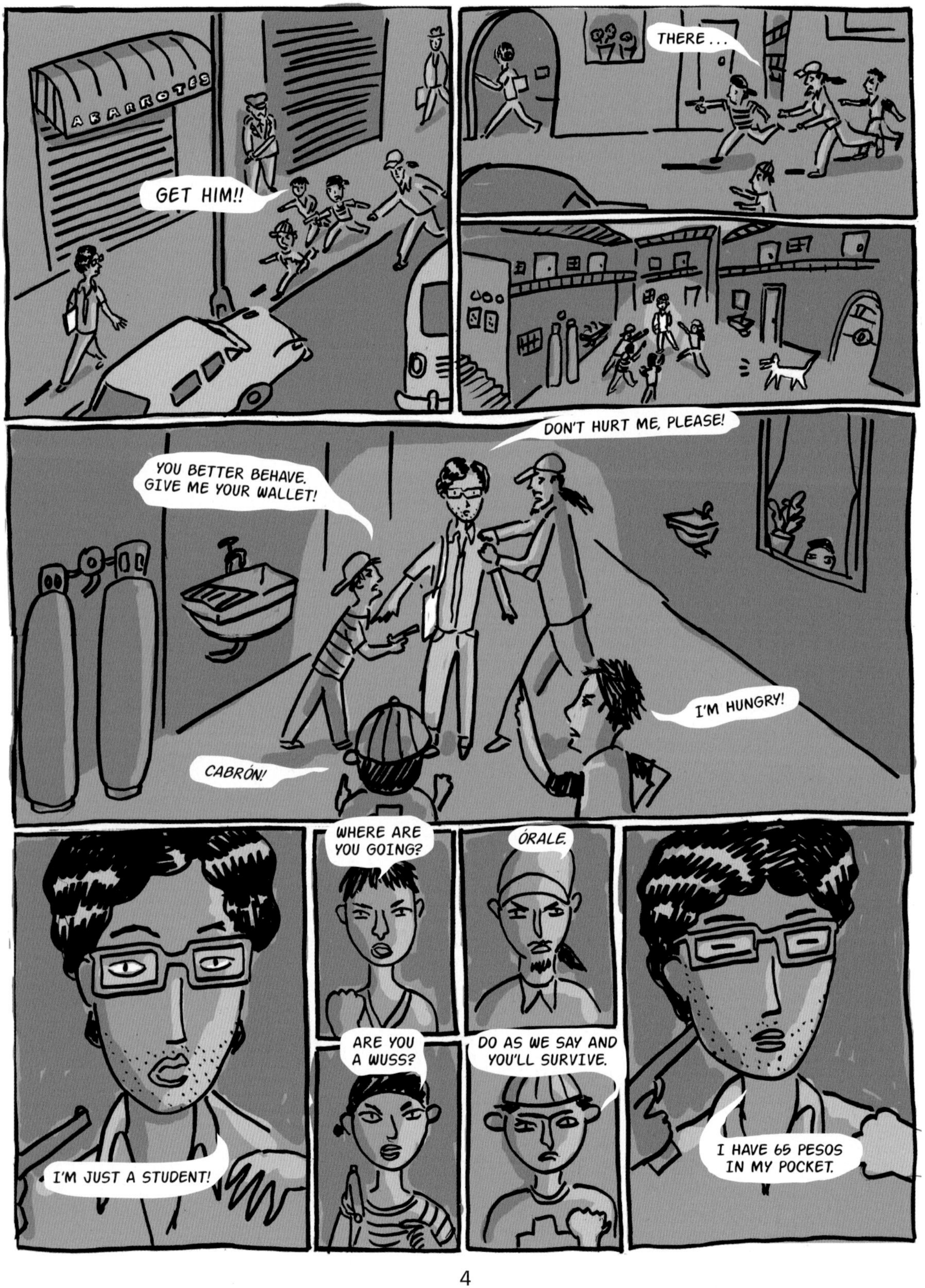
ABARROTES
GET HIM!!
THERE . . .
DON'T HURT ME, PLEASE!
YOU BETTER BEHAVE. GIVE ME YOUR WALLET!
I'M HUNGRY!
CABRÓN!
WHERE ARE YOU GOING?
ÓRALE.
ARE YOU A WUSS?
DO AS WE SAY AND YOU'LL SURVIVE.
I'M JUST A STUDENT!
I HAVE 65 PESOS IN MY POCKET.

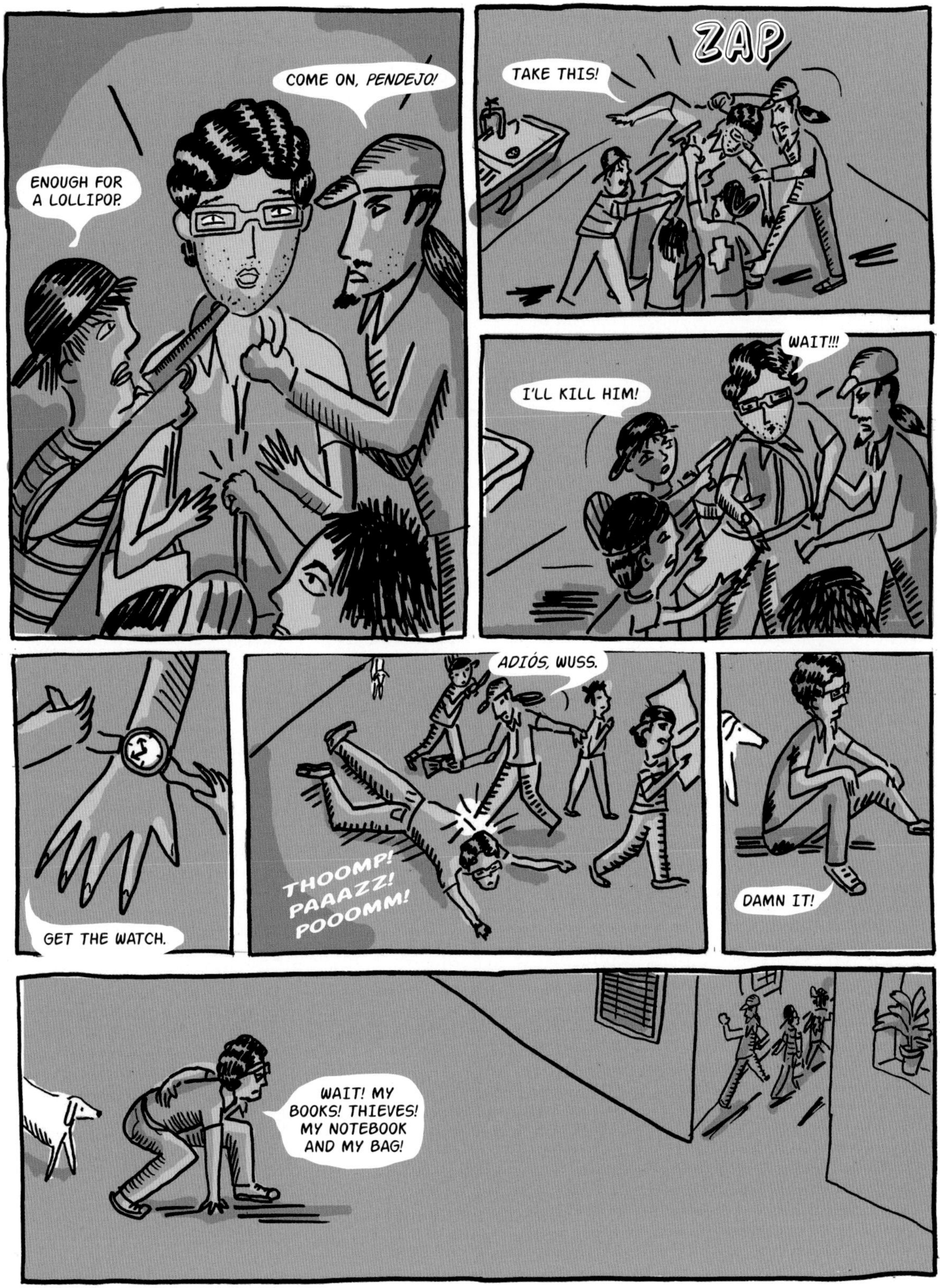
ENOUGH FOR A LOLLIPOP.
COME ON, *PENDEJO!*
TAKE THIS!
ZAP
WAIT!!!
I'LL KILL HIM!
GET THE WATCH.
ADIÓS, WUSS.
THOOMP! PAAAZZ! POOOMM!
DAMN IT!
WAIT! MY BOOKS! THIEVES! MY NOTEBOOK AND MY BAG!

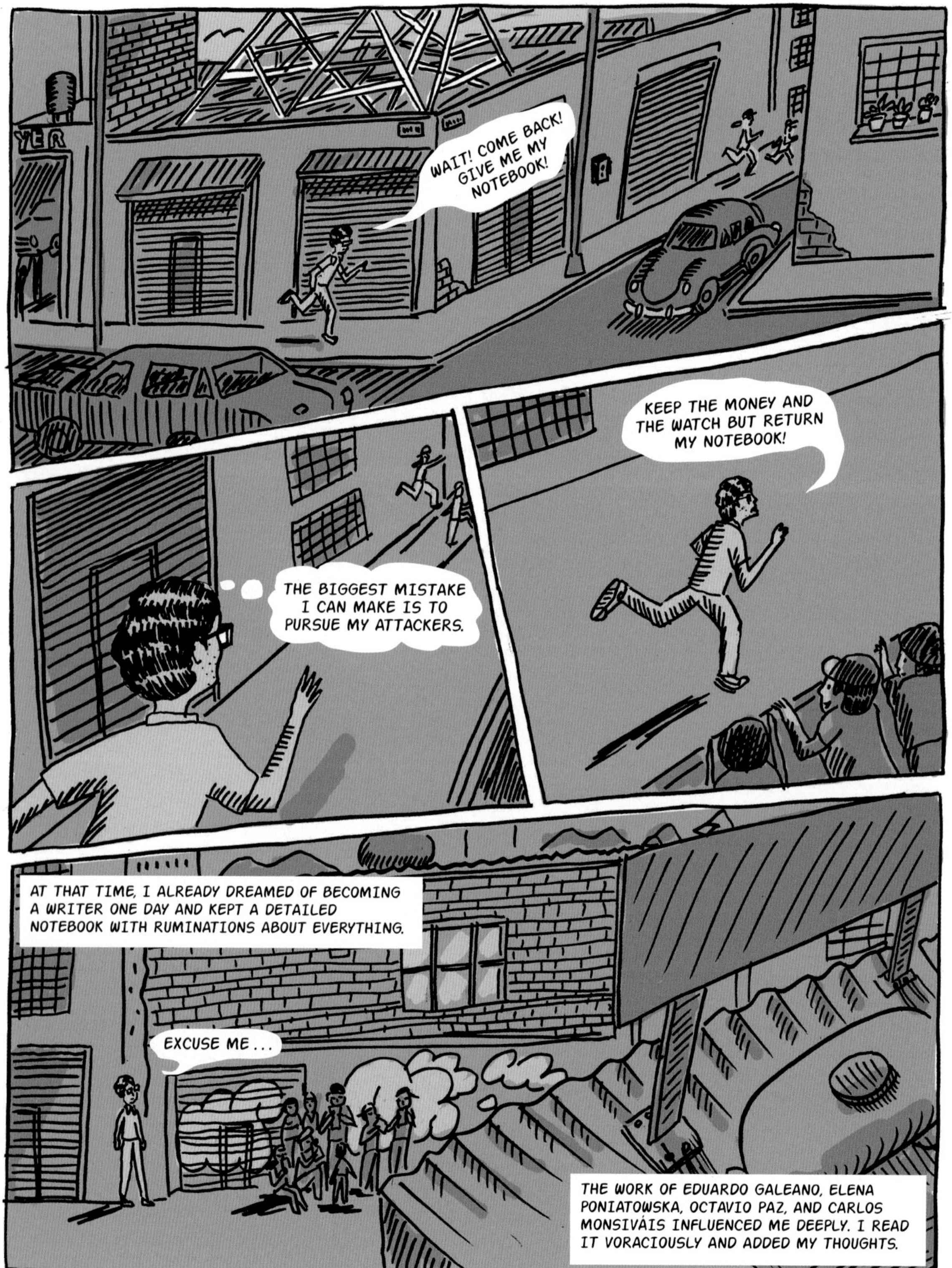
WAIT! COME BACK! GIVE ME MY NOTEBOOK!
THE BIGGEST MISTAKE I CAN MAKE IS TO PURSUE MY ATTACKERS.
KEEP THE MONEY AND THE WATCH BUT RETURN MY NOTEBOOK!
AT THAT TIME, I ALREADY DREAMED OF BECOMING A WRITER ONE DAY AND KEPT A DETAILED NOTEBOOK WITH RUMINATIONS ABOUT EVERYTHING.
EXCUSE ME . . .
THE WORK OF EDUARDO GALEANO, ELENA PONIATOWSKA, OCTAVIO PAZ, AND CARLOS MONSIVÁIS INFLUENCED ME DEEPLY. I READ IT VORACIOUSLY AND ADDED MY THOUGHTS.

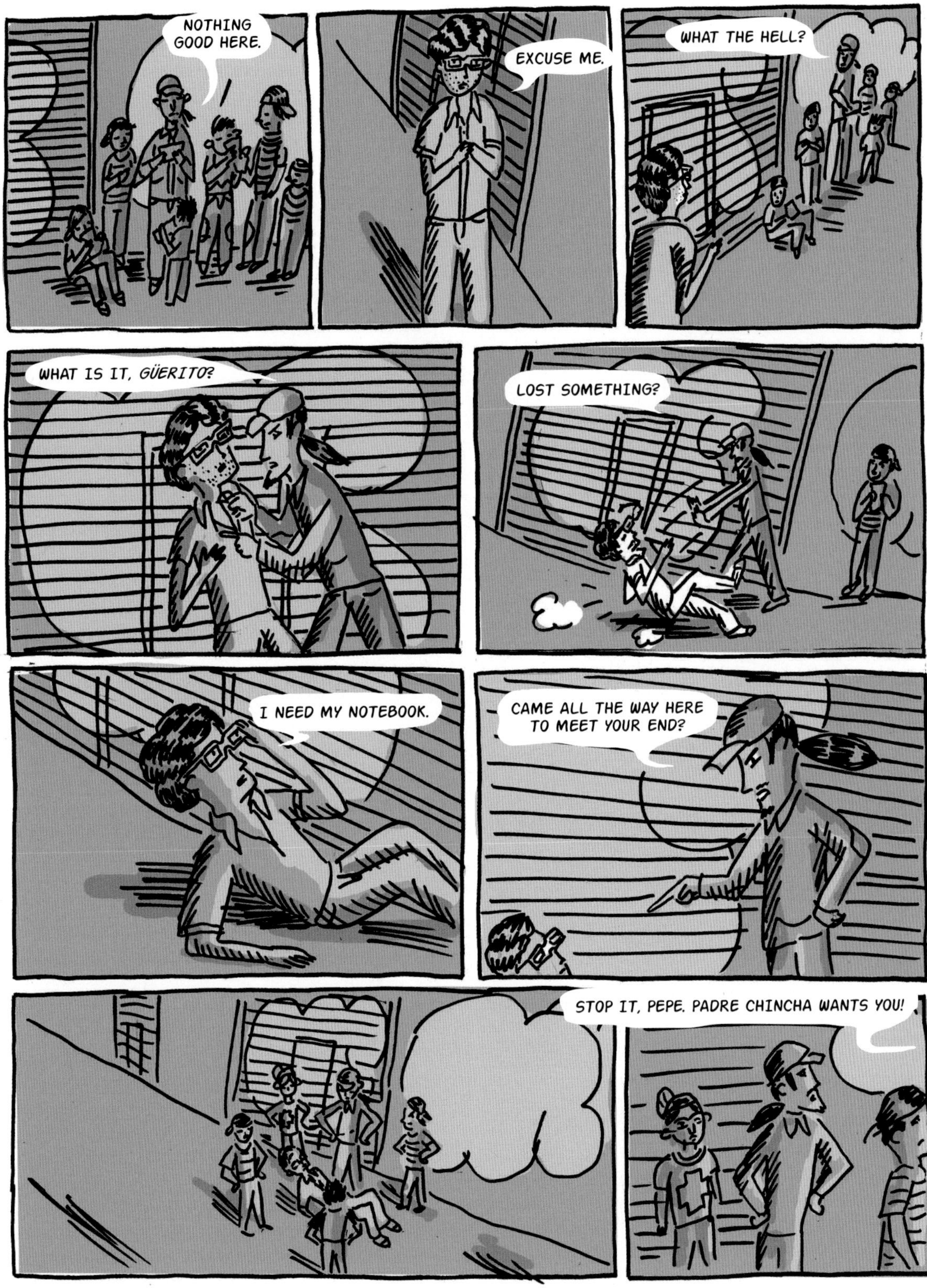
NOTHING GOOD HERE.
EXCUSE ME.
WHAT THE HELL?
WHAT IS IT, *GÜERITO*?
LOST SOMETHING?
I NEED MY NOTEBOOK.
CAME ALL THE WAY HERE TO MEET YOUR END?
STOP IT, PEPE. PADRE CHINCHA WANTS YOU!

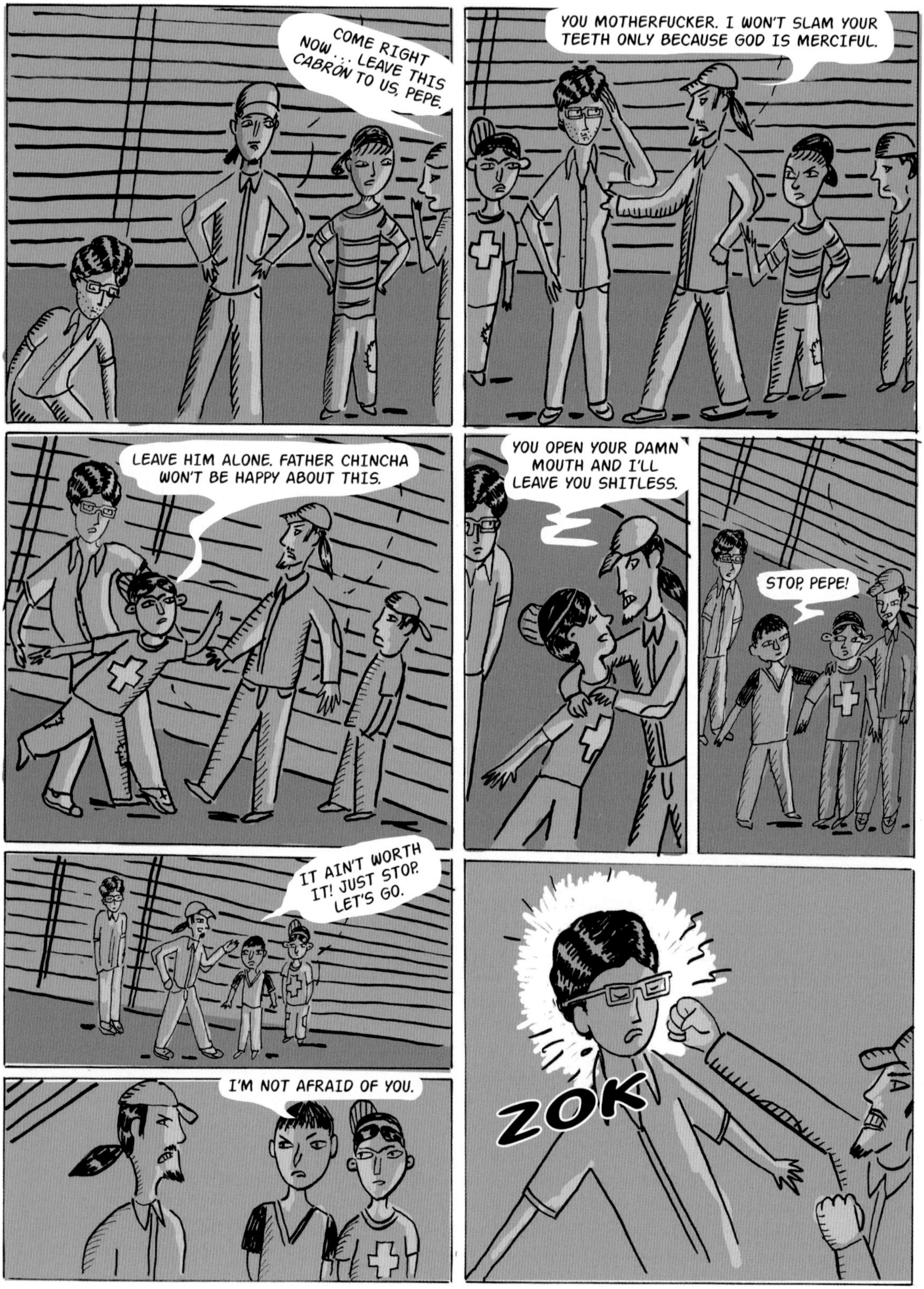
COME RIGHT NOW . . . LEAVE THIS CABRÓN TO US, PEPE.
YOU MOTHERFUCKER. I WON'T SLAM YOUR TEETH ONLY BECAUSE GOD IS MERCIFUL.
LEAVE HIM ALONE. FATHER CHINCHA WON'T BE HAPPY ABOUT THIS.
YOU OPEN YOUR DAMN MOUTH AND I'LL LEAVE YOU SHITLESS.
STOP, PEPE!
IT AIN'T WORTH IT! JUST STOP. LET'S GO.
I'M NOT AFRAID OF YOU.
ZOK

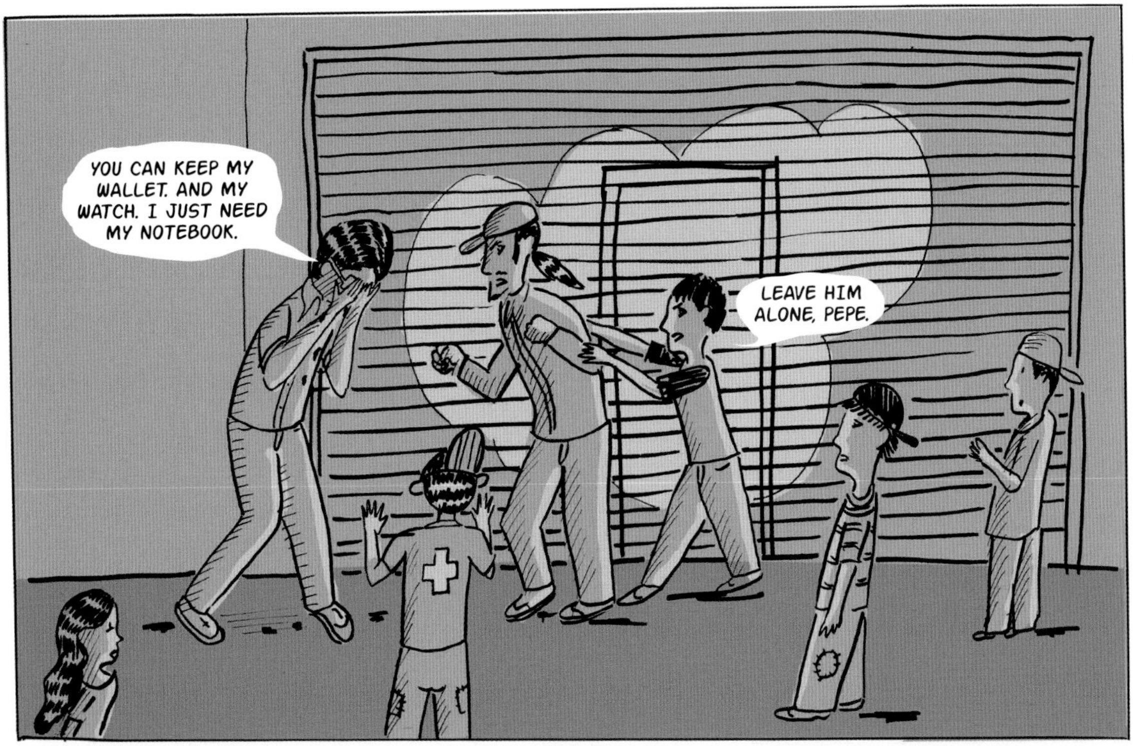
YOU CAN KEEP MY WALLET. AND MY WATCH. I JUST NEED MY NOTEBOOK.
LEAVE HIM ALONE, PEPE.

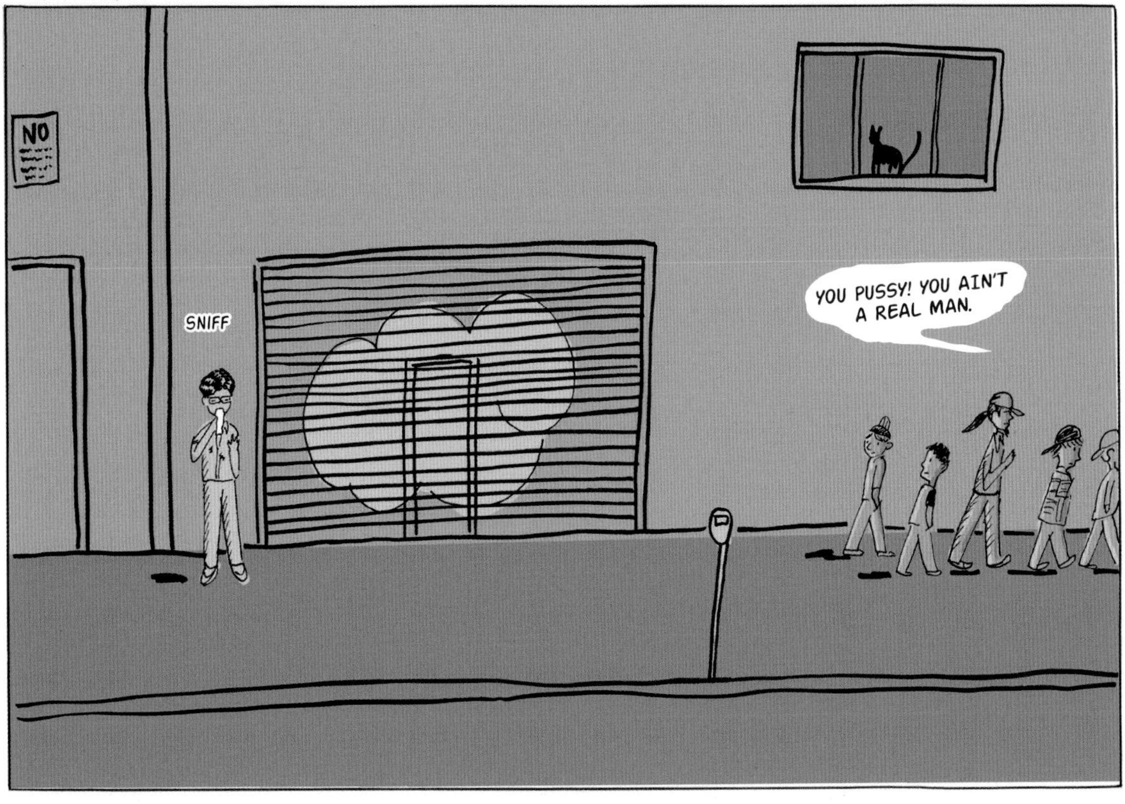
NO
SNIFF
YOU PUSSY! YOU AIN'T A REAL MAN.

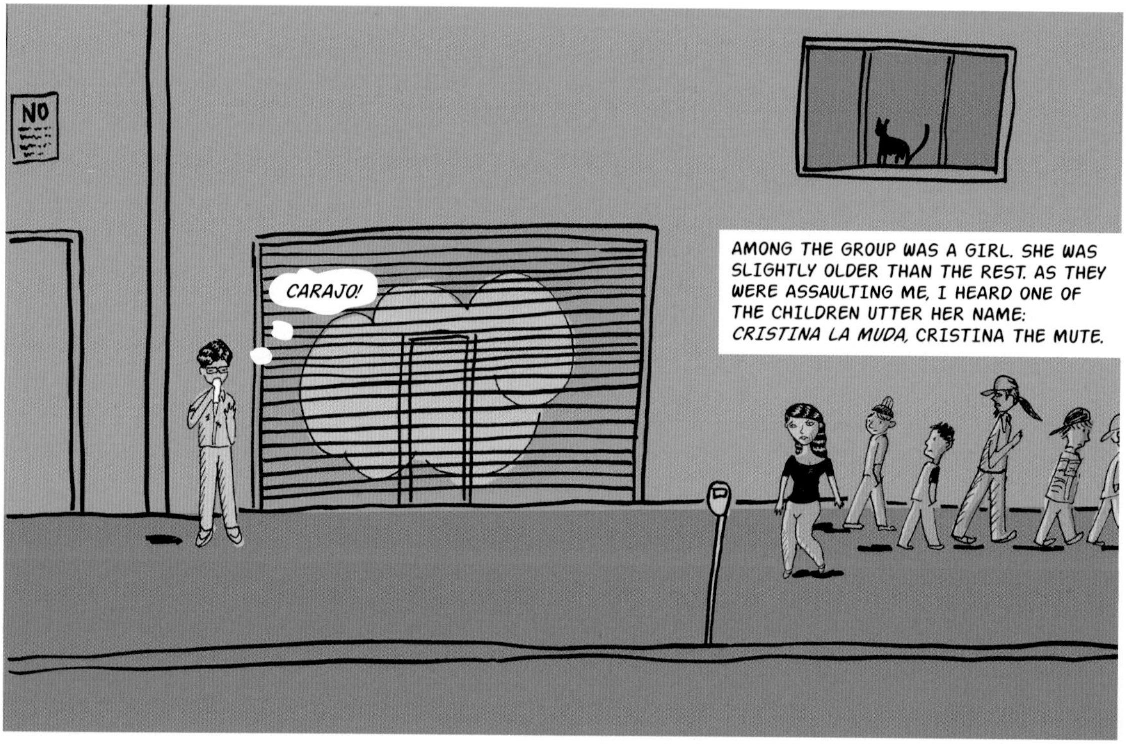
NO
CARAJO!
AMONG THE GROUP WAS A GIRL. SHE WAS SLIGHTLY OLDER THAN THE REST. AS THEY WERE ASSAULTING ME, I HEARD ONE OF THE CHILDREN UTTER HER NAME: *CRISTINA LA MUDA*, CRISTINA THE MUTE.

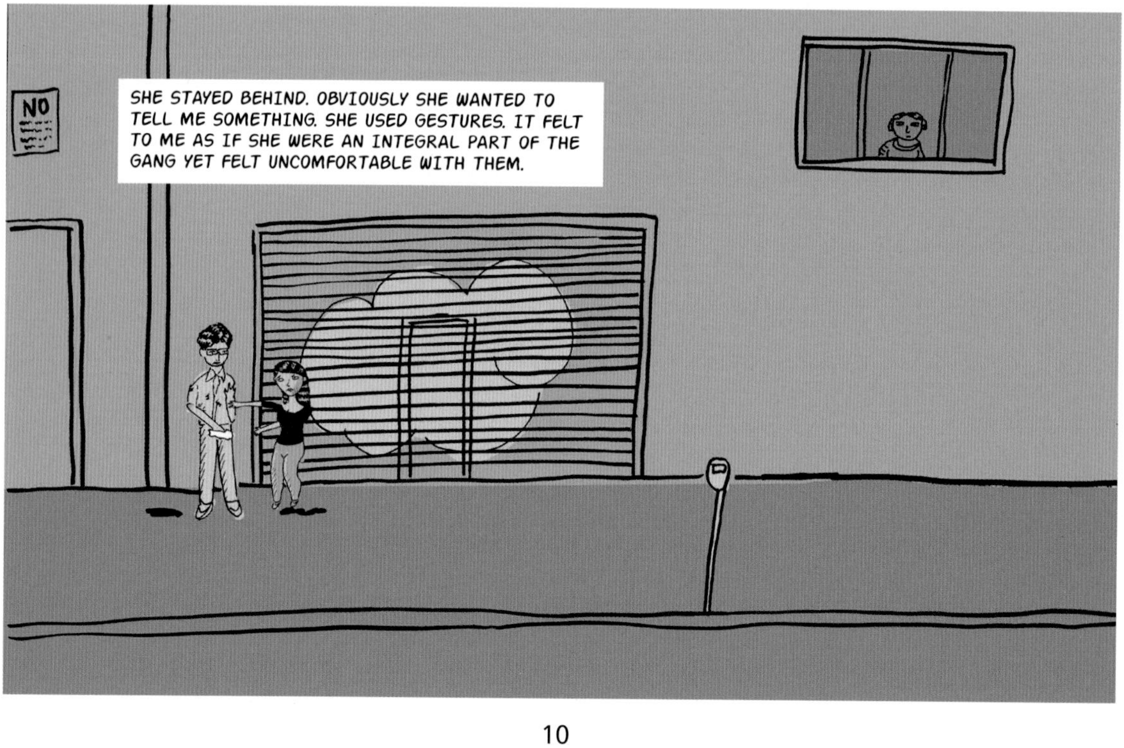
NO
SHE STAYED BEHIND. OBVIOUSLY SHE WANTED TO TELL ME SOMETHING. SHE USED GESTURES. IT FELT TO ME AS IF SHE WERE AN INTEGRAL PART OF THE GANG YET FELT UNCOMFORTABLE WITH THEM.

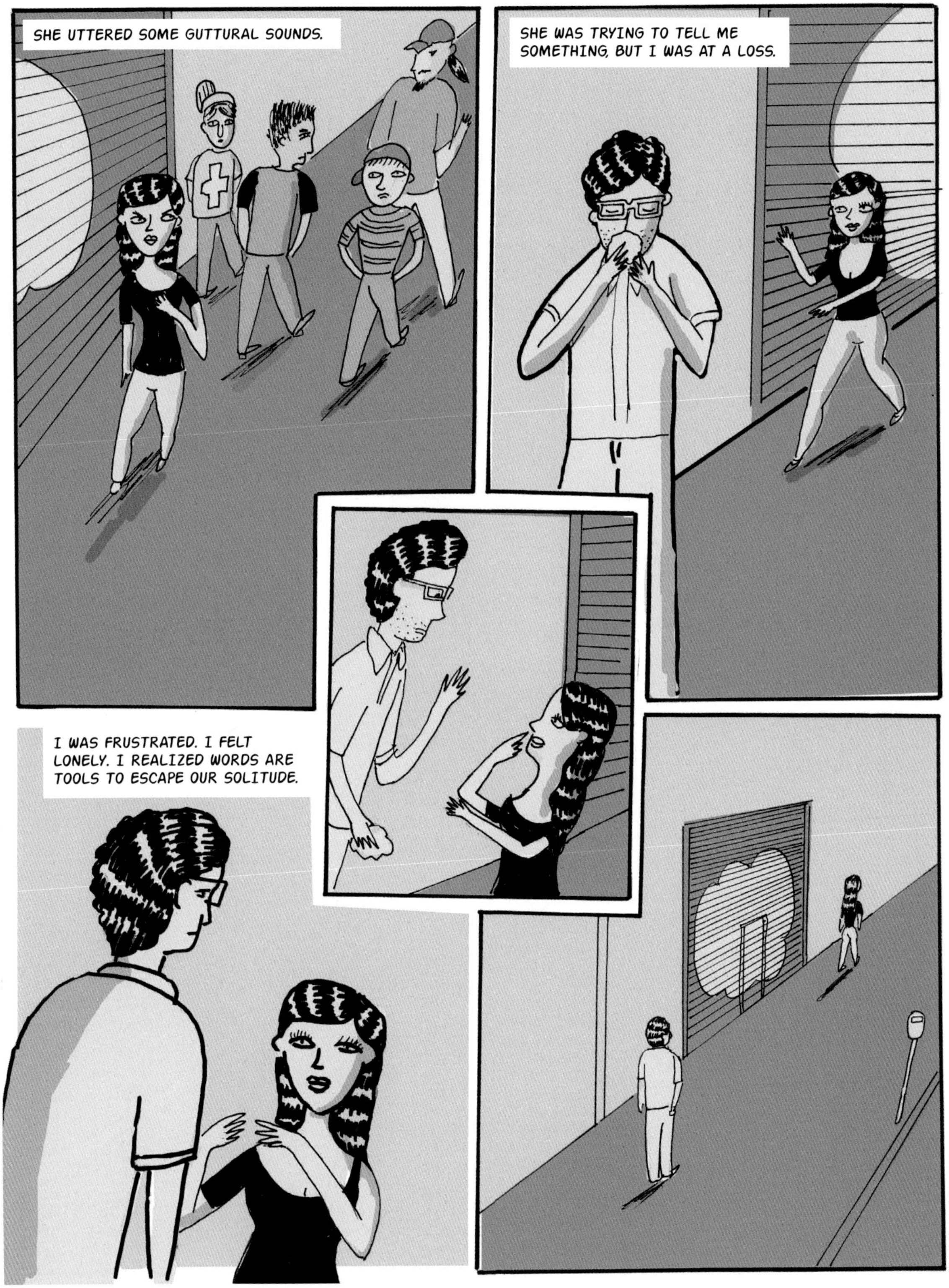
SHE UTTERED SOME GUTTURAL SOUNDS.
SHE WAS TRYING TO TELL ME SOMETHING, BUT I WAS AT A LOSS.
I WAS FRUSTRATED. I FELT LONELY. I REALIZED WORDS ARE TOOLS TO ESCAPE OUR SOLITUDE.

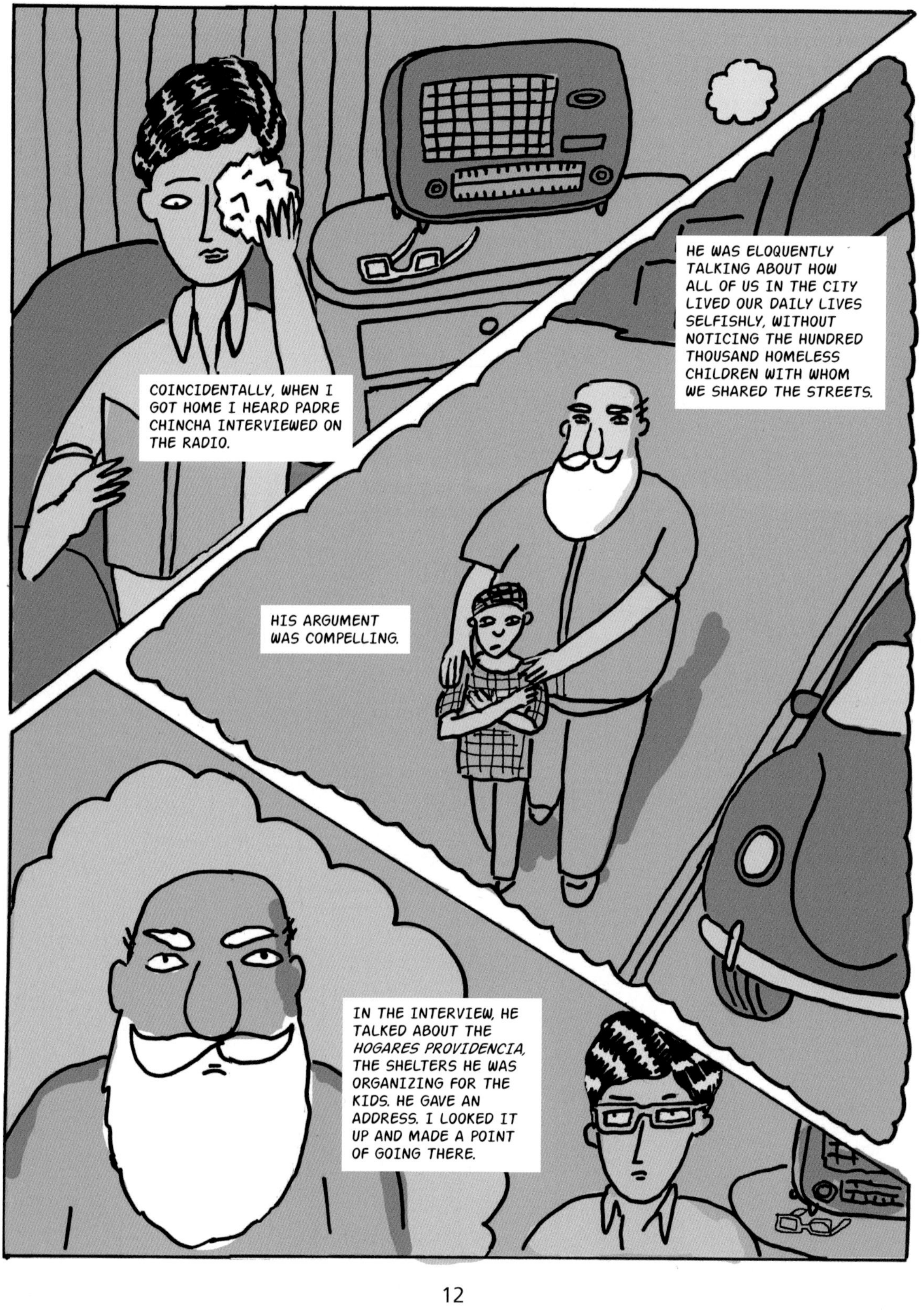
COINCIDENTALLY, WHEN I GOT HOME I HEARD PADRE CHINCHA INTERVIEWED ON THE RADIO.
HE WAS ELOQUENTLY TALKING ABOUT HOW ALL OF US IN THE CITY LIVED OUR DAILY LIVES SELFISHLY, WITHOUT NOTICING THE HUNDRED THOUSAND HOMELESS CHILDREN WITH WHOM WE SHARED THE STREETS.
HIS ARGUMENT WAS COMPELLING.
IN THE INTERVIEW, HE TALKED ABOUT THE *HOGARES PROVIDENCIA*, THE SHELTERS HE WAS ORGANIZING FOR THE KIDS. HE GAVE AN ADDRESS. I LOOKED IT UP AND MADE A POINT OF GOING THERE.

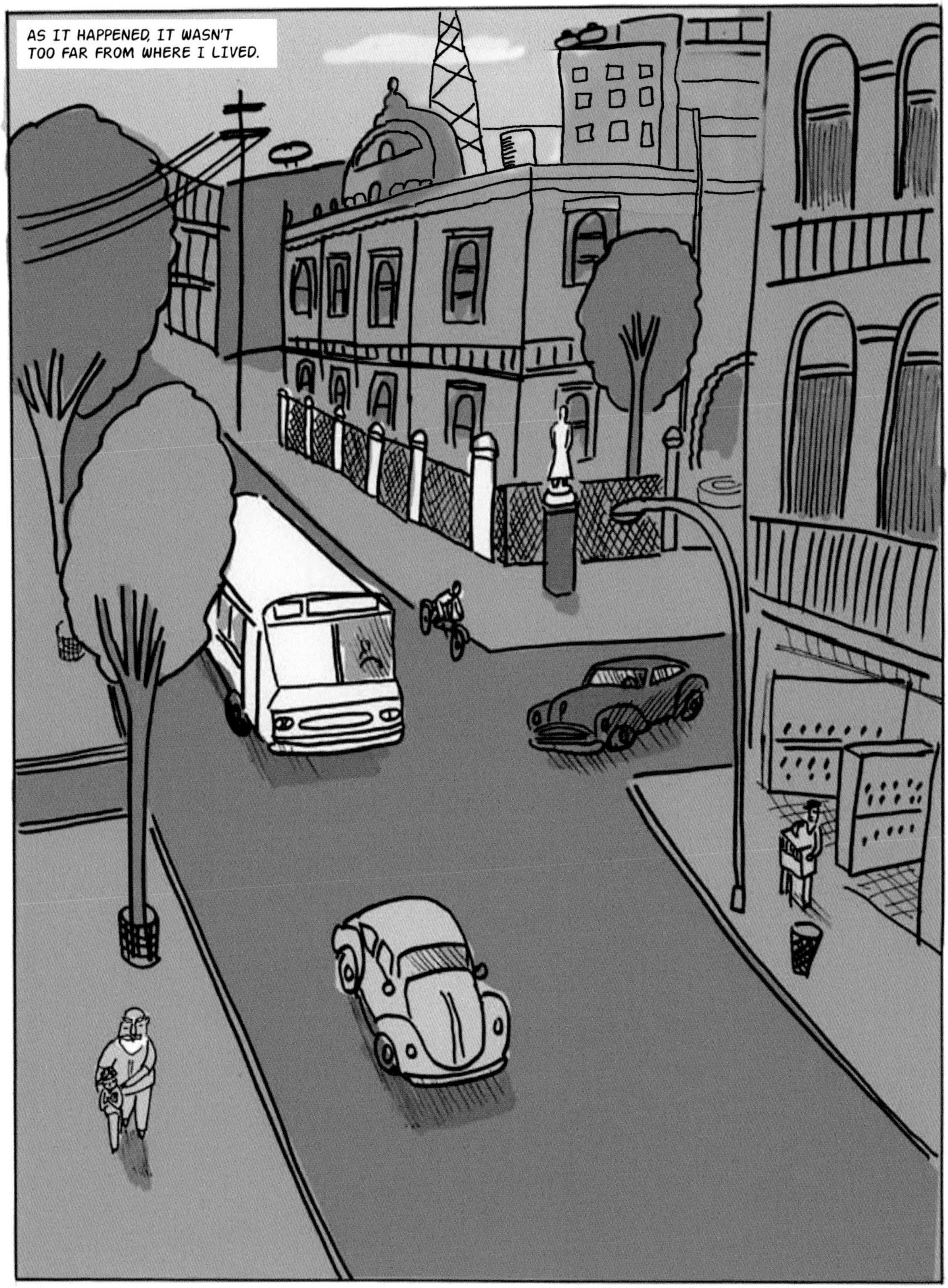
AS IT HAPPENED, IT WASN'T TOO FAR FROM WHERE I LIVED.

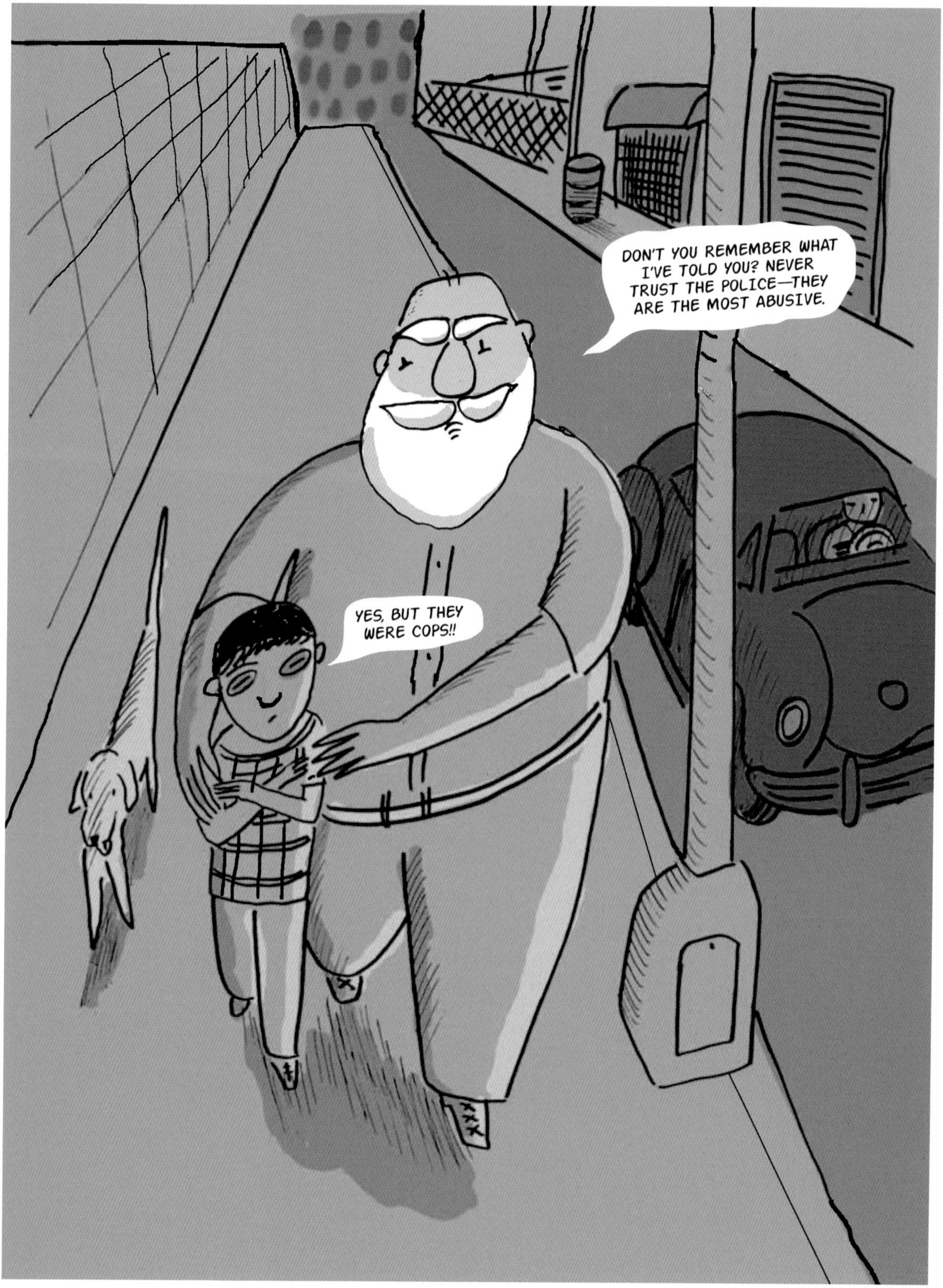
DON'T YOU REMEMBER WHAT I'VE TOLD YOU? NEVER TRUST THE POLICE—THEY ARE THE MOST ABUSIVE.
YES, BUT THEY WERE COPS!!

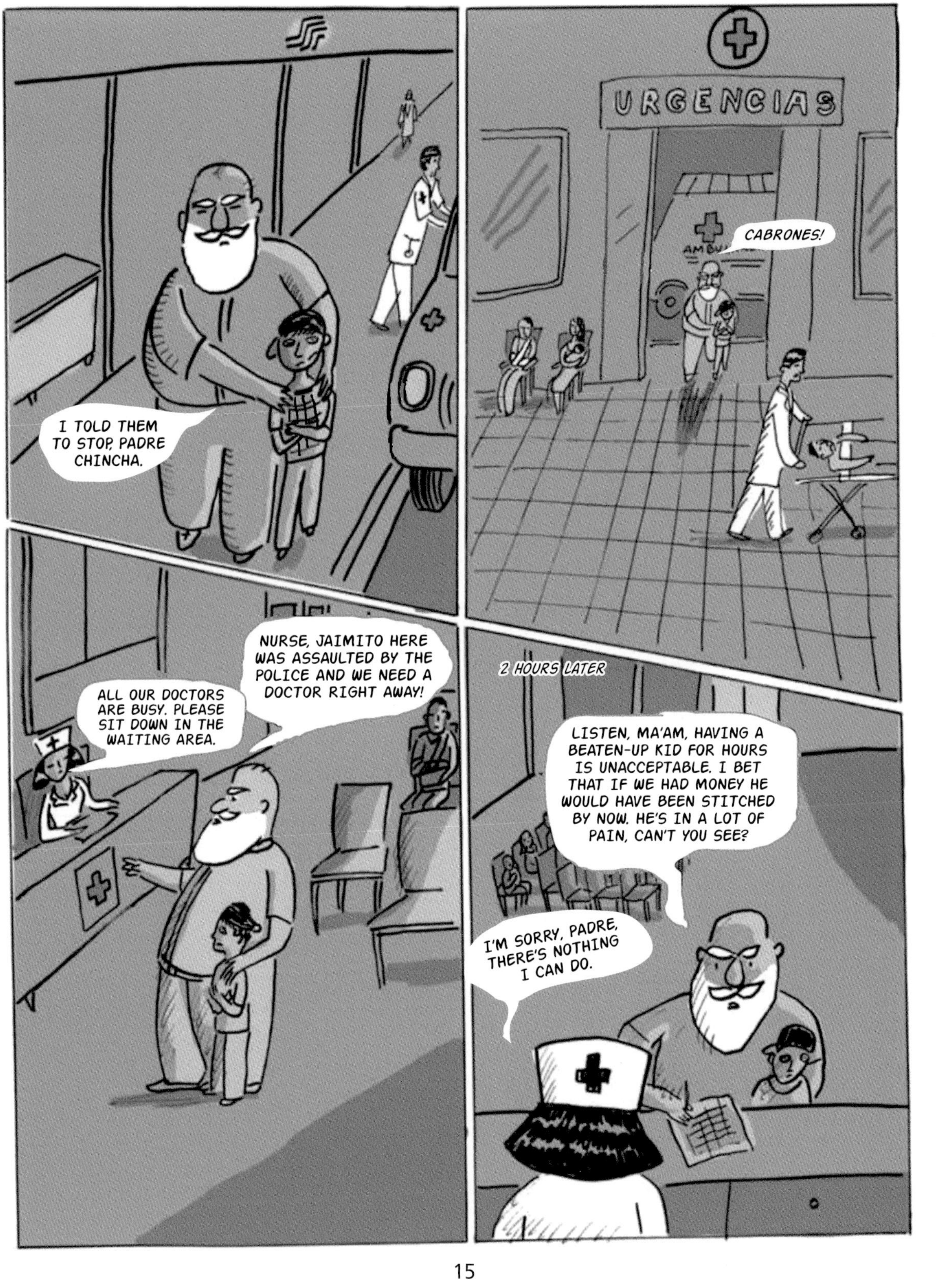
I TOLD THEM TO STOP, PADRE CHINCHA.
CABRONES!
NURSE, JAIMITO HERE WAS ASSAULTED BY THE POLICE AND WE NEED A DOCTOR RIGHT AWAY!
ALL OUR DOCTORS ARE BUSY. PLEASE SIT DOWN IN THE WAITING AREA.
2 HOURS LATER
LISTEN, MA'AM, HAVING A BEATEN-UP KID FOR HOURS IS UNACCEPTABLE. I BET THAT IF WE HAD MONEY HE WOULD HAVE BEEN STITCHED BY NOW. HE'S IN A LOT OF PAIN, CAN'T YOU SEE?
I'M SORRY, PADRE, THERE'S NOTHING I CAN DO.

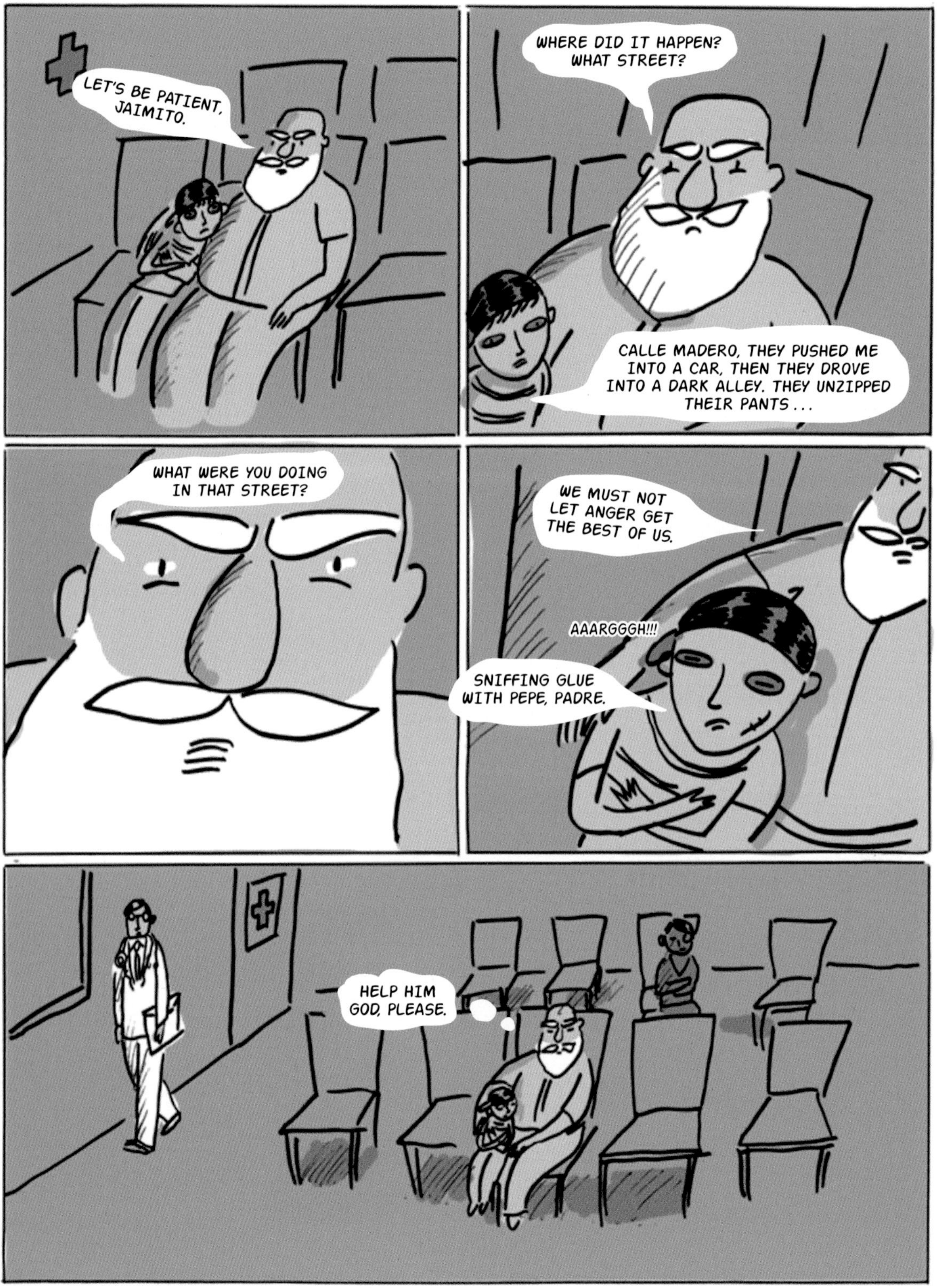
LET'S BE PATIENT, JAIMITO.
WHERE DID IT HAPPEN? WHAT STREET?
CALLE MADERO, THEY PUSHED ME INTO A CAR, THEN THEY DROVE INTO A DARK ALLEY. THEY UNZIPPED THEIR PANTS . . .
WHAT WERE YOU DOING IN THAT STREET?
WE MUST NOT LET ANGER GET THE BEST OF US.
AAARGGGH!!!
SNIFFING GLUE WITH PEPE, PADRE.
HELP HIM GOD, PLEASE.

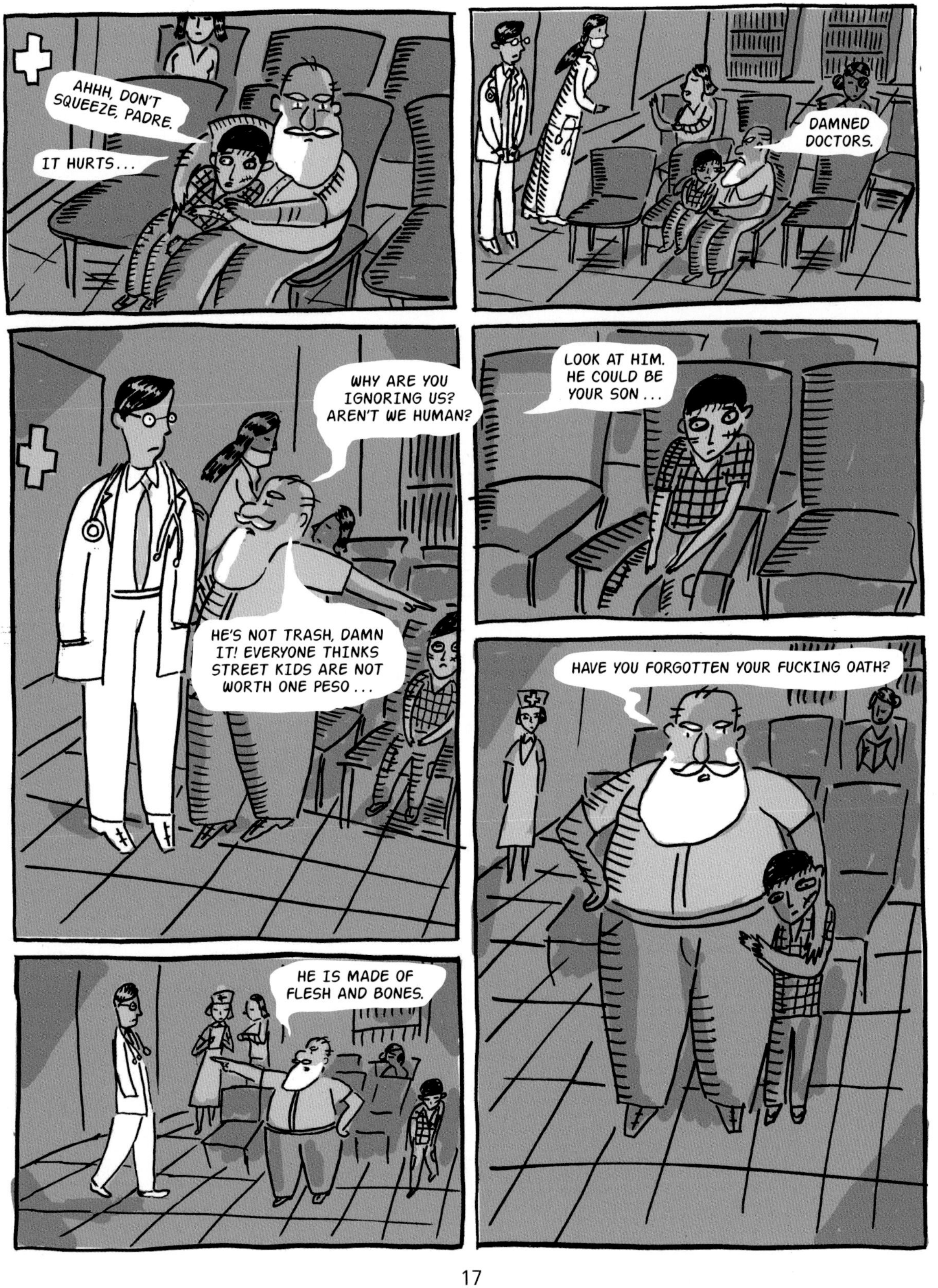
AHHH, DON'T SQUEEZE, PADRE.
IT HURTS . . .
DAMNED DOCTORS.
WHY ARE YOU IGNORING US? AREN'T WE HUMAN?
HE'S NOT TRASH, DAMN IT! EVERYONE THINKS STREET KIDS ARE NOT WORTH ONE PESO . . .
LOOK AT HIM. HE COULD BE YOUR SON . . .
HAVE YOU FORGOTTEN YOUR FUCKING OATH?
HE IS MADE OF FLESH AND BONES.

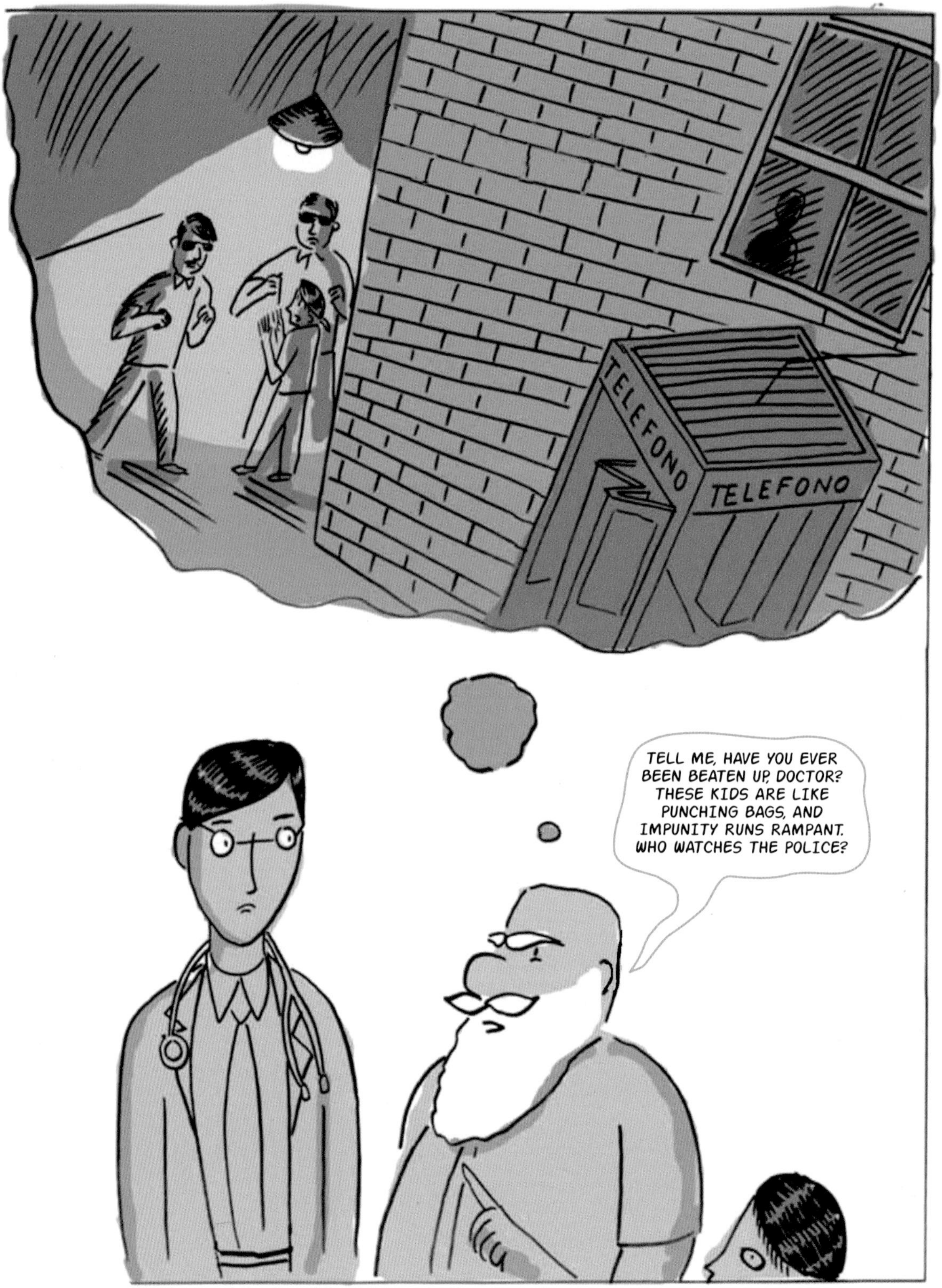
TELEFONO
TELEFONO
TELL ME, HAVE YOU EVER BEEN BEATEN UP, DOCTOR? THESE KIDS ARE LIKE PUNCHING BAGS, AND IMPUNITY RUNS RAMPANT. WHO WATCHES THE POLICE?

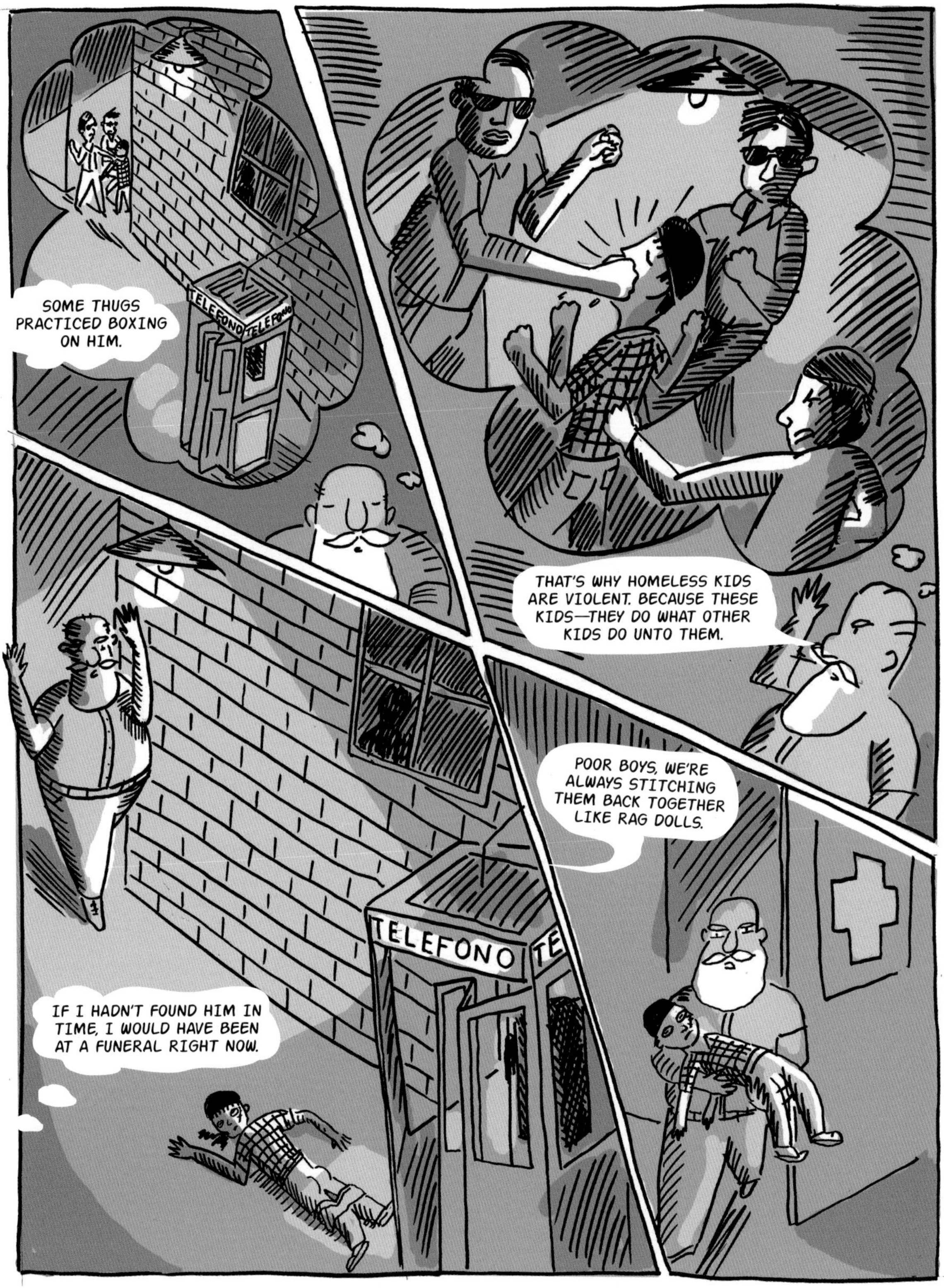
SOME THUGS PRACTICED BOXING ON HIM.
TELEFONO
THAT'S WHY HOMELESS KIDS ARE VIOLENT. BECAUSE THESE KIDS—THEY DO WHAT OTHER KIDS DO UNTO THEM.
POOR BOYS, WE'RE ALWAYS STITCHING THEM BACK TOGETHER LIKE RAG DOLLS.
IF I HADN'T FOUND HIM IN TIME, I WOULD HAVE BEEN AT A FUNERAL RIGHT NOW.

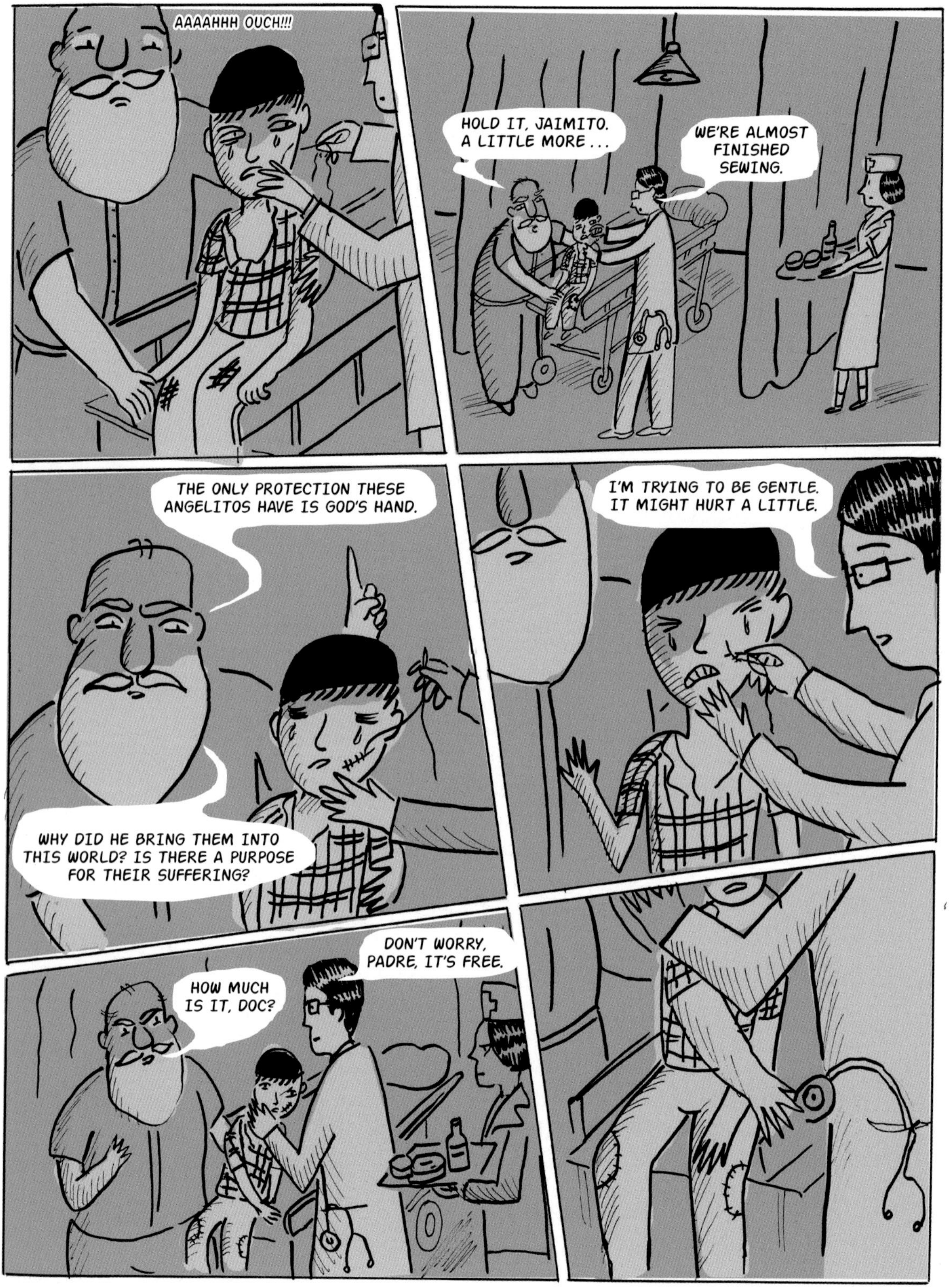
AAAAHHH OUCH!!!
HOLD IT, JAIMITO. A LITTLE MORE . . .
WE'RE ALMOST FINISHED SEWING.
THE ONLY PROTECTION THESE ANGELITOS HAVE IS GOD'S HAND.
WHY DID HE BRING THEM INTO THIS WORLD? IS THERE A PURPOSE FOR THEIR SUFFERING?
I'M TRYING TO BE GENTLE. IT MIGHT HURT A LITTLE.
HOW MUCH IS IT, DOC?
DON'T WORRY, PADRE, IT'S FREE.

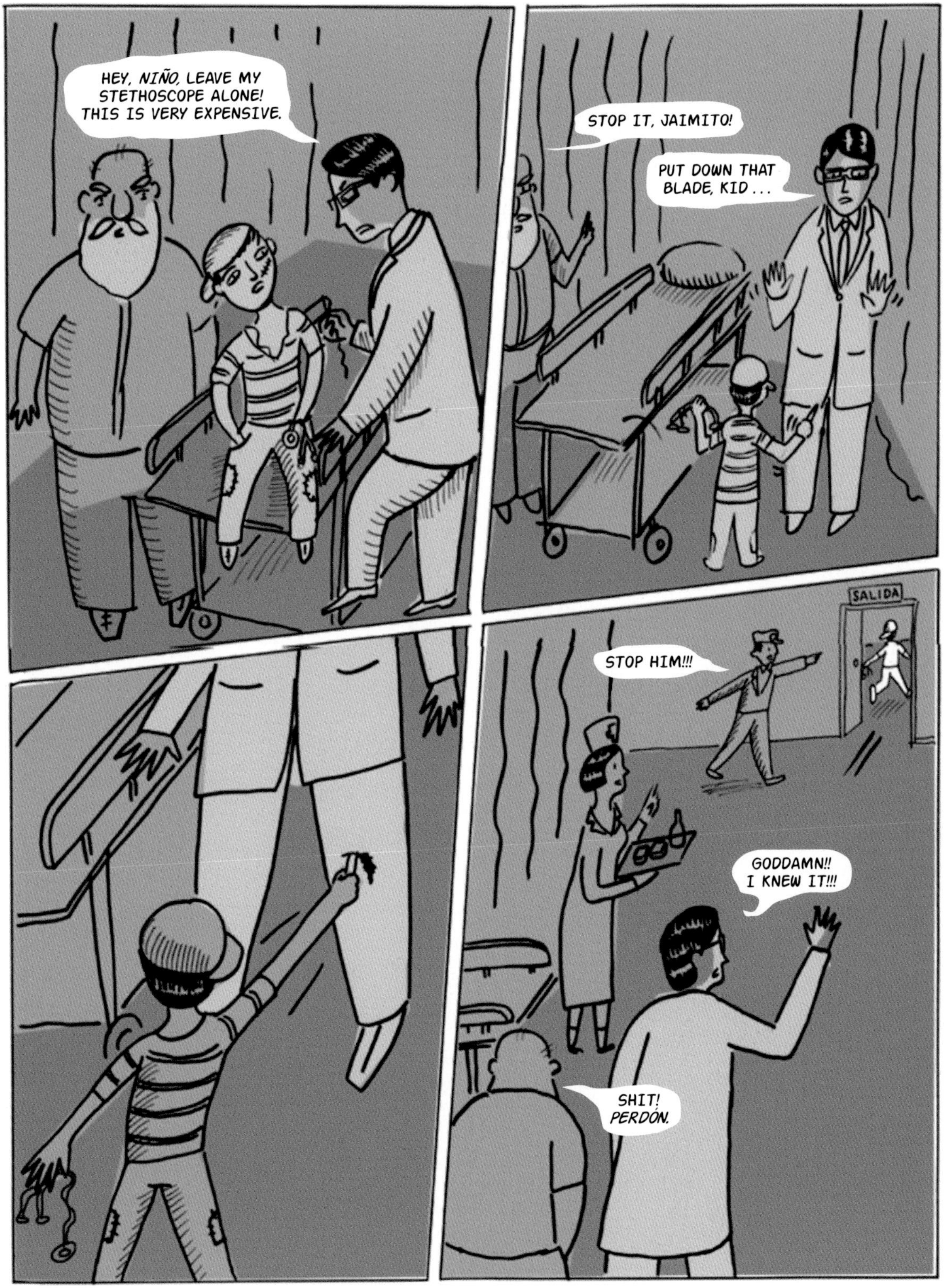
HEY, *NIÑO,* LEAVE MY STETHOSCOPE ALONE! THIS IS VERY EXPENSIVE.
STOP IT, JAIMITO!
PUT DOWN THAT BLADE, KID . . .
SALIDA
STOP HIM!!!
GODDAMN!! I KNEW IT!!!
SHIT! *PERDÓN.*

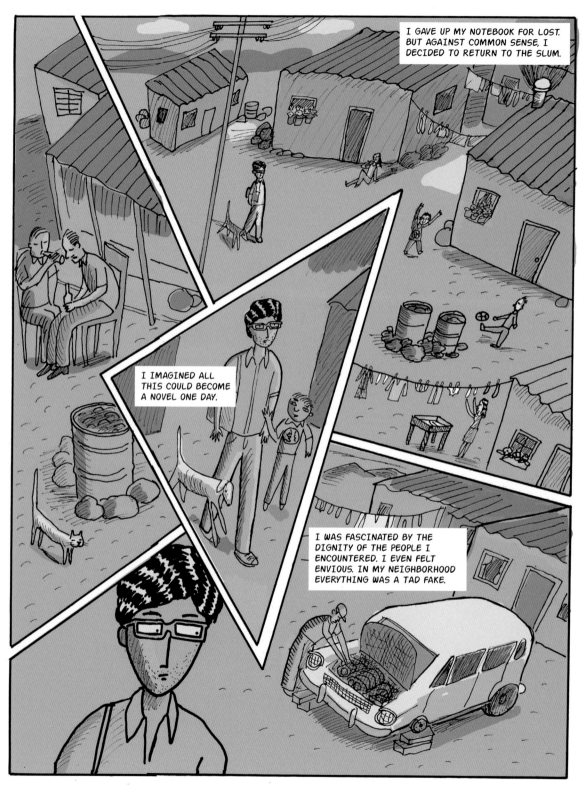

I GAVE UP MY NOTEBOOK FOR LOST. BUT AGAINST COMMON SENSE, I DECIDED TO RETURN TO THE SLUM.

I IMAGINED ALL THIS COULD BECOME A NOVEL ONE DAY.

I WAS FASCINATED BY THE DIGNITY OF THE PEOPLE I ENCOUNTERED. I EVEN FELT ENVIOUS. IN MY NEIGHBORHOOD EVERYTHING WAS A TAD FAKE.

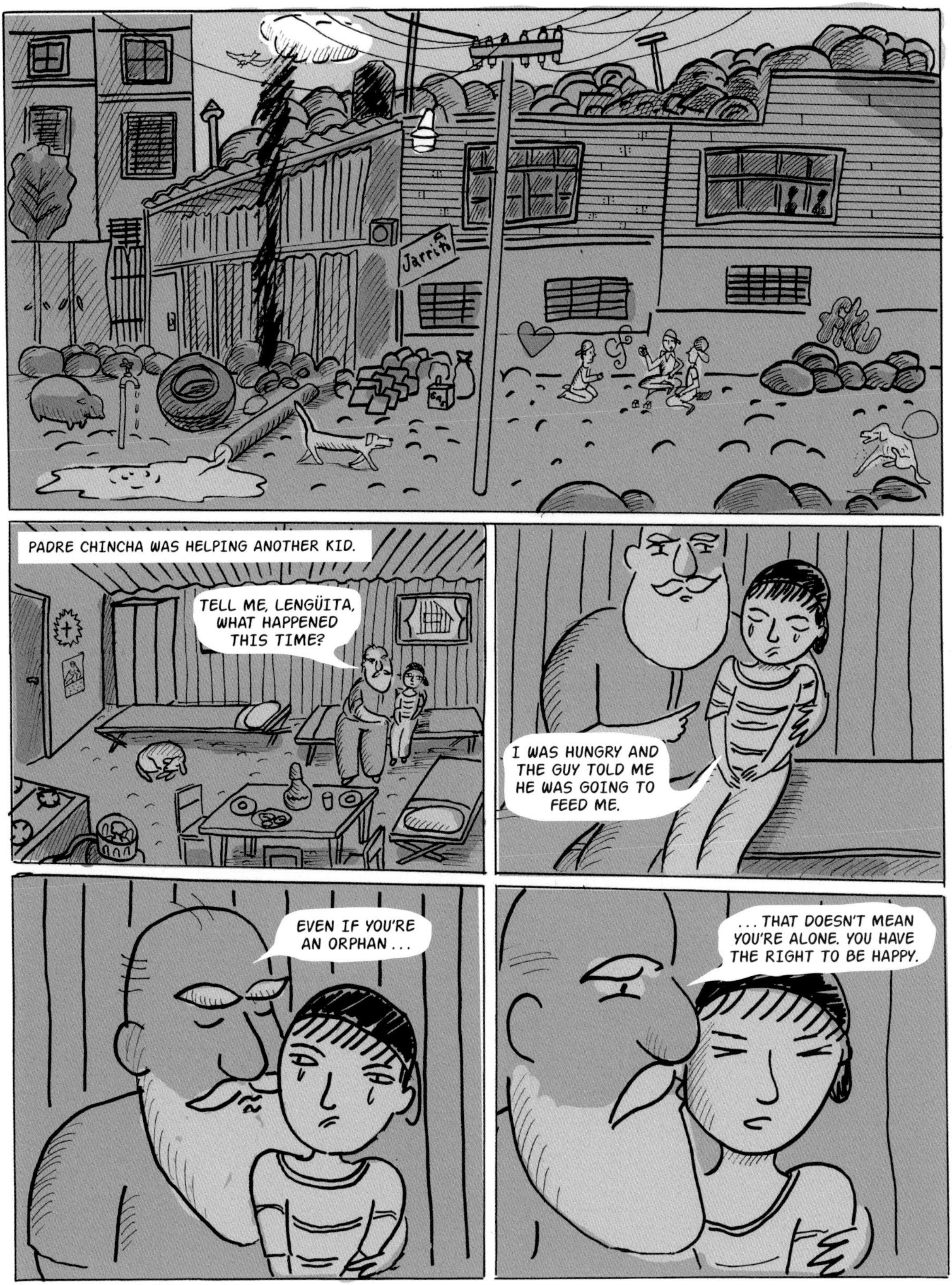
Jarrito
PADRE CHINCHA WAS HELPING ANOTHER KID.
TELL ME, LENGÜITA, WHAT HAPPENED THIS TIME?
I WAS HUNGRY AND THE GUY TOLD ME HE WAS GOING TO FEED ME.
EVEN IF YOU'RE AN ORPHAN . . .
. . . THAT DOESN'T MEAN YOU'RE ALONE. YOU HAVE THE RIGHT TO BE HAPPY.

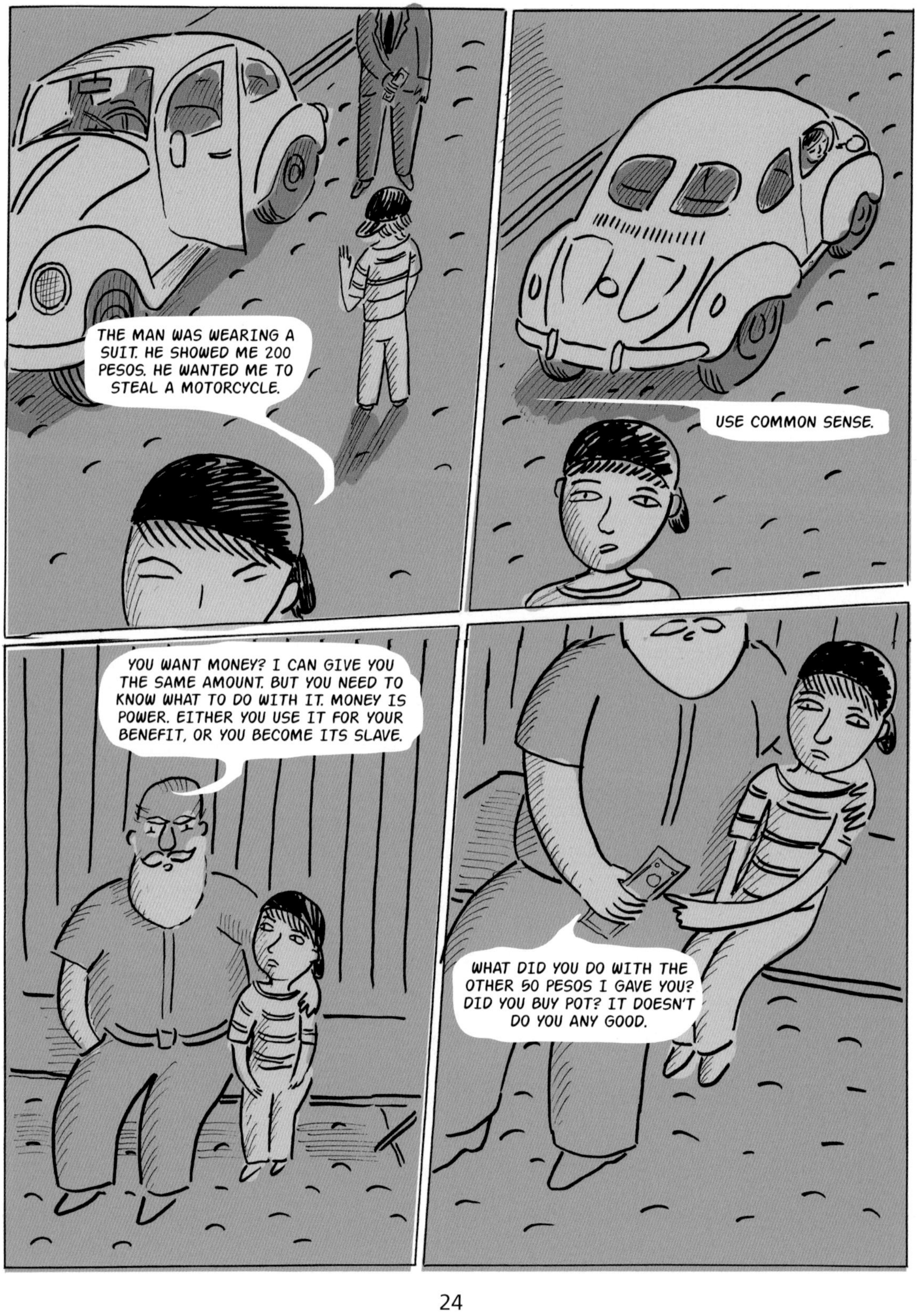
THE MAN WAS WEARING A SUIT. HE SHOWED ME 200 PESOS. HE WANTED ME TO STEAL A MOTORCYCLE.
USE COMMON SENSE.
YOU WANT MONEY? I CAN GIVE YOU THE SAME AMOUNT. BUT YOU NEED TO KNOW WHAT TO DO WITH IT. MONEY IS POWER. EITHER YOU USE IT FOR YOUR BENEFIT, OR YOU BECOME ITS SLAVE.
WHAT DID YOU DO WITH THE OTHER 50 PESOS I GAVE YOU? DID YOU BUY POT? IT DOESN'T DO YOU ANY GOOD.

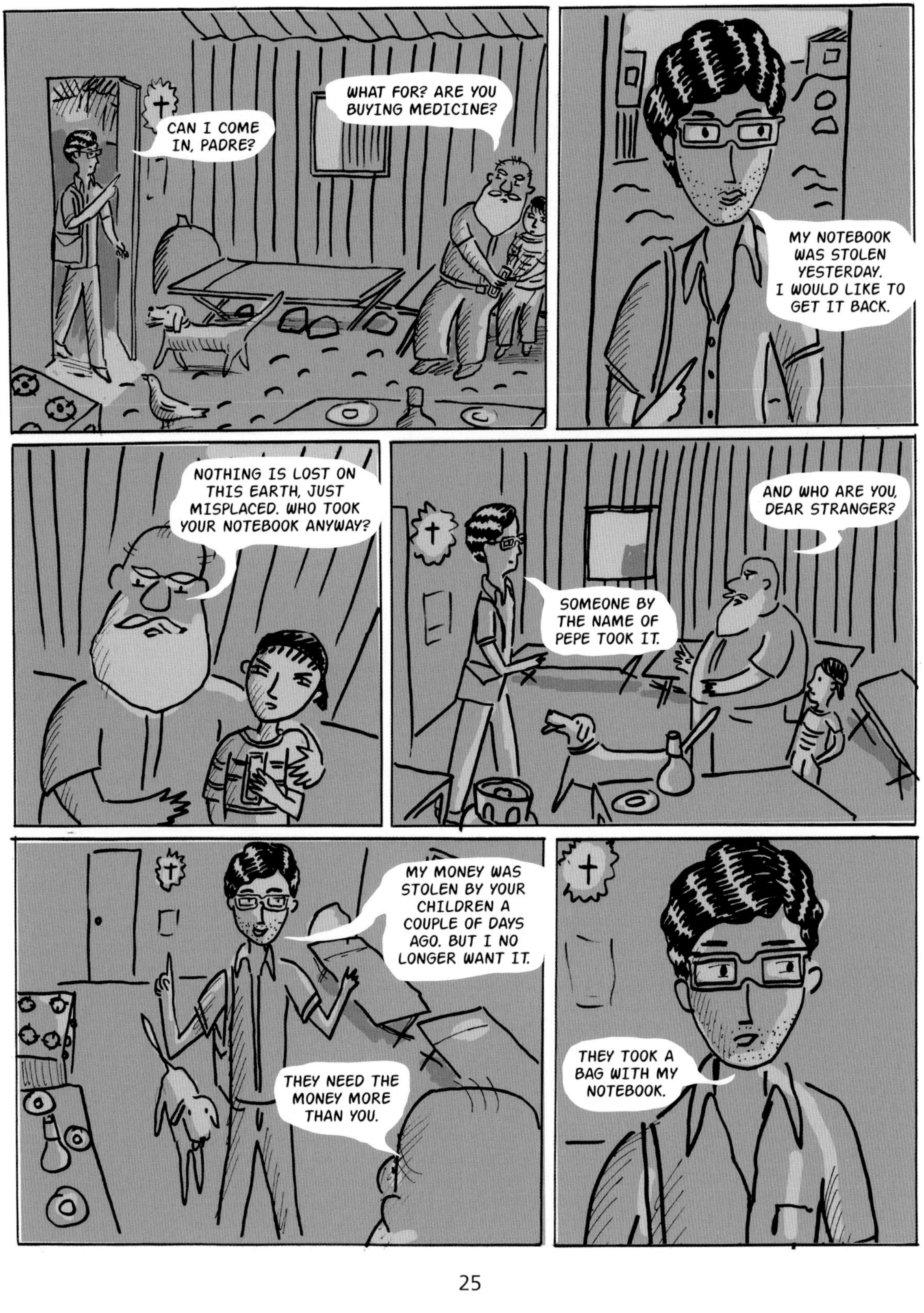
CAN I COME IN, PADRE?
WHAT FOR? ARE YOU BUYING MEDICINE?
MY NOTEBOOK WAS STOLEN YESTERDAY. I WOULD LIKE TO GET IT BACK.
NOTHING IS LOST ON THIS EARTH, JUST MISPLACED. WHO TOOK YOUR NOTEBOOK ANYWAY?
SOMEONE BY THE NAME OF PEPE TOOK IT.
AND WHO ARE YOU, DEAR STRANGER?
MY MONEY WAS STOLEN BY YOUR CHILDREN A COUPLE OF DAYS AGO. BUT I NO LONGER WANT IT.
THEY NEED THE MONEY MORE THAN YOU.
THEY TOOK A BAG WITH MY NOTEBOOK.

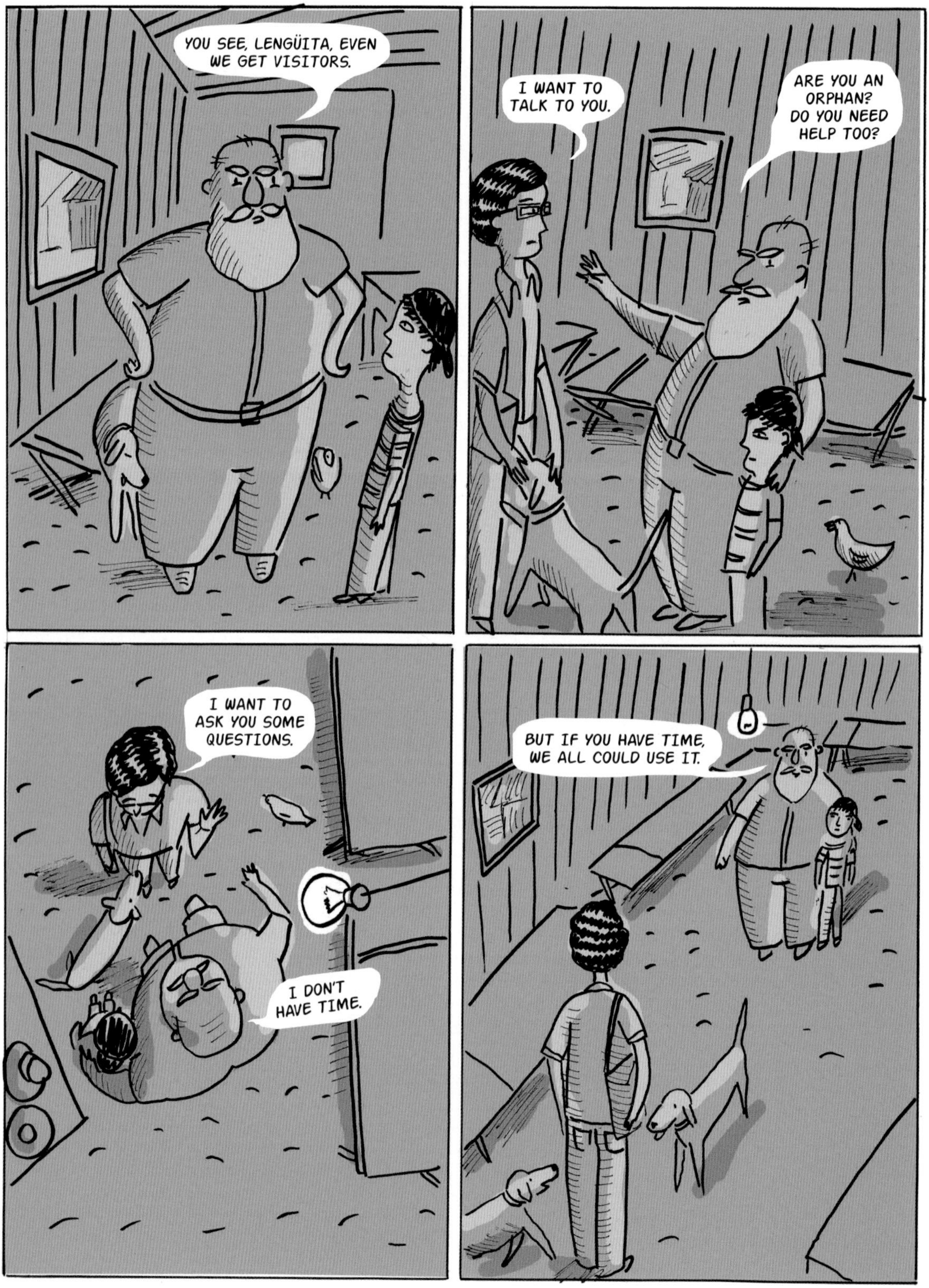
YOU SEE, LENGÜITA, EVEN WE GET VISITORS.
I WANT TO TALK TO YOU.
ARE YOU AN ORPHAN? DO YOU NEED HELP TOO?
I WANT TO ASK YOU SOME QUESTIONS.
I DON'T HAVE TIME.
BUT IF YOU HAVE TIME, WE ALL COULD USE IT.

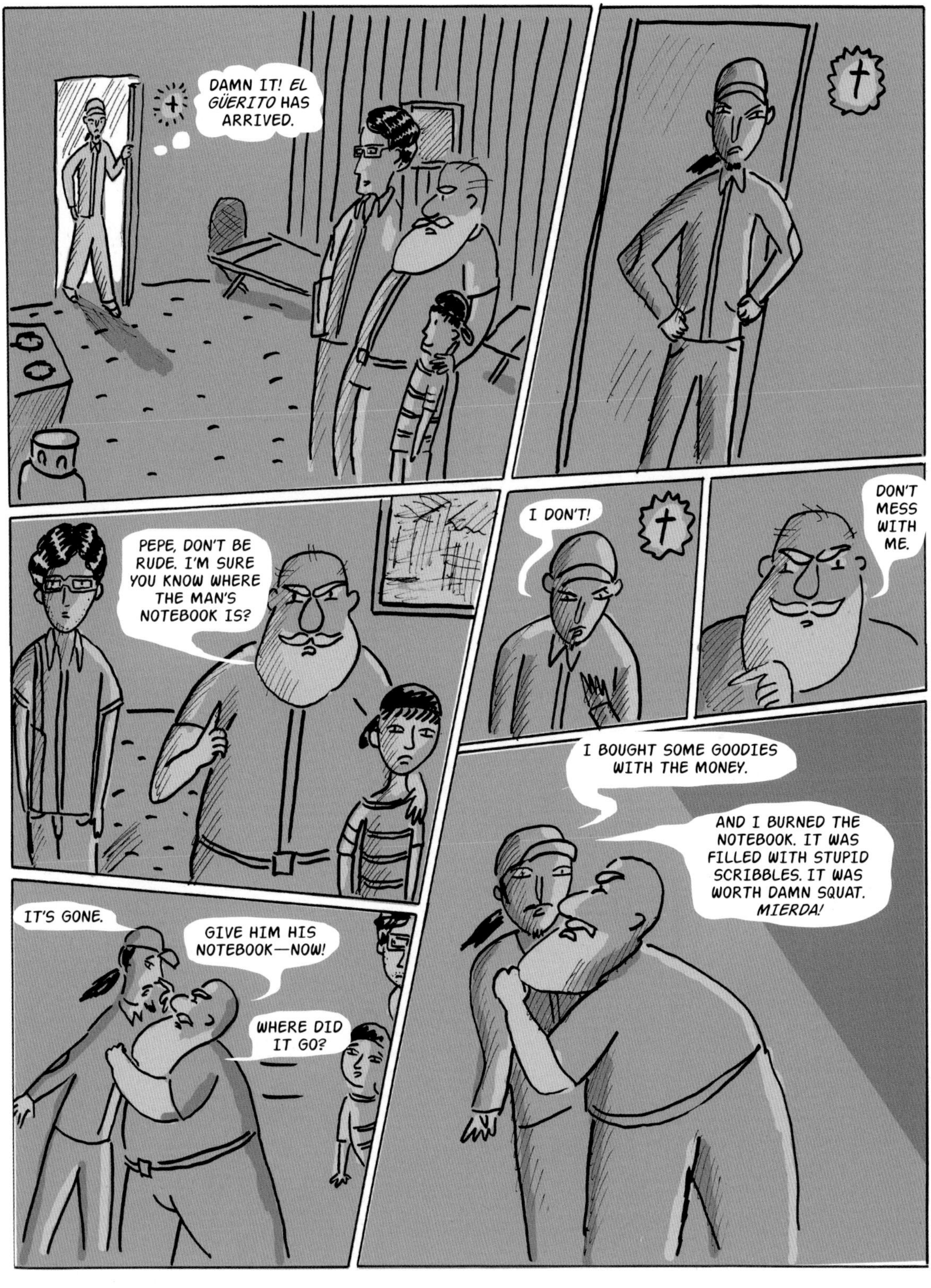
DAMN IT! *EL GÜERITO* HAS ARRIVED.
PEPE, DON'T BE RUDE. I'M SURE YOU KNOW WHERE THE MAN'S NOTEBOOK IS?
I DON'T!
DON'T MESS WITH ME.
IT'S GONE.
GIVE HIM HIS NOTEBOOK—NOW!
WHERE DID IT GO?
I BOUGHT SOME GOODIES WITH THE MONEY.
AND I BURNED THE NOTEBOOK. IT WAS FILLED WITH STUPID SCRIBBLES. IT WAS WORTH DAMN SQUAT. *MIERDA!*

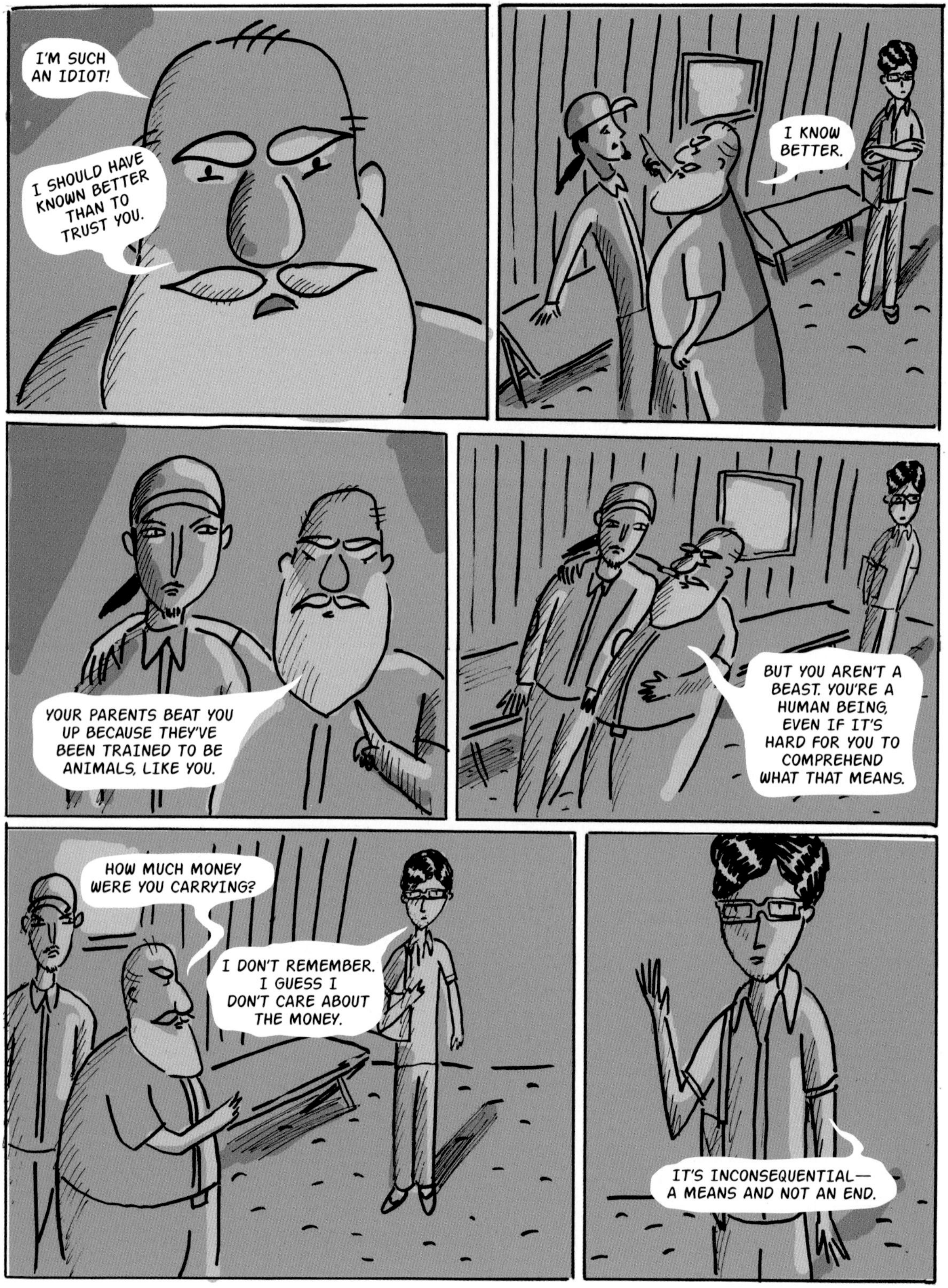
I'M SUCH AN IDIOT!
I SHOULD HAVE KNOWN BETTER THAN TO TRUST YOU.
I KNOW BETTER.
YOUR PARENTS BEAT YOU UP BECAUSE THEY'VE BEEN TRAINED TO BE ANIMALS, LIKE YOU.
BUT YOU AREN'T A BEAST. YOU'RE A HUMAN BEING, EVEN IF IT'S HARD FOR YOU TO COMPREHEND WHAT THAT MEANS.
HOW MUCH MONEY WERE YOU CARRYING?
I DON'T REMEMBER. I GUESS I DON'T CARE ABOUT THE MONEY.
IT'S INCONSEQUENTIAL— A MEANS AND NOT AN END.

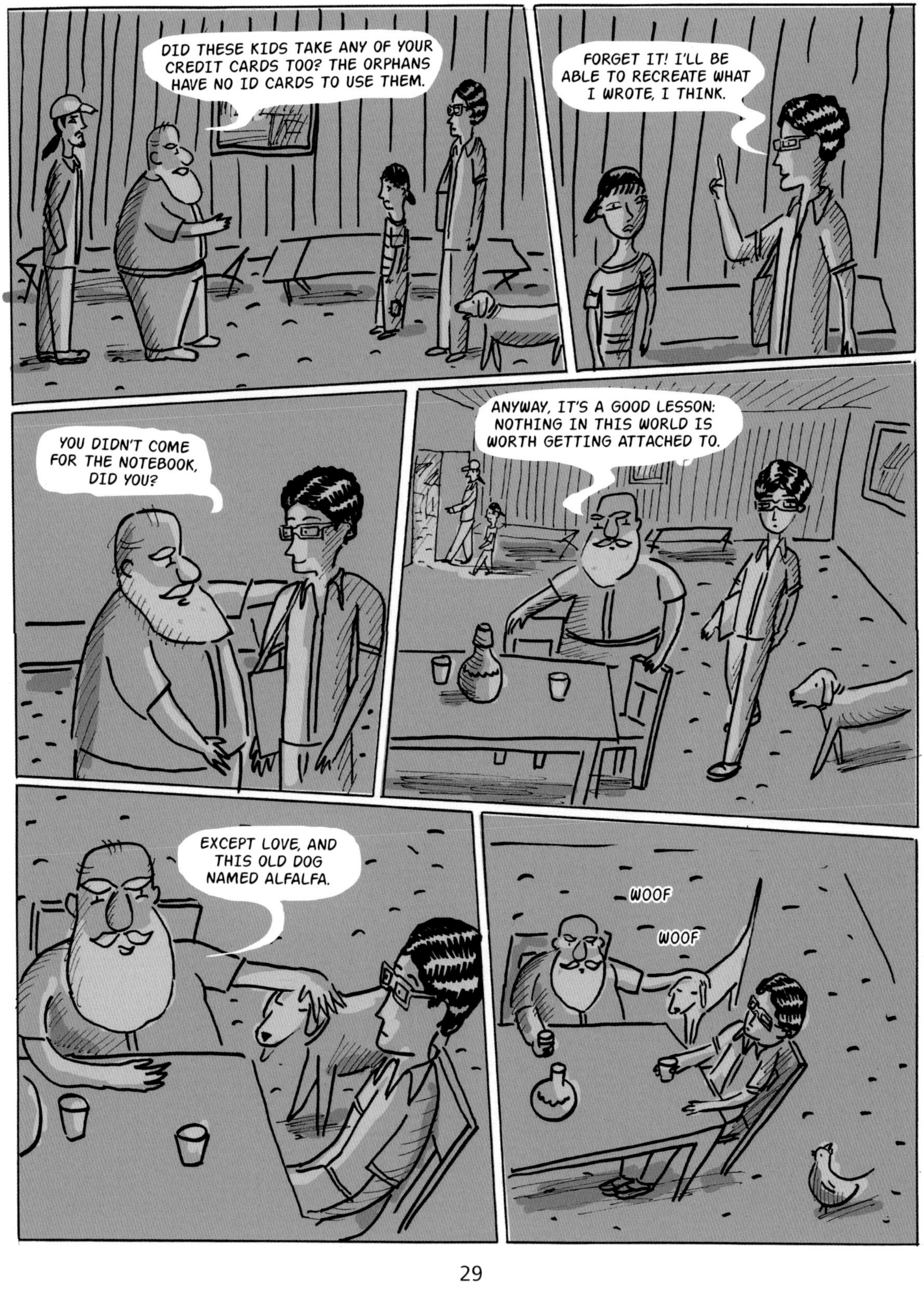
DID THESE KIDS TAKE ANY OF YOUR CREDIT CARDS TOO? THE ORPHANS HAVE NO ID CARDS TO USE THEM.
FORGET IT! I'LL BE ABLE TO RECREATE WHAT I WROTE, I THINK.
YOU DIDN'T COME FOR THE NOTEBOOK, DID YOU?
ANYWAY, IT'S A GOOD LESSON: NOTHING IN THIS WORLD IS WORTH GETTING ATTACHED TO.
EXCEPT LOVE, AND THIS OLD DOG NAMED ALFALFA.
WOOF
WOOF

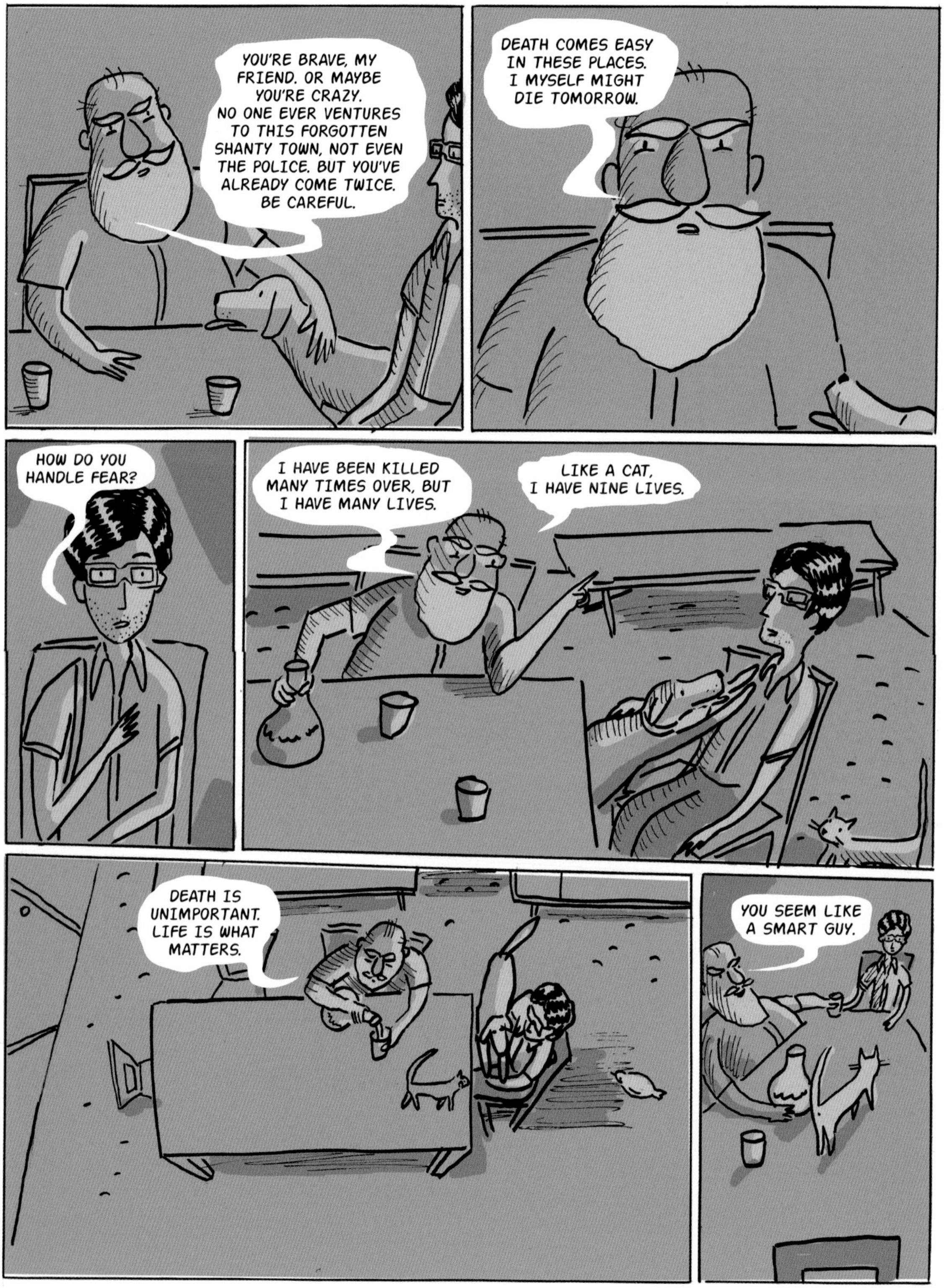
YOU'RE BRAVE, MY FRIEND. OR MAYBE YOU'RE CRAZY. NO ONE EVER VENTURES TO THIS FORGOTTEN SHANTY TOWN, NOT EVEN THE POLICE. BUT YOU'VE ALREADY COME TWICE. BE CAREFUL.
DEATH COMES EASY IN THESE PLACES. I MYSELF MIGHT DIE TOMORROW.
HOW DO YOU HANDLE FEAR?
I HAVE BEEN KILLED MANY TIMES OVER, BUT I HAVE MANY LIVES.
LIKE A CAT, I HAVE NINE LIVES.
DEATH IS UNIMPORTANT. LIFE IS WHAT MATTERS.
YOU SEEM LIKE A SMART GUY.

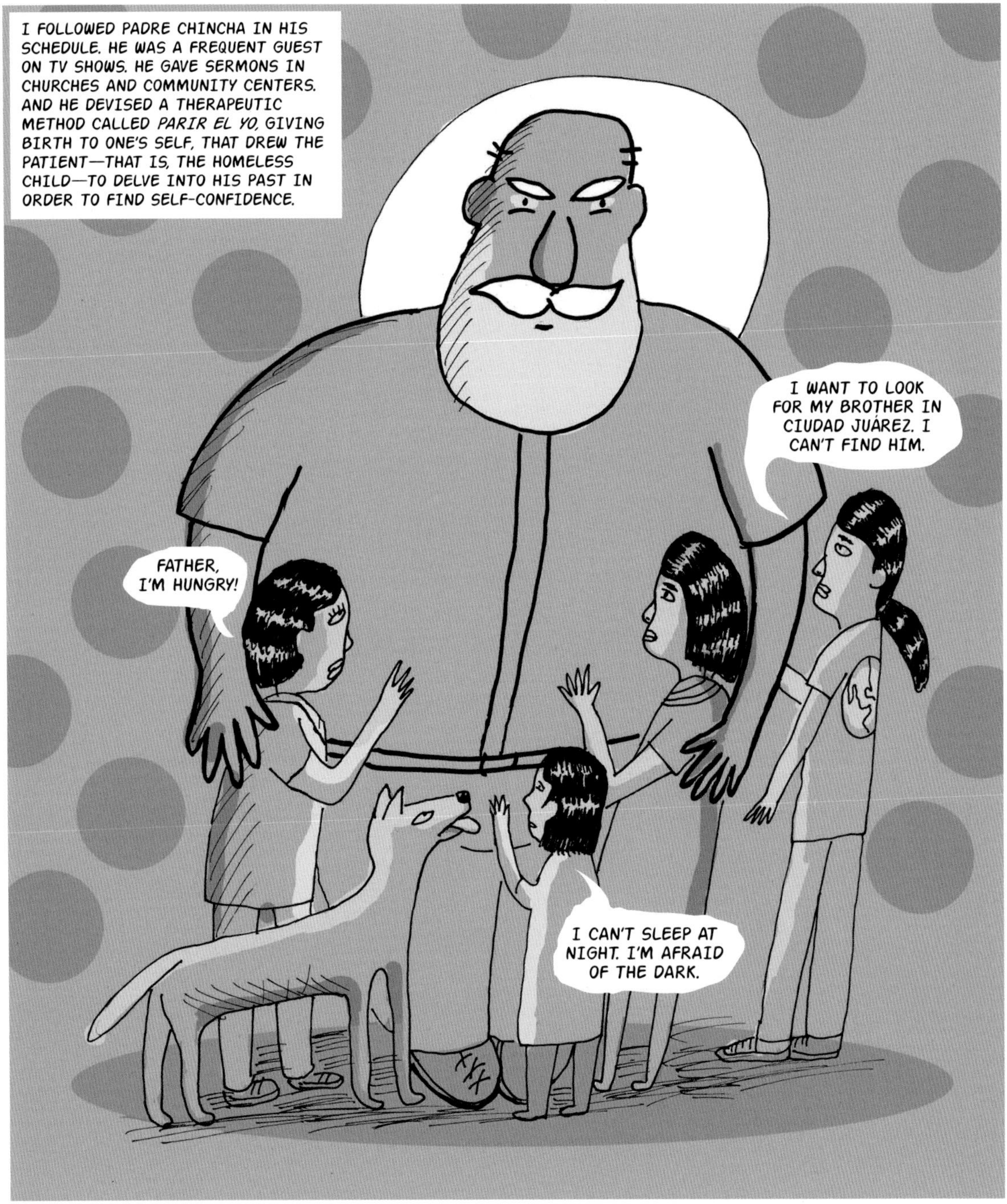
I FOLLOWED PADRE CHINCHA IN HIS SCHEDULE. HE WAS A FREQUENT GUEST ON TV SHOWS. HE GAVE SERMONS IN CHURCHES AND COMMUNITY CENTERS. AND HE DEVISED A THERAPEUTIC METHOD CALLED *PARIR EL YO,* GIVING BIRTH TO ONE'S SELF, THAT DREW THE PATIENT—THAT IS, THE HOMELESS CHILD—TO DELVE INTO HIS PAST IN ORDER TO FIND SELF-CONFIDENCE.
I WANT TO LOOK FOR MY BROTHER IN CIUDAD JUÁREZ. I CAN'T FIND HIM.
FATHER, I'M HUNGRY!
I CAN'T SLEEP AT NIGHT. I'M AFRAID OF THE DARK.

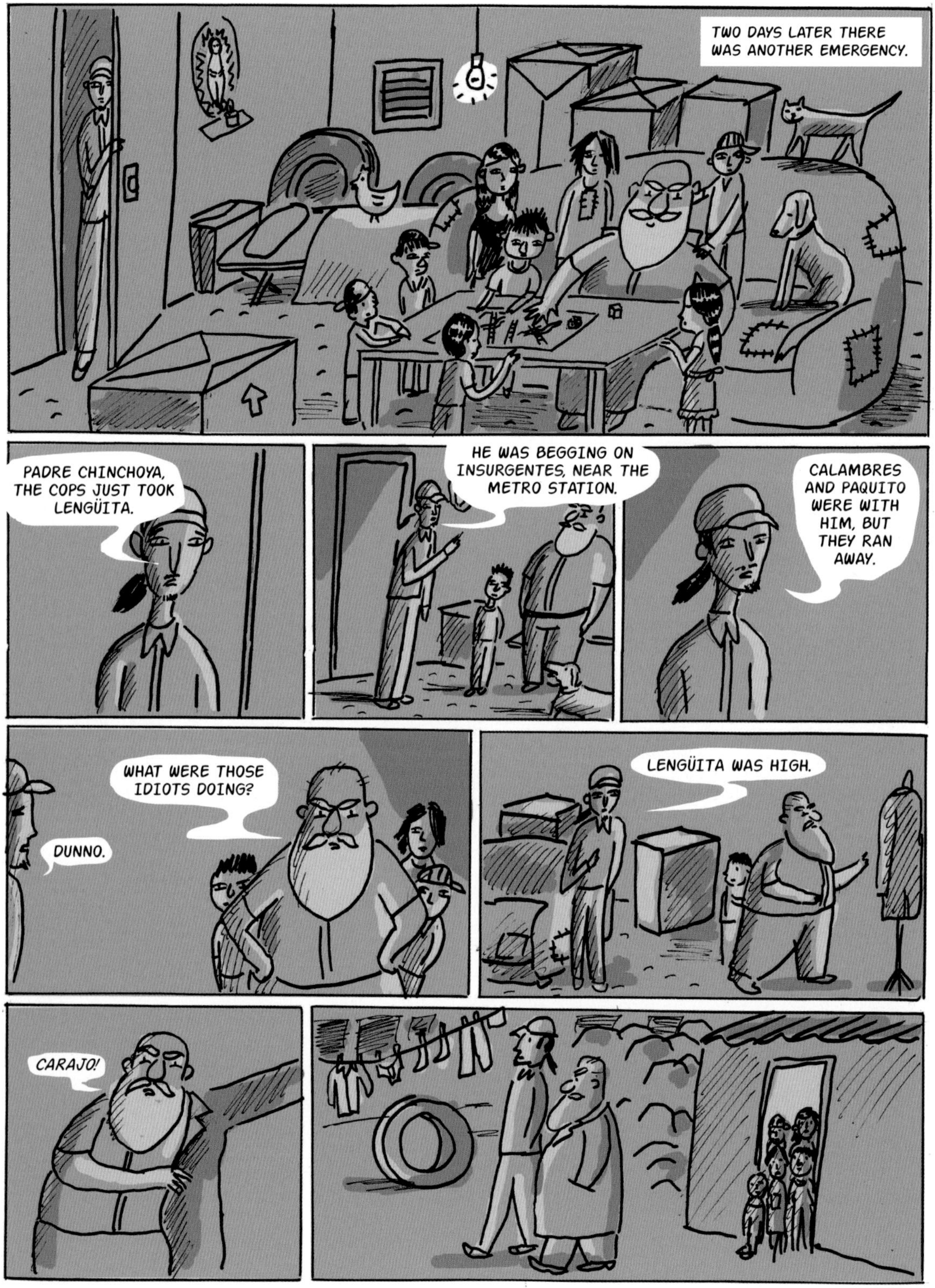
TWO DAYS LATER THERE WAS ANOTHER EMERGENCY.
PADRE CHINCHOYA, THE COPS JUST TOOK LENGÜITA.
HE WAS BEGGING ON INSURGENTES, NEAR THE METRO STATION.
CALAMBRES AND PAQUITO WERE WITH HIM, BUT THEY RAN AWAY.
WHAT WERE THOSE IDIOTS DOING?
DUNNO.
LENGÜITA WAS HIGH.
CARAJO!

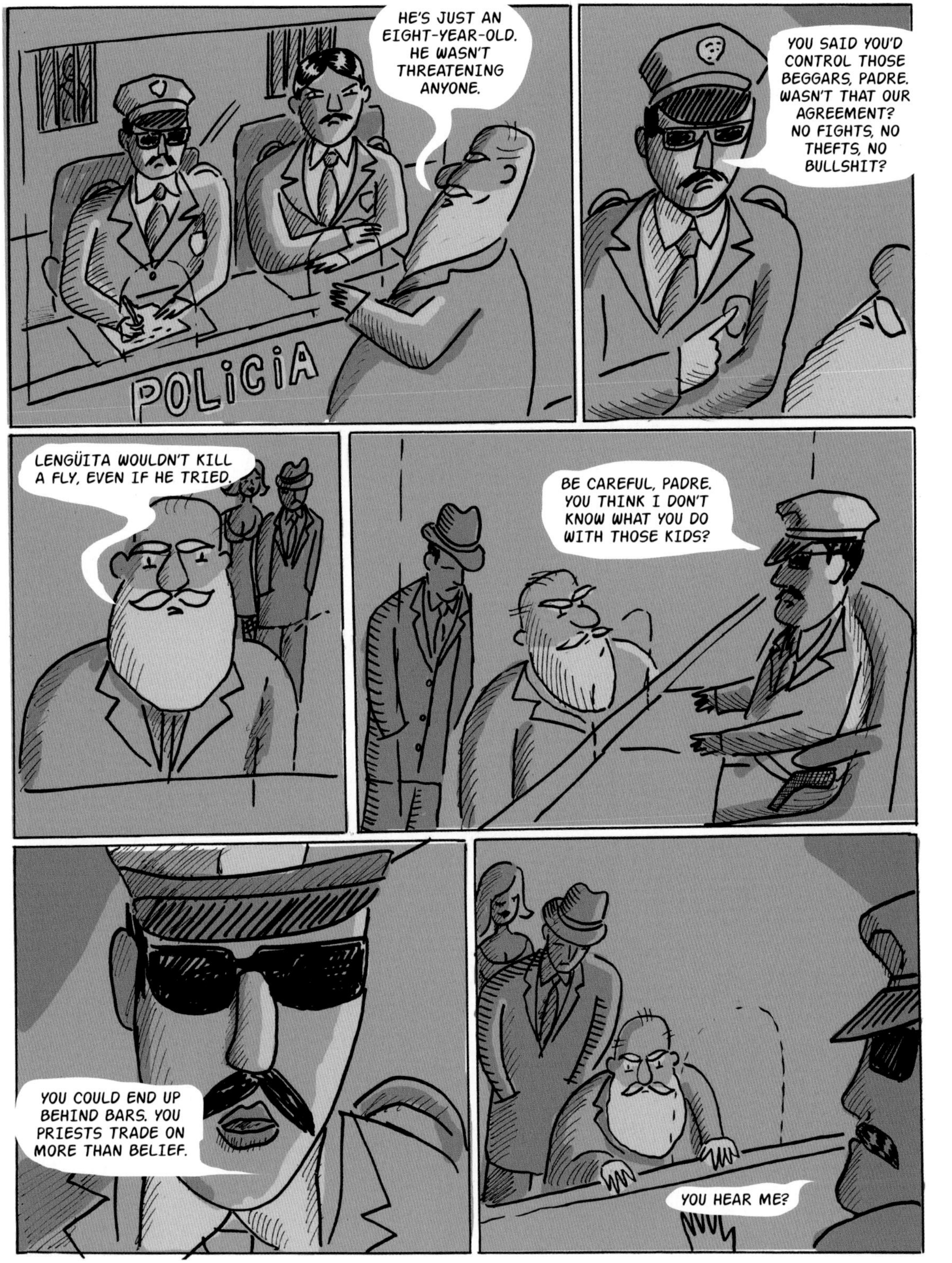
POLICIA
HE'S JUST AN EIGHT-YEAR-OLD. HE WASN'T THREATENING ANYONE.
YOU SAID YOU'D CONTROL THOSE BEGGARS, PADRE. WASN'T THAT OUR AGREEMENT? NO FIGHTS, NO THEFTS, NO BULLSHIT?
LENGÜITA WOULDN'T KILL A FLY, EVEN IF HE TRIED.
BE CAREFUL, PADRE. YOU THINK I DON'T KNOW WHAT YOU DO WITH THOSE KIDS?
YOU COULD END UP BEHIND BARS. YOU PRIESTS TRADE ON MORE THAN BELIEF.
YOU HEAR ME?

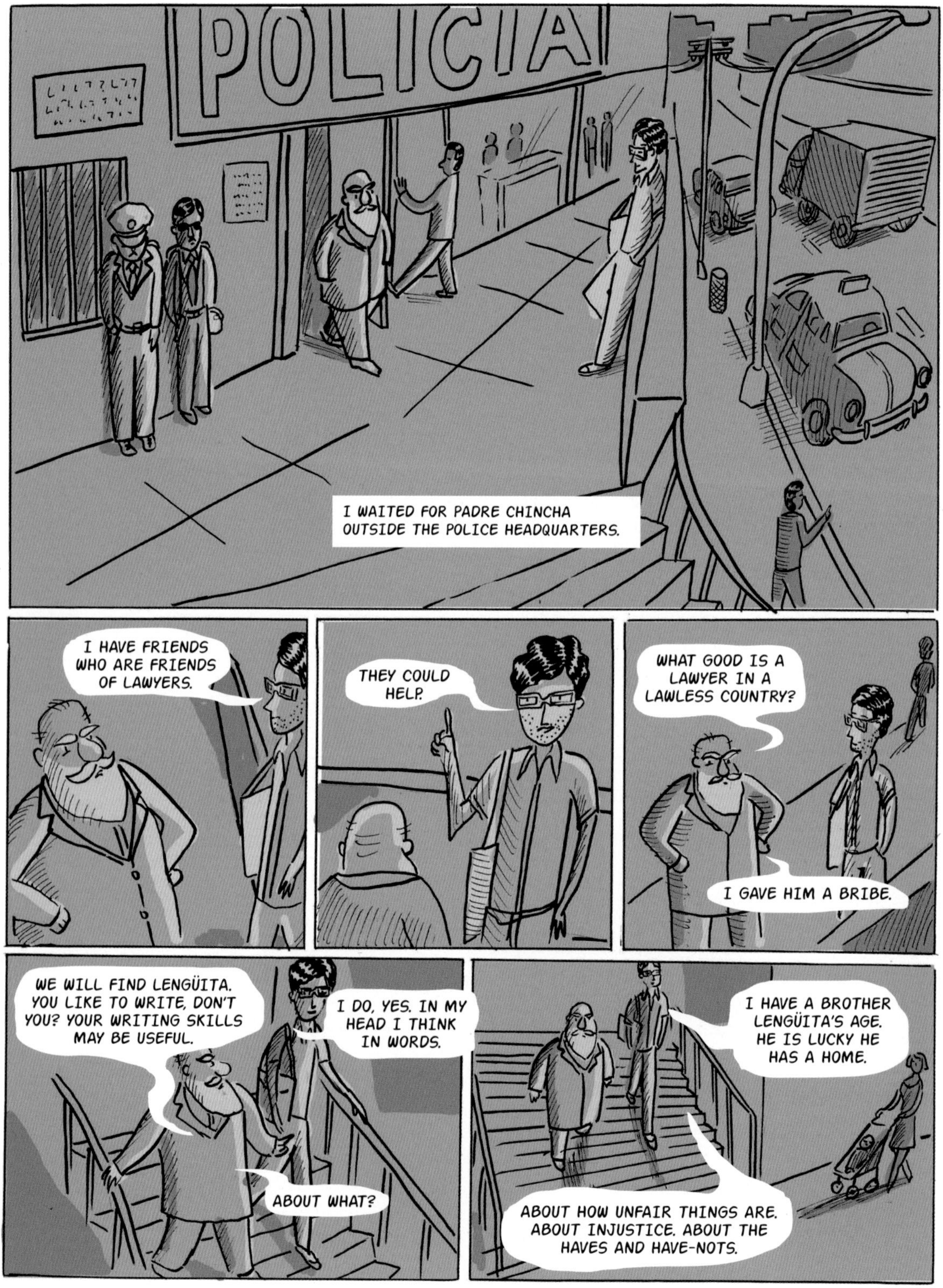
POLICIA
I WAITED FOR PADRE CHINCHA OUTSIDE THE POLICE HEADQUARTERS.
I HAVE FRIENDS WHO ARE FRIENDS OF LAWYERS.
THEY COULD HELP.
WHAT GOOD IS A LAWYER IN A LAWLESS COUNTRY?
I GAVE HIM A BRIBE.
WE WILL FIND LENGÜITA. YOU LIKE TO WRITE, DON'T YOU? YOUR WRITING SKILLS MAY BE USEFUL.
I DO, YES. IN MY HEAD I THINK IN WORDS.
ABOUT WHAT?
I HAVE A BROTHER LENGÜITA'S AGE. HE IS LUCKY HE HAS A HOME.
ABOUT HOW UNFAIR THINGS ARE. ABOUT INJUSTICE. ABOUT THE HAVES AND HAVE-NOTS.

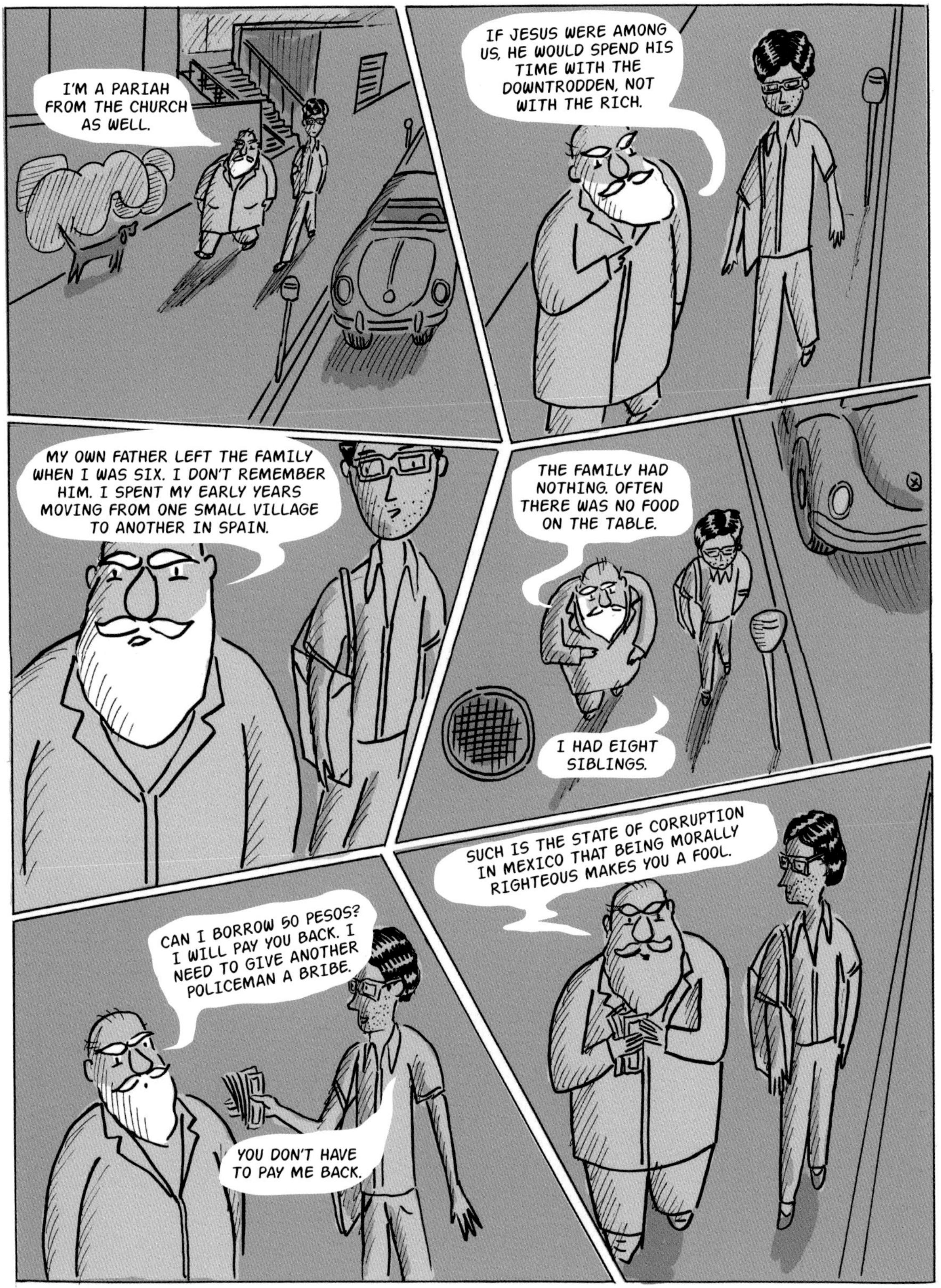
I'M A PARIAH FROM THE CHURCH AS WELL.
IF JESUS WERE AMONG US, HE WOULD SPEND HIS TIME WITH THE DOWNTRODDEN, NOT WITH THE RICH.
MY OWN FATHER LEFT THE FAMILY WHEN I WAS SIX. I DON'T REMEMBER HIM. I SPENT MY EARLY YEARS MOVING FROM ONE SMALL VILLAGE TO ANOTHER IN SPAIN.
THE FAMILY HAD NOTHING. OFTEN THERE WAS NO FOOD ON THE TABLE.
I HAD EIGHT SIBLINGS.
CAN I BORROW 50 PESOS? I WILL PAY YOU BACK. I NEED TO GIVE ANOTHER POLICEMAN A BRIBE.
YOU DON'T HAVE TO PAY ME BACK.
SUCH IS THE STATE OF CORRUPTION IN MEXICO THAT BEING MORALLY RIGHTEOUS MAKES YOU A FOOL.

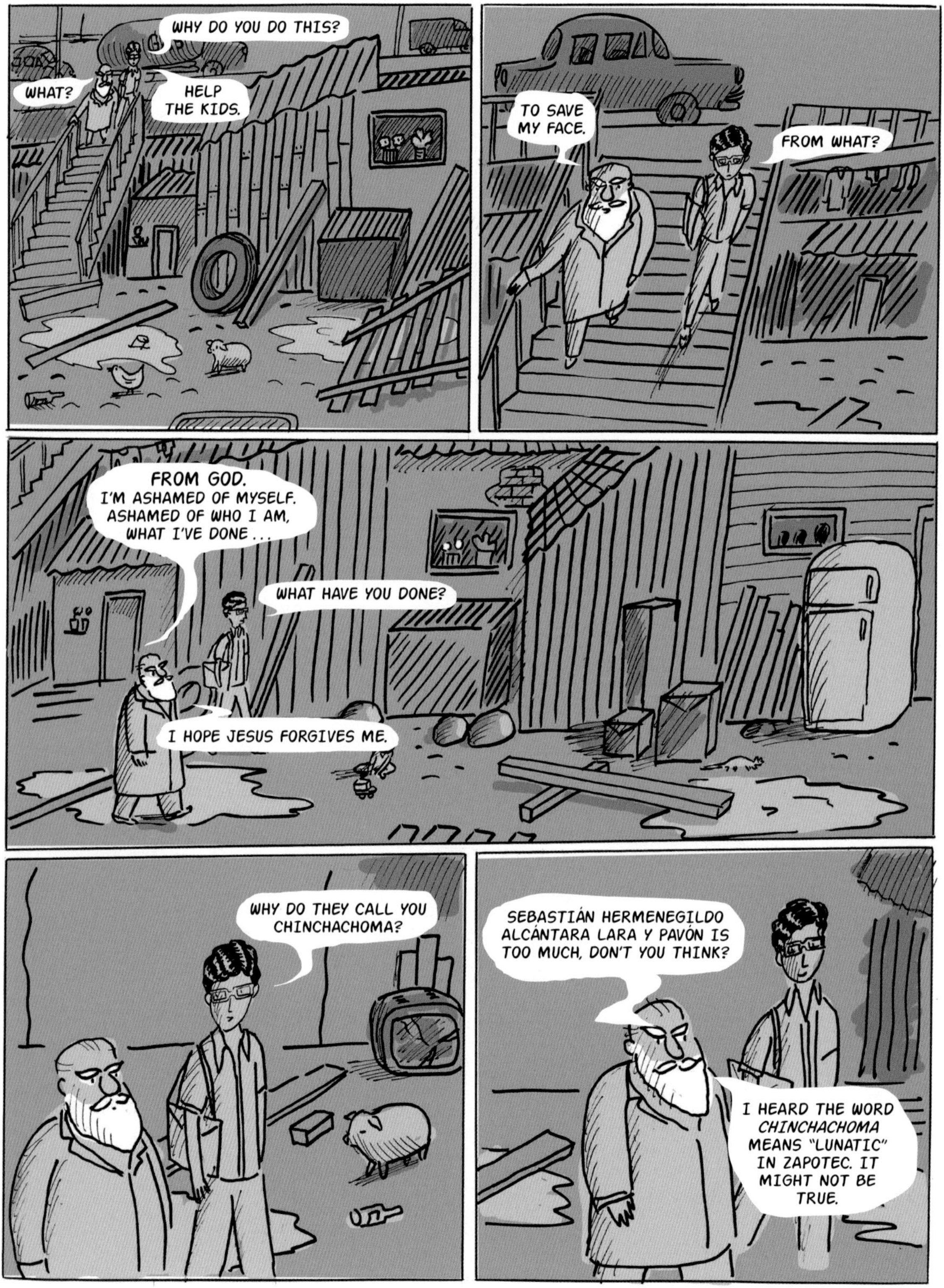
WHY DO YOU DO THIS?
WHAT?
HELP THE KIDS.
TO SAVE MY FACE.
FROM WHAT?
FROM GOD. I'M ASHAMED OF MYSELF. ASHAMED OF WHO I AM, WHAT I'VE DONE . . .
WHAT HAVE YOU DONE?
I HOPE JESUS FORGIVES ME.
WHY DO THEY CALL YOU CHINCHACHOMA?
SEBASTIÁN HERMENEGILDO ALCÁNTARA LARA Y PAVÓN IS TOO MUCH, DON'T YOU THINK?
I HEARD THE WORD *CHINCHACHOMA* MEANS "LUNATIC" IN ZAPOTEC. IT MIGHT NOT BE TRUE.

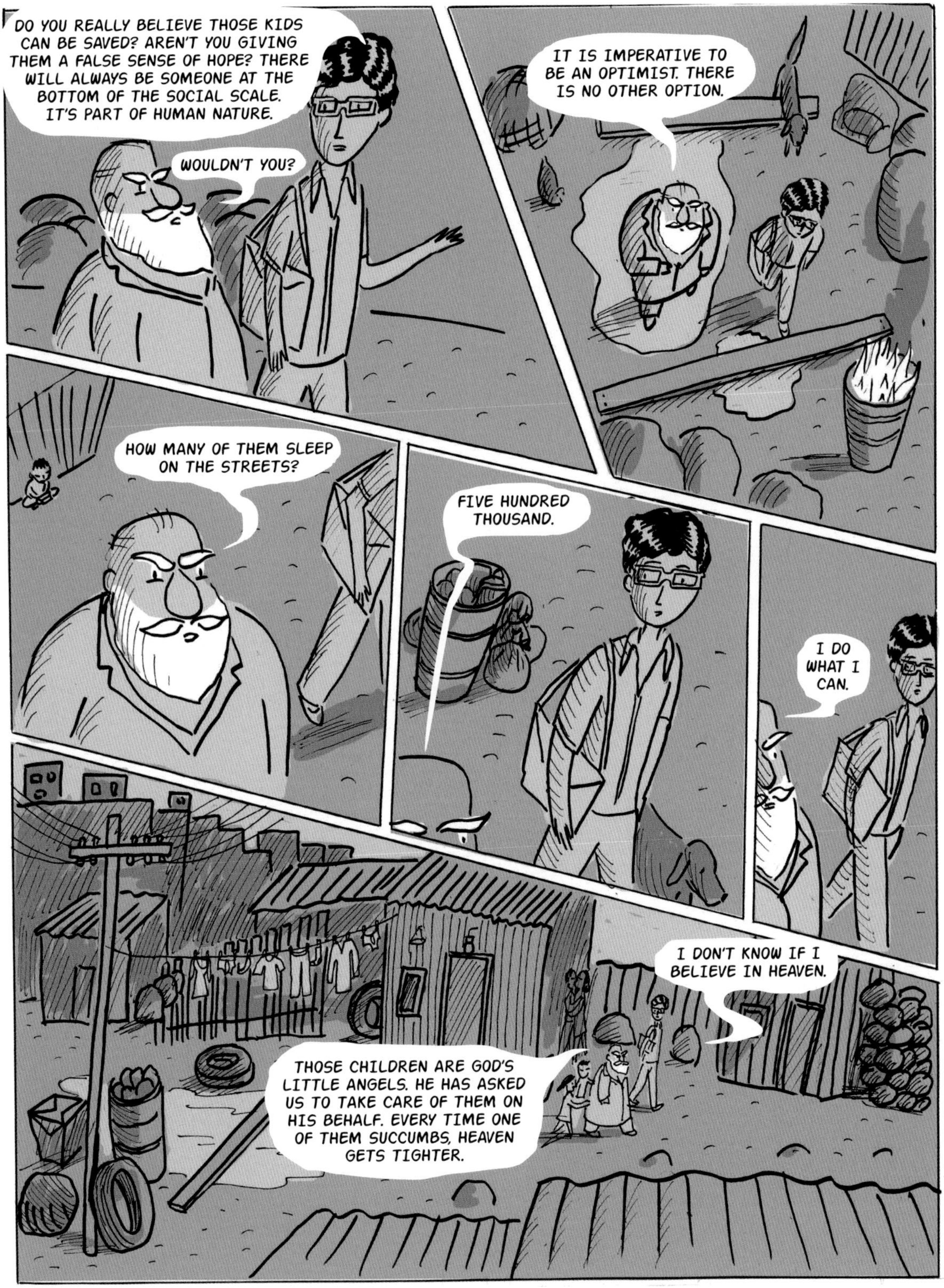
DO YOU REALLY BELIEVE THOSE KIDS CAN BE SAVED? AREN'T YOU GIVING THEM A FALSE SENSE OF HOPE? THERE WILL ALWAYS BE SOMEONE AT THE BOTTOM OF THE SOCIAL SCALE. IT'S PART OF HUMAN NATURE.
WOULDN'T YOU?
IT IS IMPERATIVE TO BE AN OPTIMIST. THERE IS NO OTHER OPTION.
HOW MANY OF THEM SLEEP ON THE STREETS?
FIVE HUNDRED THOUSAND.
I DO WHAT I CAN.
I DON'T KNOW IF I BELIEVE IN HEAVEN.
THOSE CHILDREN ARE GOD'S LITTLE ANGELS. HE HAS ASKED US TO TAKE CARE OF THEM ON HIS BEHALF. EVERY TIME ONE OF THEM SUCCUMBS, HEAVEN GETS TIGHTER.

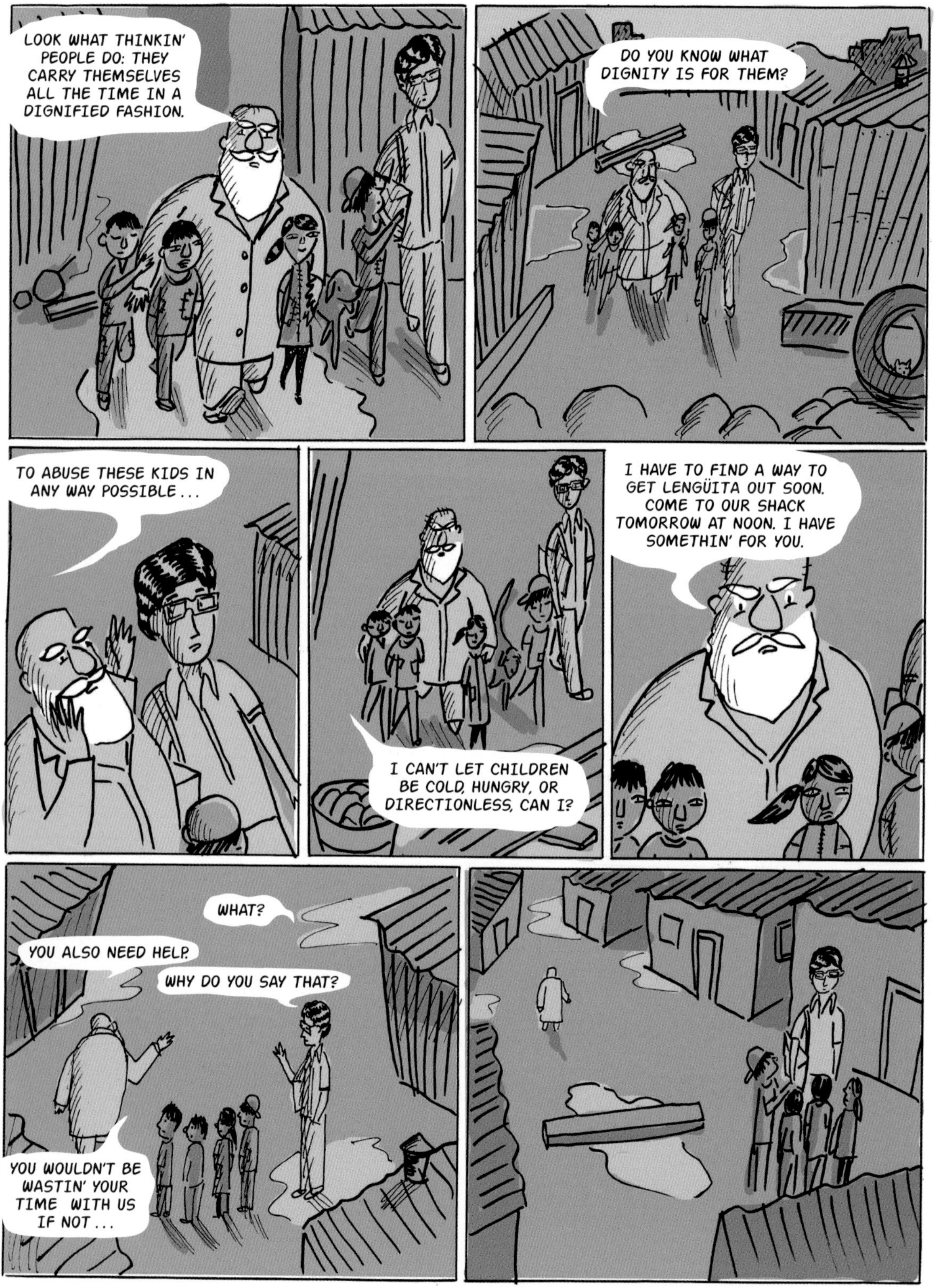
LOOK WHAT THINKIN' PEOPLE DO: THEY CARRY THEMSELVES ALL THE TIME IN A DIGNIFIED FASHION.
DO YOU KNOW WHAT DIGNITY IS FOR THEM?
TO ABUSE THESE KIDS IN ANY WAY POSSIBLE . . .
I CAN'T LET CHILDREN BE COLD, HUNGRY, OR DIRECTIONLESS, CAN I?
I HAVE TO FIND A WAY TO GET LENGÜITA OUT SOON. COME TO OUR SHACK TOMORROW AT NOON. I HAVE SOMETHIN' FOR YOU.
WHAT?
YOU ALSO NEED HELP.
WHY DO YOU SAY THAT?
YOU WOULDN'T BE WASTIN' YOUR TIME WITH US IF NOT . . .

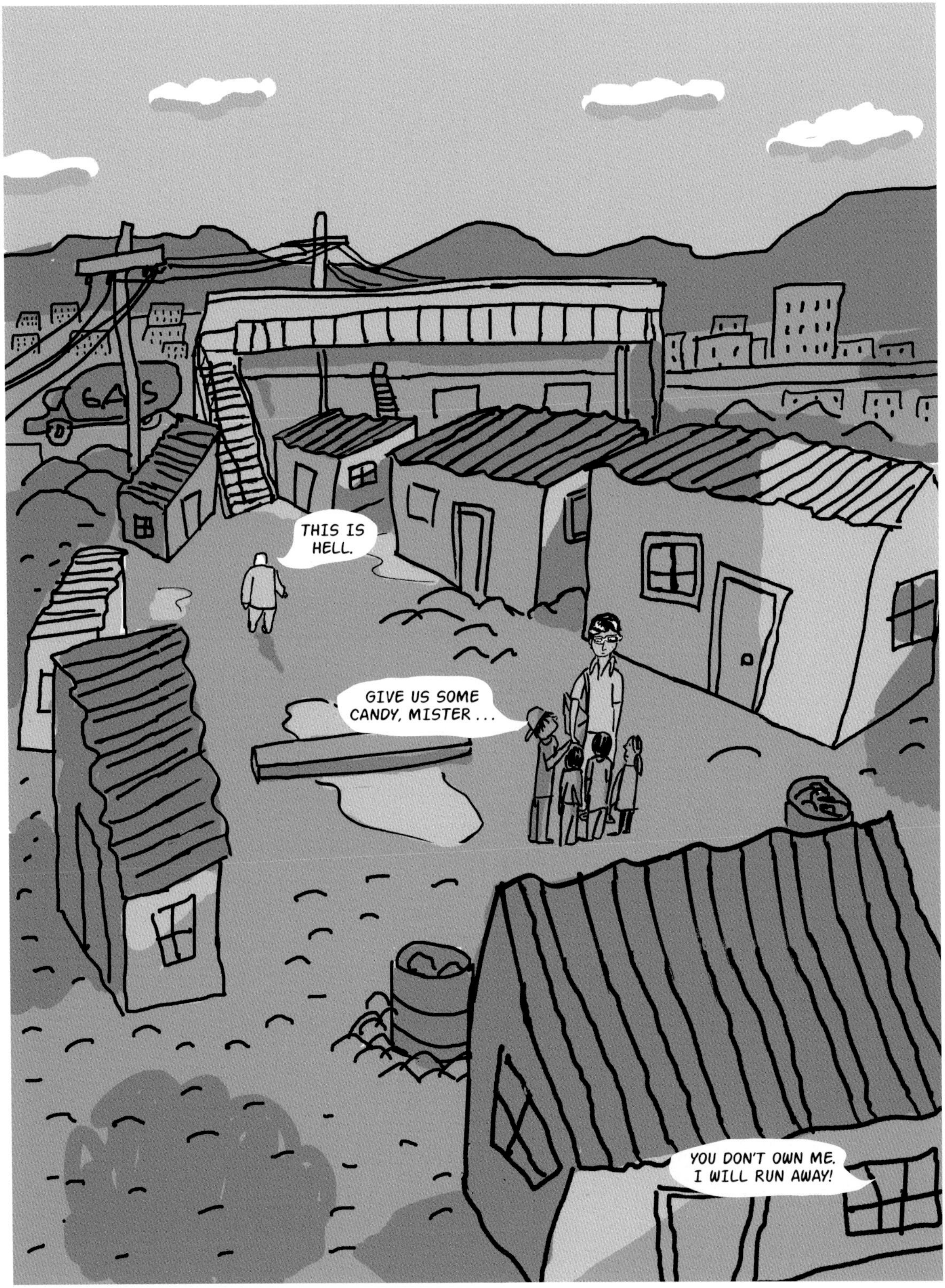
THIS IS HELL.
GIVE US SOME CANDY, MISTER . . .
YOU DON'T OWN ME. I WILL RUN AWAY!

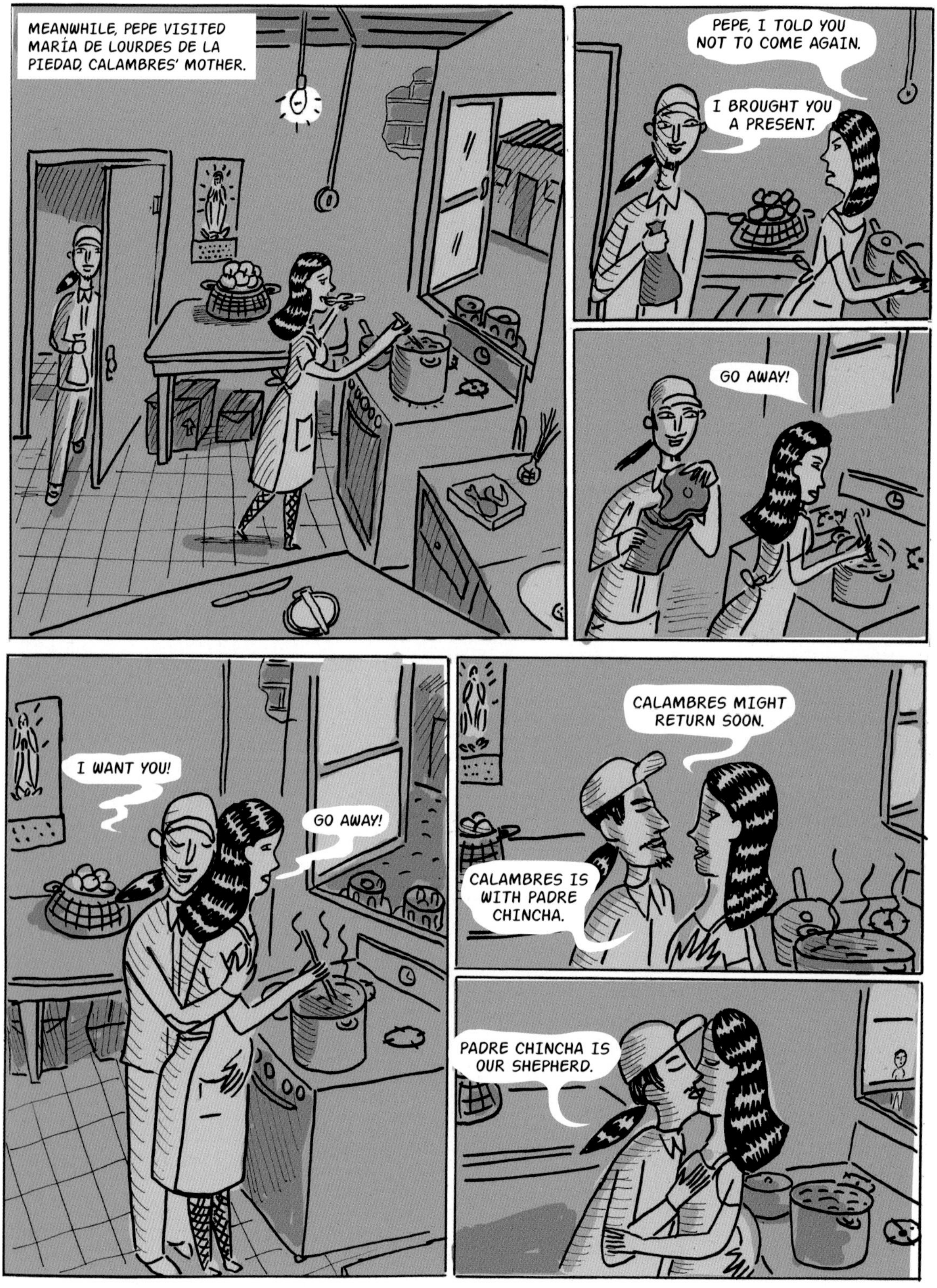
MEANWHILE, PEPE VISITED MARÍA DE LOURDES DE LA PIEDAD, CALAMBRES' MOTHER.
PEPE, I TOLD YOU NOT TO COME AGAIN.
I BROUGHT YOU A PRESENT.
GO AWAY!
I WANT YOU!
GO AWAY!
CALAMBRES MIGHT RETURN SOON.
CALAMBRES IS WITH PADRE CHINCHA.
PADRE CHINCHA IS OUR SHEPHERD.

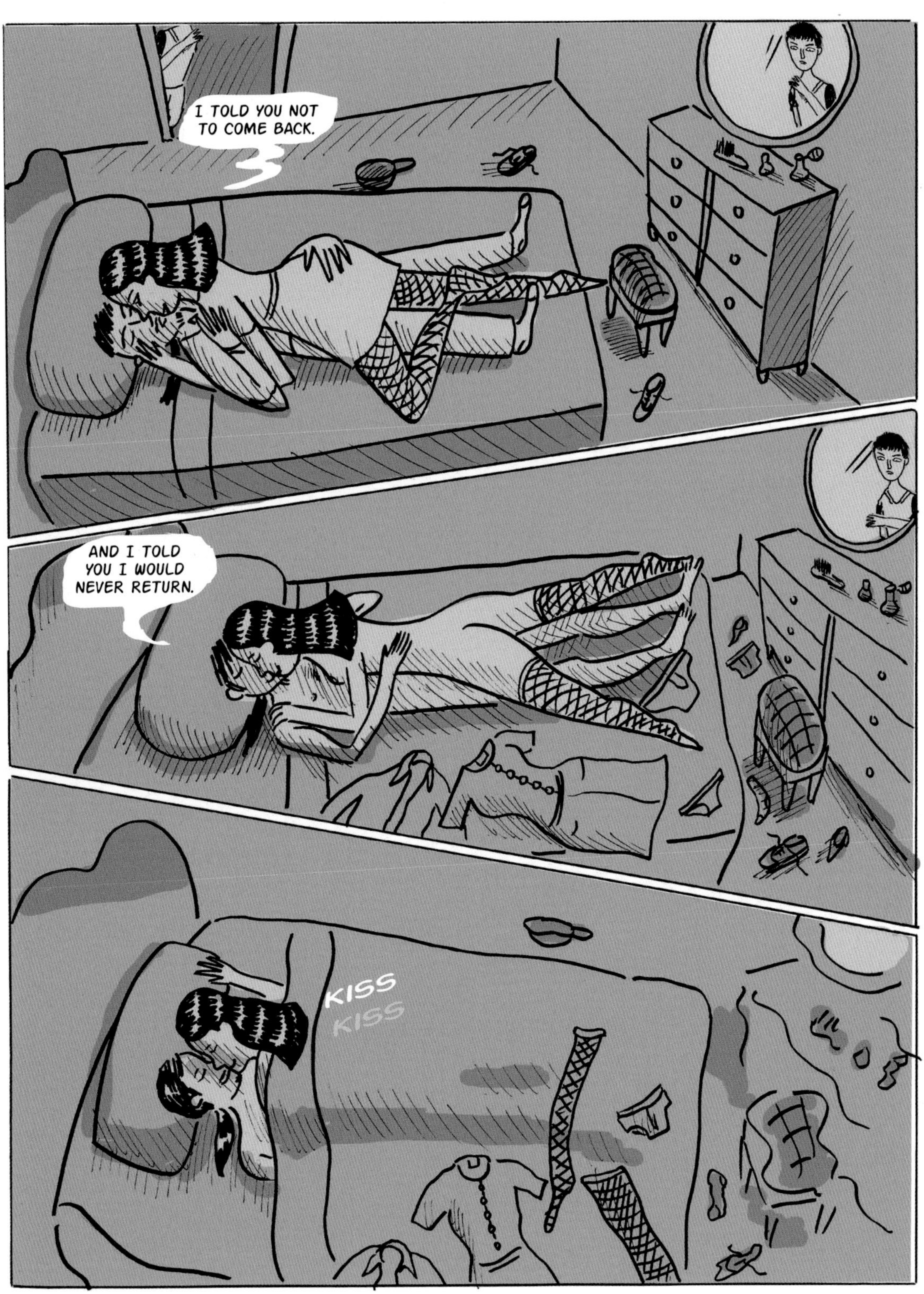
I TOLD YOU NOT TO COME BACK.
AND I TOLD YOU I WOULD NEVER RETURN.
KISS
KISS

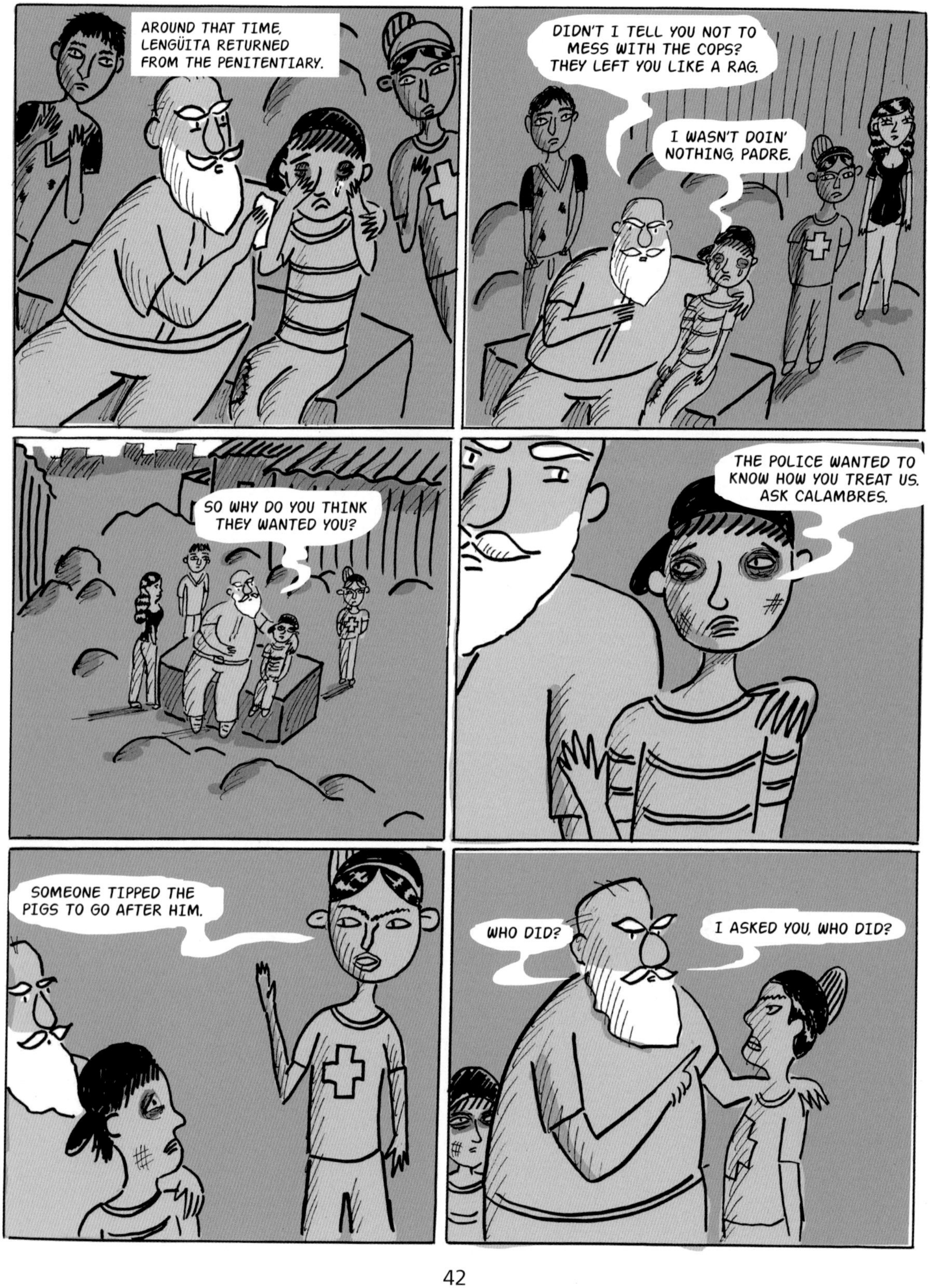
AROUND THAT TIME, LENGÜITA RETURNED FROM THE PENITENTIARY.
DIDN'T I TELL YOU NOT TO MESS WITH THE COPS? THEY LEFT YOU LIKE A RAG.
I WASN'T DOIN' NOTHING, PADRE.
SO WHY DO YOU THINK THEY WANTED YOU?
THE POLICE WANTED TO KNOW HOW YOU TREAT US. ASK CALAMBRES.
SOMEONE TIPPED THE PIGS TO GO AFTER HIM.
WHO DID?
I ASKED YOU, WHO DID?

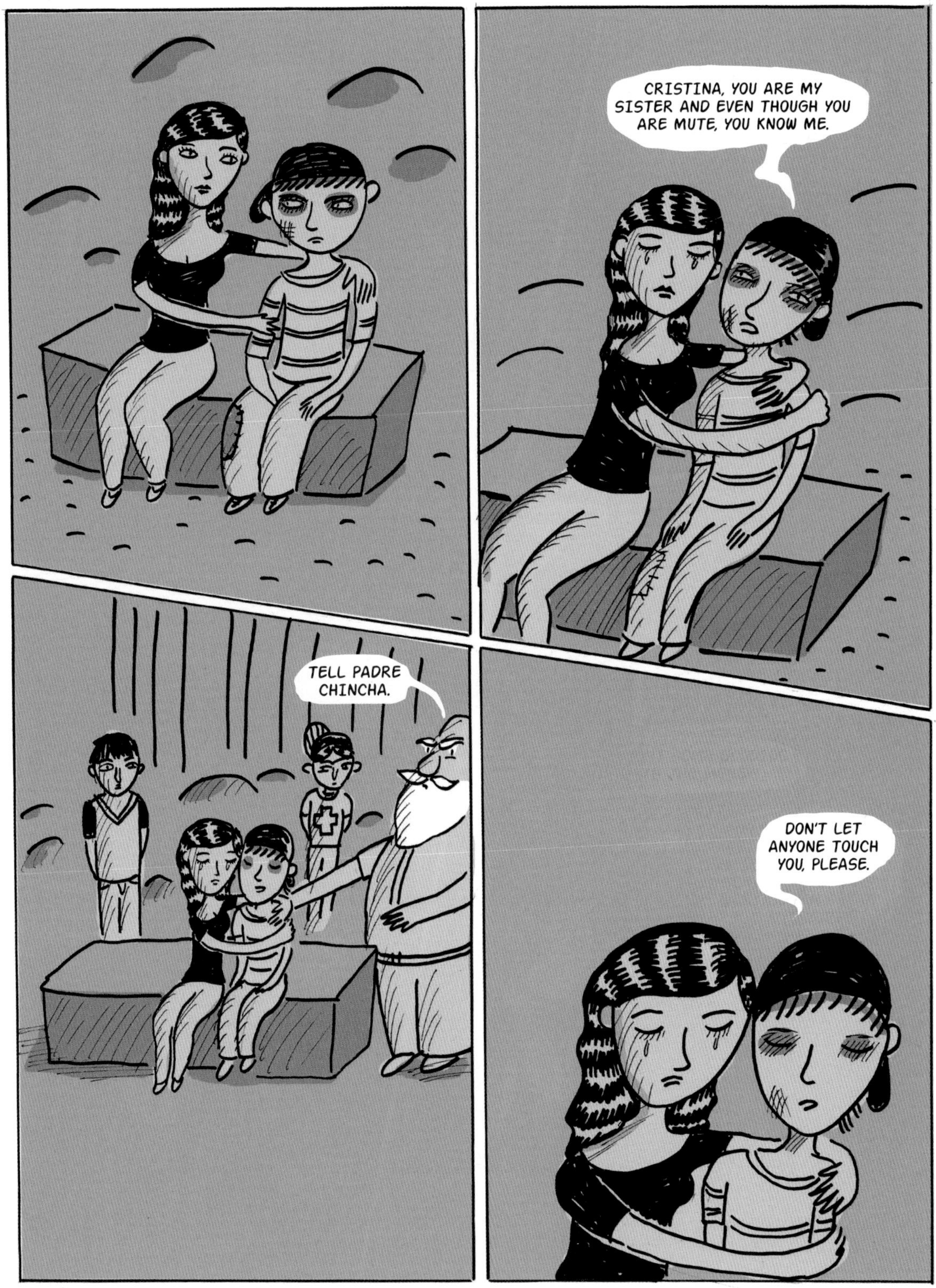
CRISTINA, YOU ARE MY SISTER AND EVEN THOUGH YOU ARE MUTE, YOU KNOW ME.
TELL PADRE CHINCHA.
DON'T LET ANYONE TOUCH YOU, PLEASE.

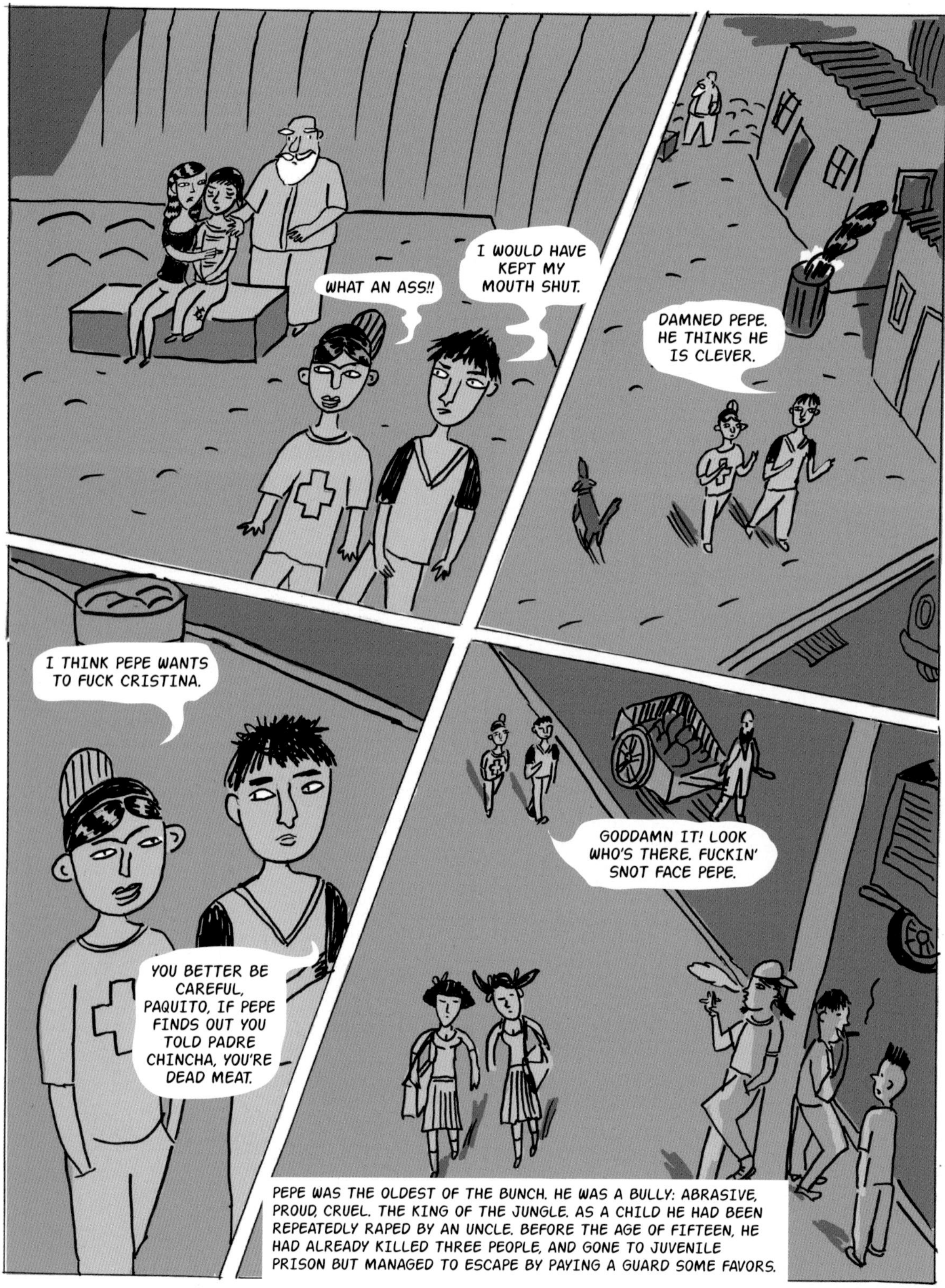
WHAT AN ASS!!
I WOULD HAVE KEPT MY MOUTH SHUT.
DAMNED PEPE. HE THINKS HE IS CLEVER.
I THINK PEPE WANTS TO FUCK CRISTINA.
YOU BETTER BE CAREFUL, PAQUITO, IF PEPE FINDS OUT YOU TOLD PADRE CHINCHA, YOU'RE DEAD MEAT.
GODDAMN IT! LOOK WHO'S THERE. FUCKIN' SNOT FACE PEPE.
PEPE WAS THE OLDEST OF THE BUNCH. HE WAS A BULLY: ABRASIVE, PROUD, CRUEL. THE KING OF THE JUNGLE. AS A CHILD HE HAD BEEN REPEATEDLY RAPED BY AN UNCLE. BEFORE THE AGE OF FIFTEEN, HE HAD ALREADY KILLED THREE PEOPLE, AND GONE TO JUVENILE PRISON BUT MANAGED TO ESCAPE BY PAYING A GUARD SOME FAVORS.

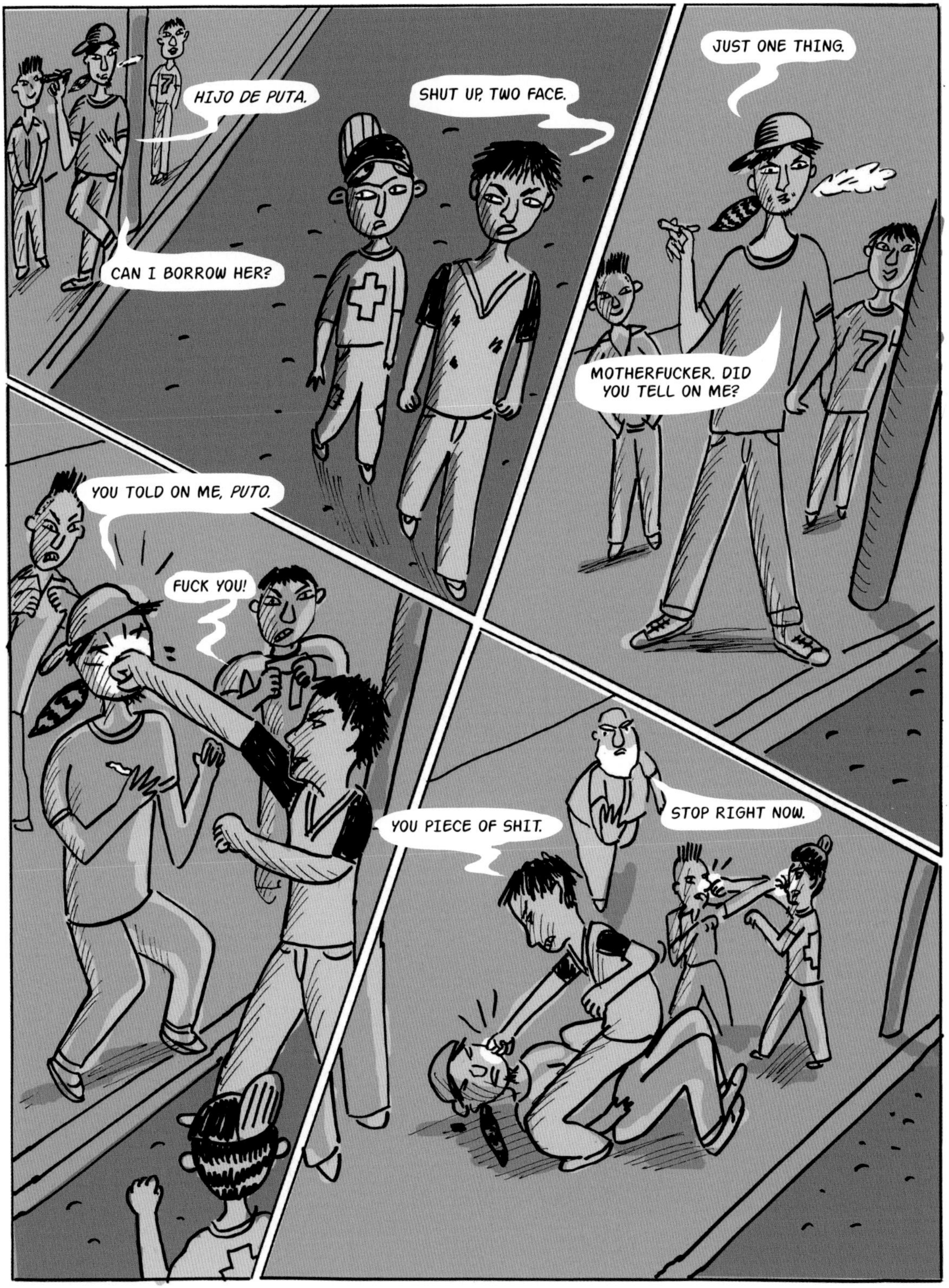
HIJO DE PUTA.
CAN I BORROW HER?
SHUT UP, TWO FACE.
JUST ONE THING.
MOTHERFUCKER. DID YOU TELL ON ME?
YOU TOLD ON ME, PUTO.
FUCK YOU!
YOU PIECE OF SHIT.
STOP RIGHT NOW.

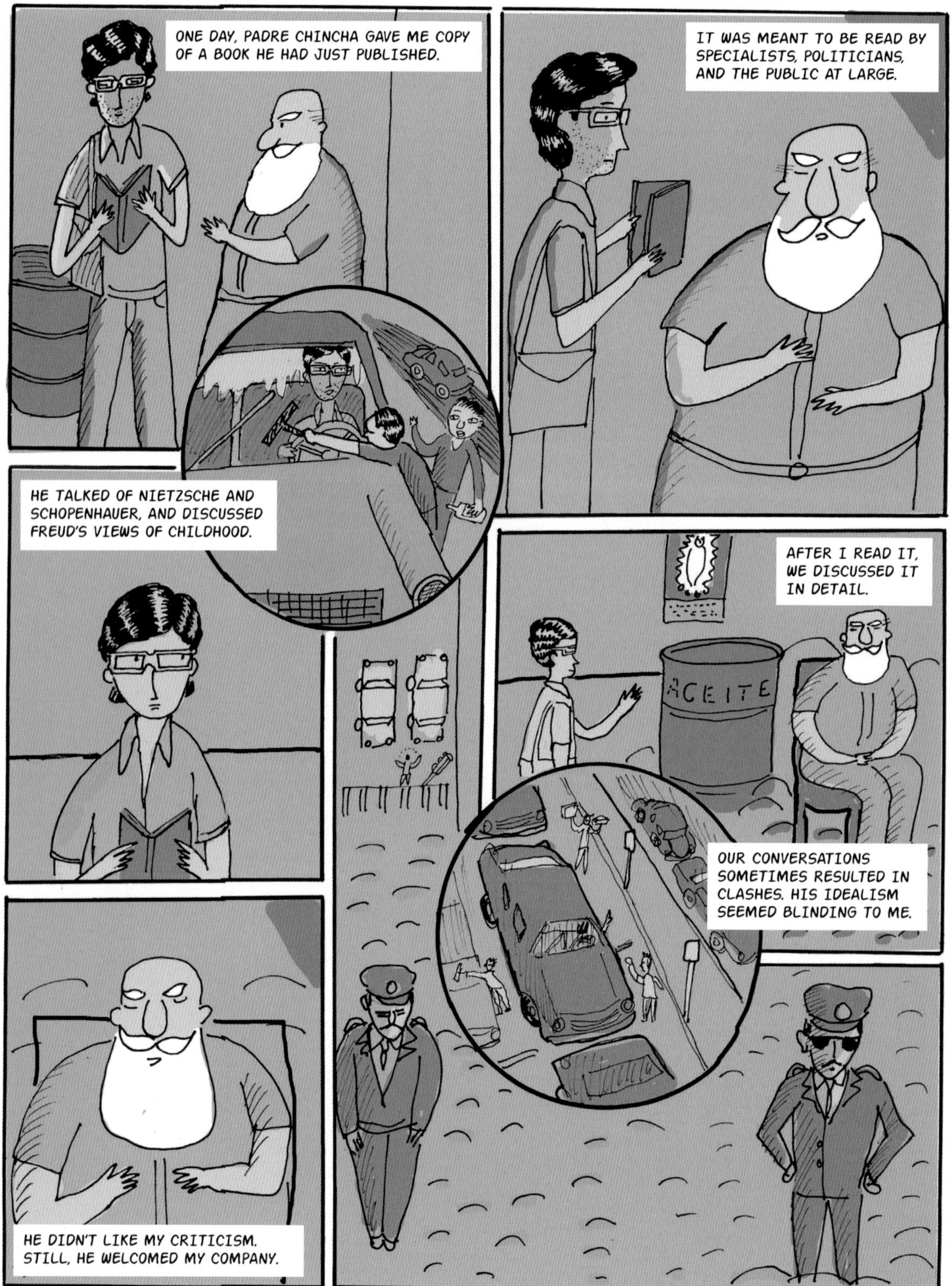
ONE DAY, PADRE CHINCHA GAVE ME COPY OF A BOOK HE HAD JUST PUBLISHED.
IT WAS MEANT TO BE READ BY SPECIALISTS, POLITICIANS, AND THE PUBLIC AT LARGE.
HE TALKED OF NIETZSCHE AND SCHOPENHAUER, AND DISCUSSED FREUD'S VIEWS OF CHILDHOOD.
AFTER I READ IT, WE DISCUSSED IT IN DETAIL.
ACEITE
OUR CONVERSATIONS SOMETIMES RESULTED IN CLASHES. HIS IDEALISM SEEMED BLINDING TO ME.
HE DIDN'T LIKE MY CRITICISM. STILL, HE WELCOMED MY COMPANY.

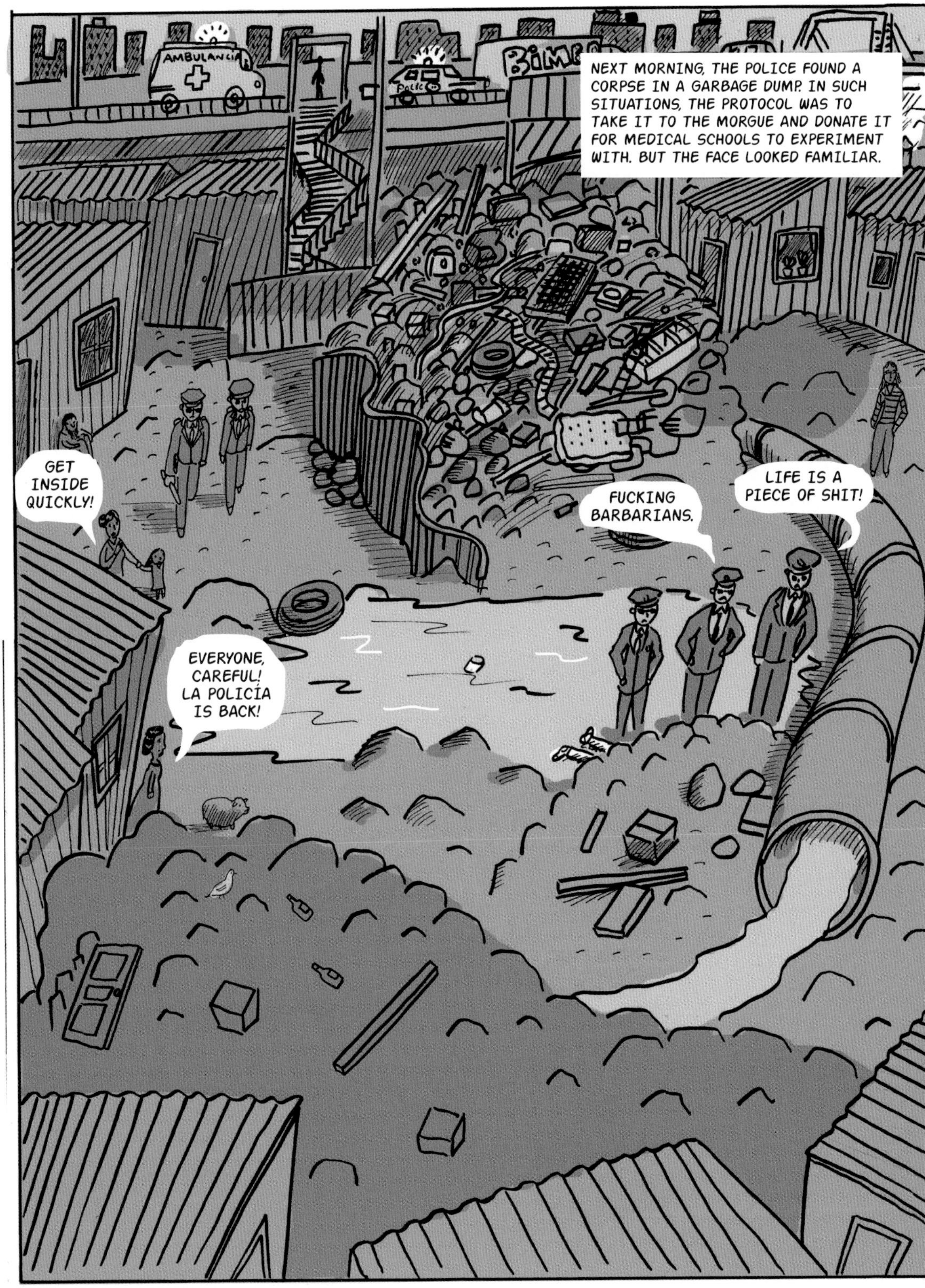
NEXT MORNING, THE POLICE FOUND A CORPSE IN A GARBAGE DUMP. IN SUCH SITUATIONS, THE PROTOCOL WAS TO TAKE IT TO THE MORGUE AND DONATE IT FOR MEDICAL SCHOOLS TO EXPERIMENT WITH. BUT THE FACE LOOKED FAMILIAR.
AMBULANCIA
GET INSIDE QUICKLY!
FUCKING BARBARIANS.
LIFE IS A PIECE OF SHIT!
EVERYONE, CAREFUL! LA POLICÍA IS BACK!

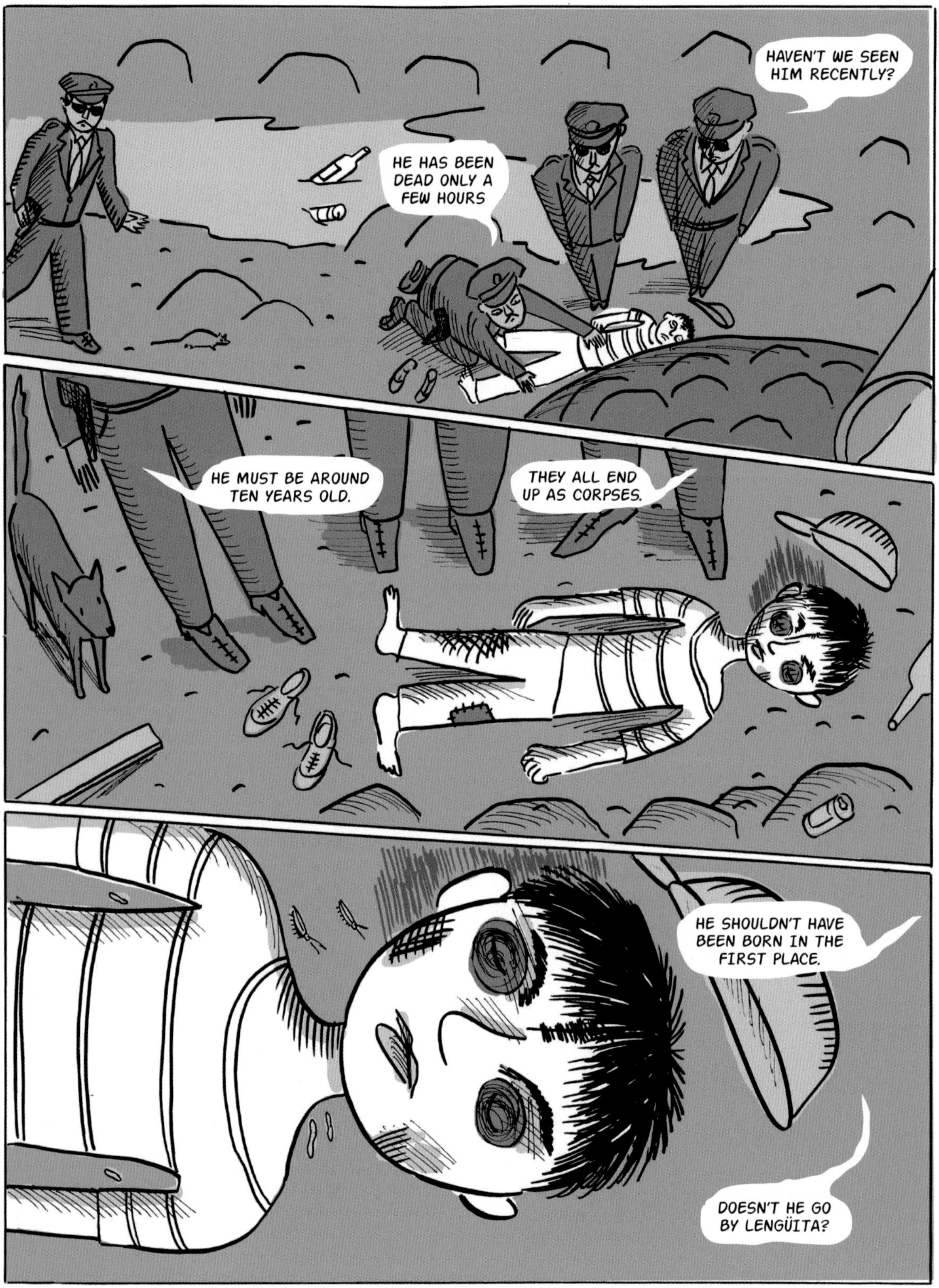
HAVEN'T WE SEEN HIM RECENTLY?
HE HAS BEEN DEAD ONLY A FEW HOURS
HE MUST BE AROUND TEN YEARS OLD.
THEY ALL END UP AS CORPSES.
HE SHOULDN'T HAVE BEEN BORN IN THE FIRST PLACE.
DOESN'T HE GO BY LENGÜITA?

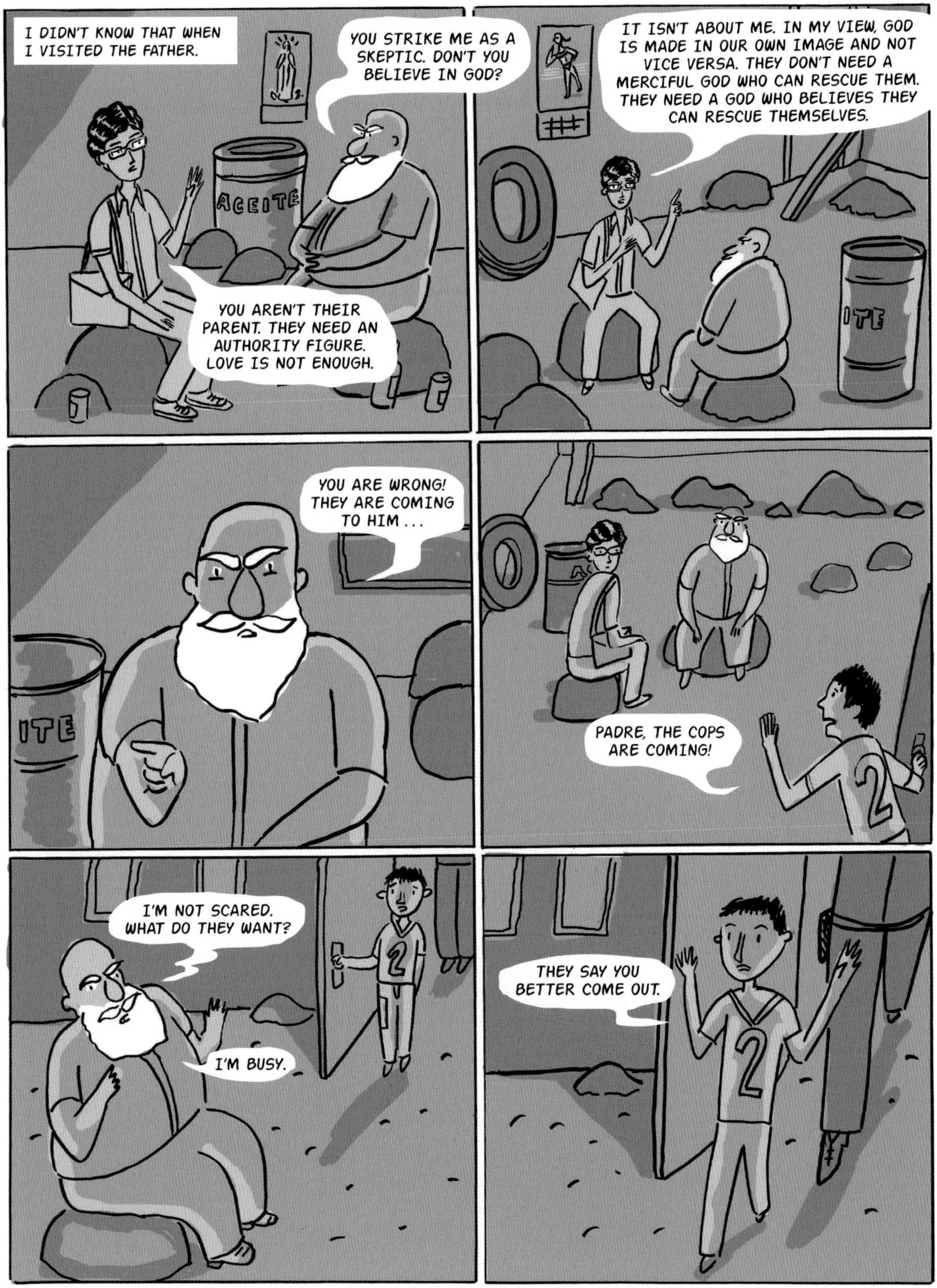
I DIDN'T KNOW THAT WHEN I VISITED THE FATHER.
YOU STRIKE ME AS A SKEPTIC. DON'T YOU BELIEVE IN GOD?
ACEITE
YOU AREN'T THEIR PARENT. THEY NEED AN AUTHORITY FIGURE. LOVE IS NOT ENOUGH.
IT ISN'T ABOUT ME. IN MY VIEW, GOD IS MADE IN OUR OWN IMAGE AND NOT VICE VERSA. THEY DON'T NEED A MERCIFUL GOD WHO CAN RESCUE THEM. THEY NEED A GOD WHO BELIEVES THEY CAN RESCUE THEMSELVES.
YOU ARE WRONG! THEY ARE COMING TO HIM . . .
PADRE, THE COPS ARE COMING!
I'M NOT SCARED. WHAT DO THEY WANT?
I'M BUSY.
THEY SAY YOU BETTER COME OUT.

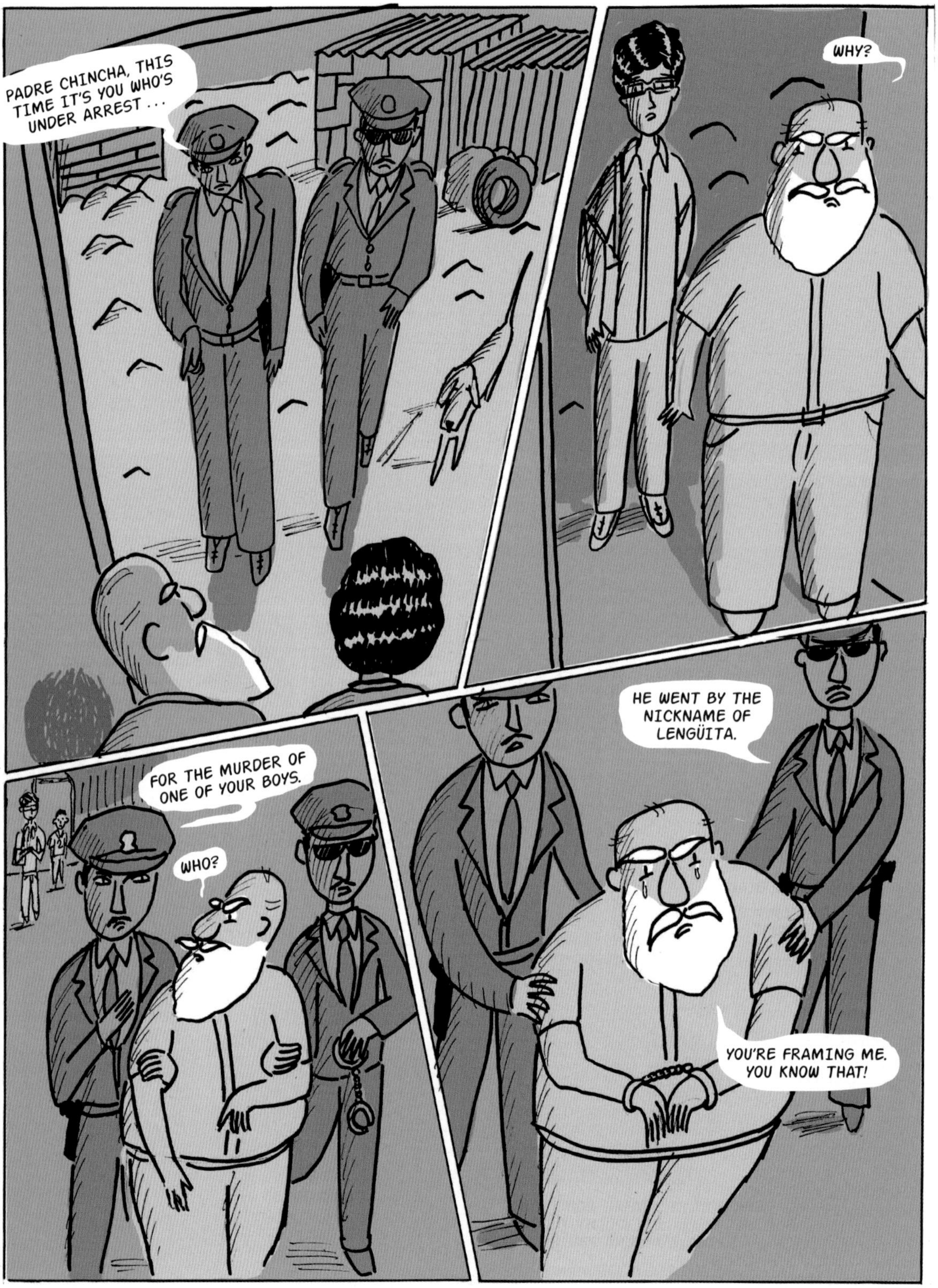
PADRE CHINCHA, THIS TIME IT'S YOU WHO'S UNDER ARREST . . .
WHY?
FOR THE MURDER OF ONE OF YOUR BOYS.
WHO?
HE WENT BY THE NICKNAME OF LENGÜITA.
YOU'RE FRAMING ME. YOU KNOW THAT!

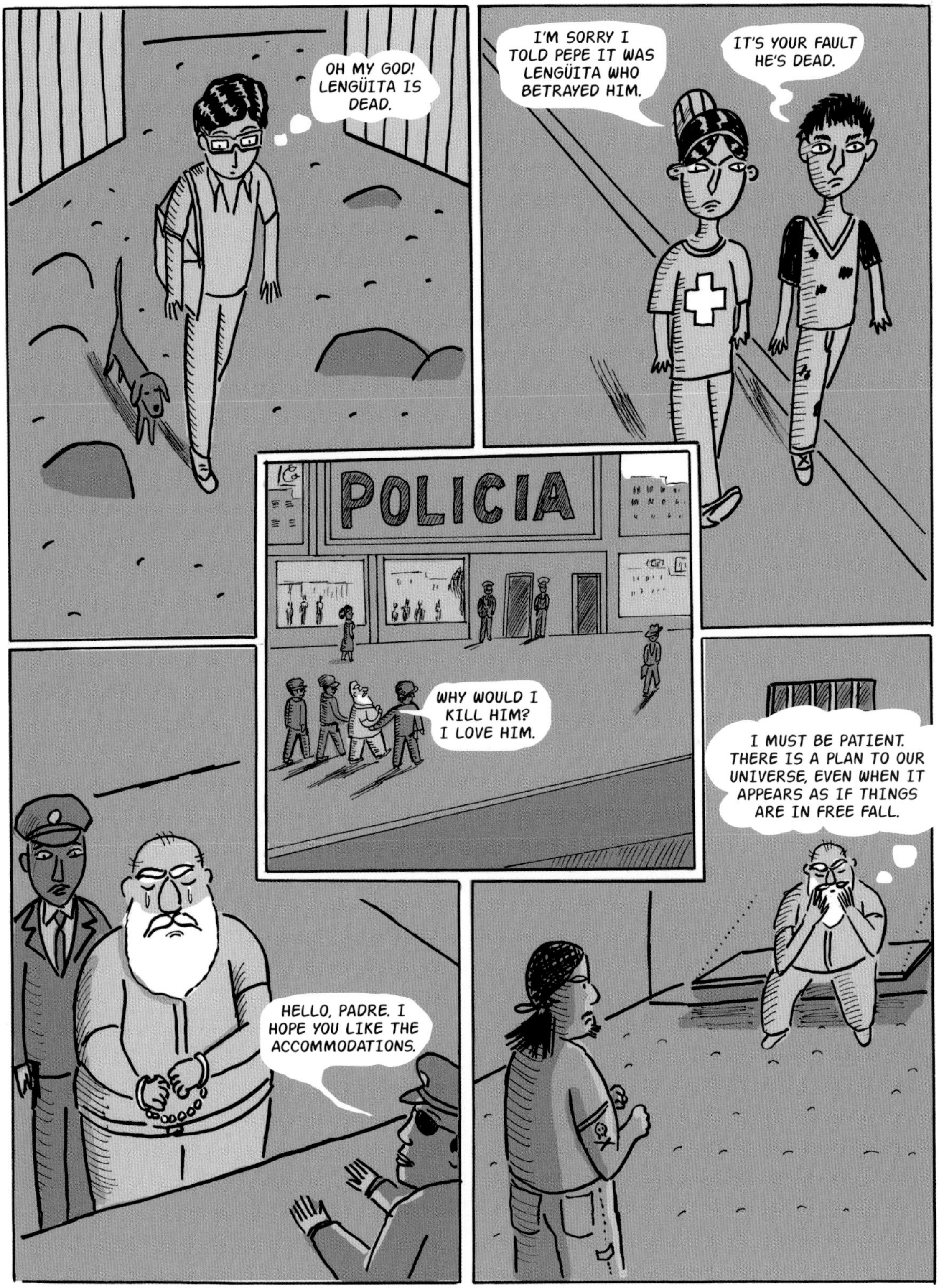
OH MY GOD! LENGÜITA IS DEAD.
I'M SORRY I TOLD PEPE IT WAS LENGÜITA WHO BETRAYED HIM.
IT'S YOUR FAULT HE'S DEAD.
POLICIA
WHY WOULD I KILL HIM? I LOVE HIM.
HELLO, PADRE. I HOPE YOU LIKE THE ACCOMMODATIONS.
I MUST BE PATIENT. THERE IS A PLAN TO OUR UNIVERSE, EVEN WHEN IT APPEARS AS IF THINGS ARE IN FREE FALL.

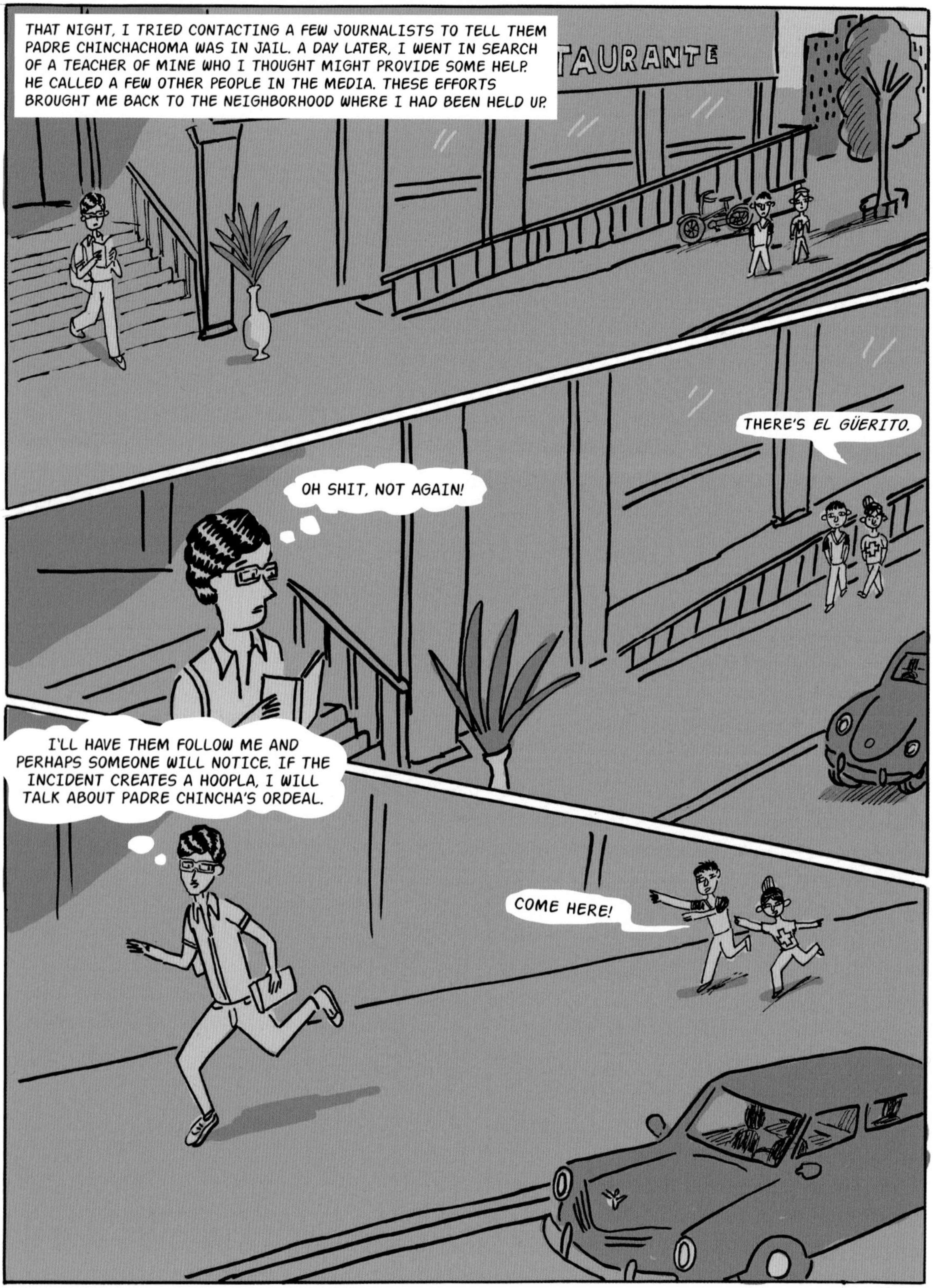
THAT NIGHT, I TRIED CONTACTING A FEW JOURNALISTS TO TELL THEM PADRE CHINCHACHOMA WAS IN JAIL. A DAY LATER, I WENT IN SEARCH OF A TEACHER OF MINE WHO I THOUGHT MIGHT PROVIDE SOME HELP. HE CALLED A FEW OTHER PEOPLE IN THE MEDIA. THESE EFFORTS BROUGHT ME BACK TO THE NEIGHBORHOOD WHERE I HAD BEEN HELD UP.
TAURANTE
THERE'S EL GÜERITO.
OH SHIT, NOT AGAIN!
I'LL HAVE THEM FOLLOW ME AND PERHAPS SOMEONE WILL NOTICE. IF THE INCIDENT CREATES A HOOPLA, I WILL TALK ABOUT PADRE CHINCHA'S ORDEAL.
COME HERE!

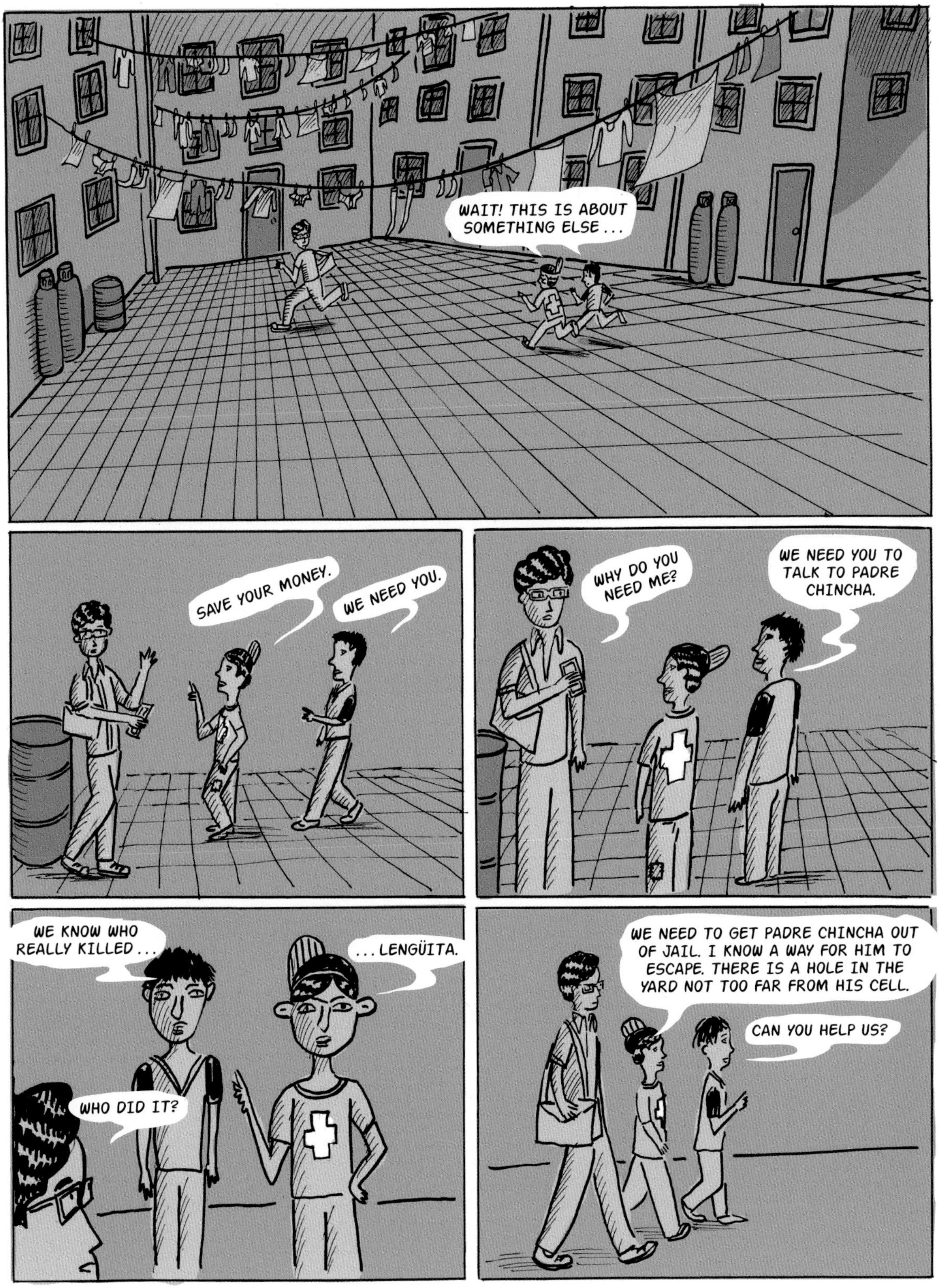
WAIT! THIS IS ABOUT SOMETHING ELSE . . .
SAVE YOUR MONEY.
WE NEED YOU.
WHY DO YOU NEED ME?
WE NEED YOU TO TALK TO PADRE CHINCHA.
WE KNOW WHO REALLY KILLED . . .
. . . LENGÜITA.
WHO DID IT?
WE NEED TO GET PADRE CHINCHA OUT OF JAIL. I KNOW A WAY FOR HIM TO ESCAPE. THERE IS A HOLE IN THE YARD NOT TOO FAR FROM HIS CELL.
CAN YOU HELP US?

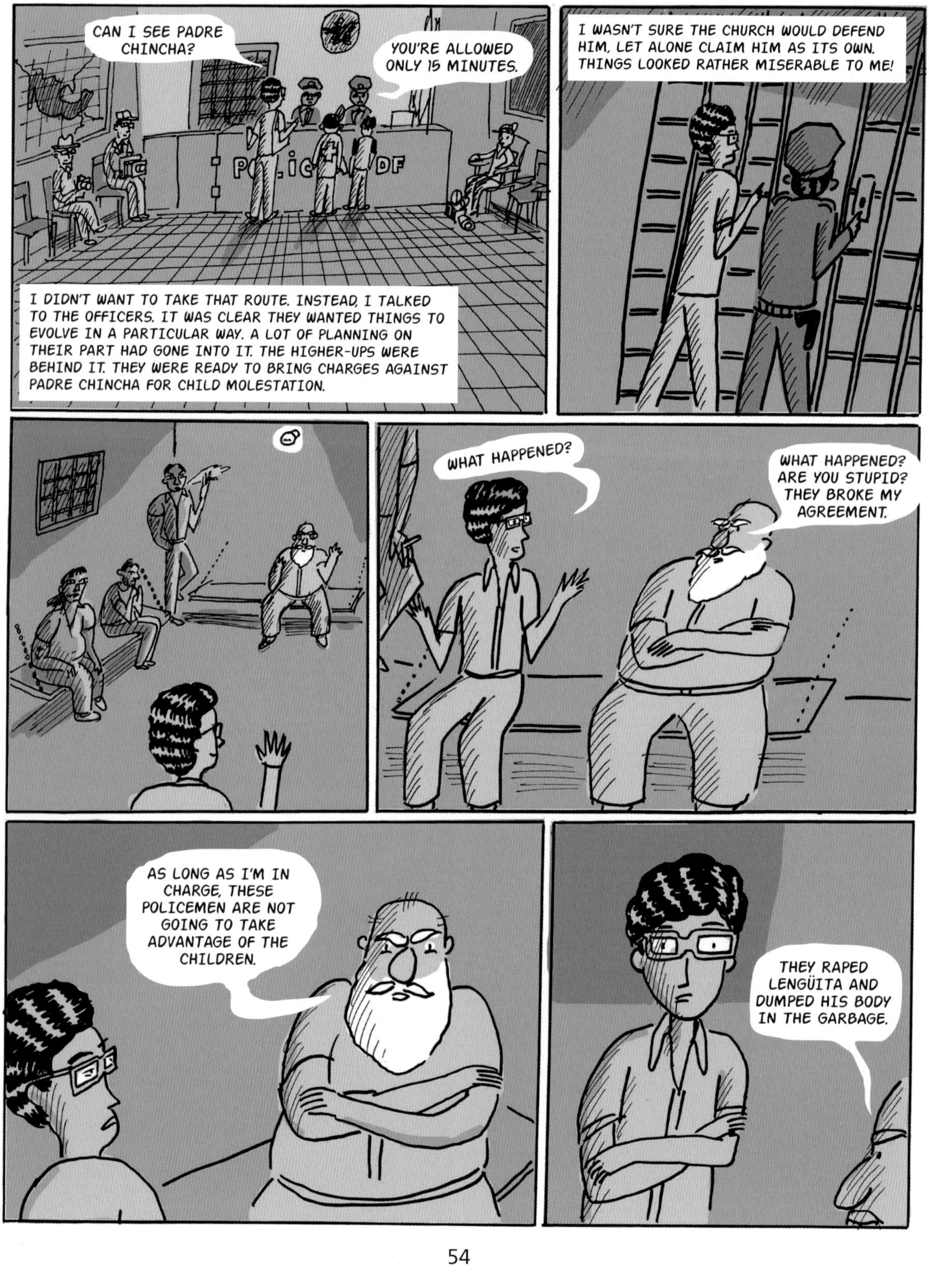
CAN I SEE PADRE CHINCHA?
YOU'RE ALLOWED ONLY 15 MINUTES.
POLICÍA DF
I DIDN'T WANT TO TAKE THAT ROUTE. INSTEAD, I TALKED TO THE OFFICERS. IT WAS CLEAR THEY WANTED THINGS TO EVOLVE IN A PARTICULAR WAY. A LOT OF PLANNING ON THEIR PART HAD GONE INTO IT. THE HIGHER-UPS WERE BEHIND IT. THEY WERE READY TO BRING CHARGES AGAINST PADRE CHINCHA FOR CHILD MOLESTATION.
I WASN'T SURE THE CHURCH WOULD DEFEND HIM, LET ALONE CLAIM HIM AS ITS OWN. THINGS LOOKED RATHER MISERABLE TO ME!
WHAT HAPPENED?
WHAT HAPPENED? ARE YOU STUPID? THEY BROKE MY AGREEMENT.
AS LONG AS I'M IN CHARGE, THESE POLICEMEN ARE NOT GOING TO TAKE ADVANTAGE OF THE CHILDREN.
THEY RAPED LENGÜITA AND DUMPED HIS BODY IN THE GARBAGE.

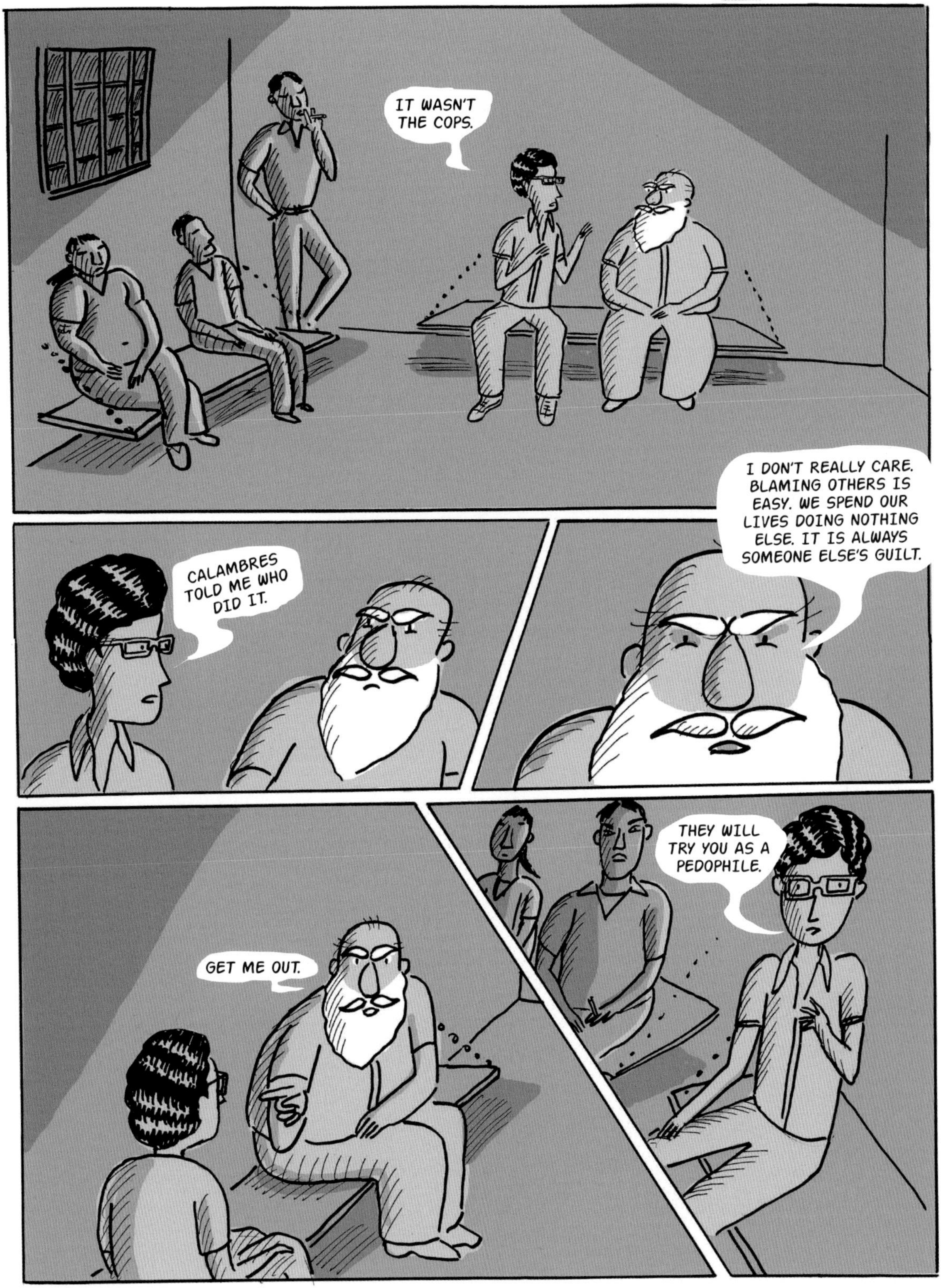
IT WASN'T THE COPS.
CALAMBRES TOLD ME WHO DID IT.
I DON'T REALLY CARE. BLAMING OTHERS IS EASY. WE SPEND OUR LIVES DOING NOTHING ELSE. IT IS ALWAYS SOMEONE ELSE'S GUILT.
GET ME OUT.
THEY WILL TRY YOU AS A PEDOPHILE.

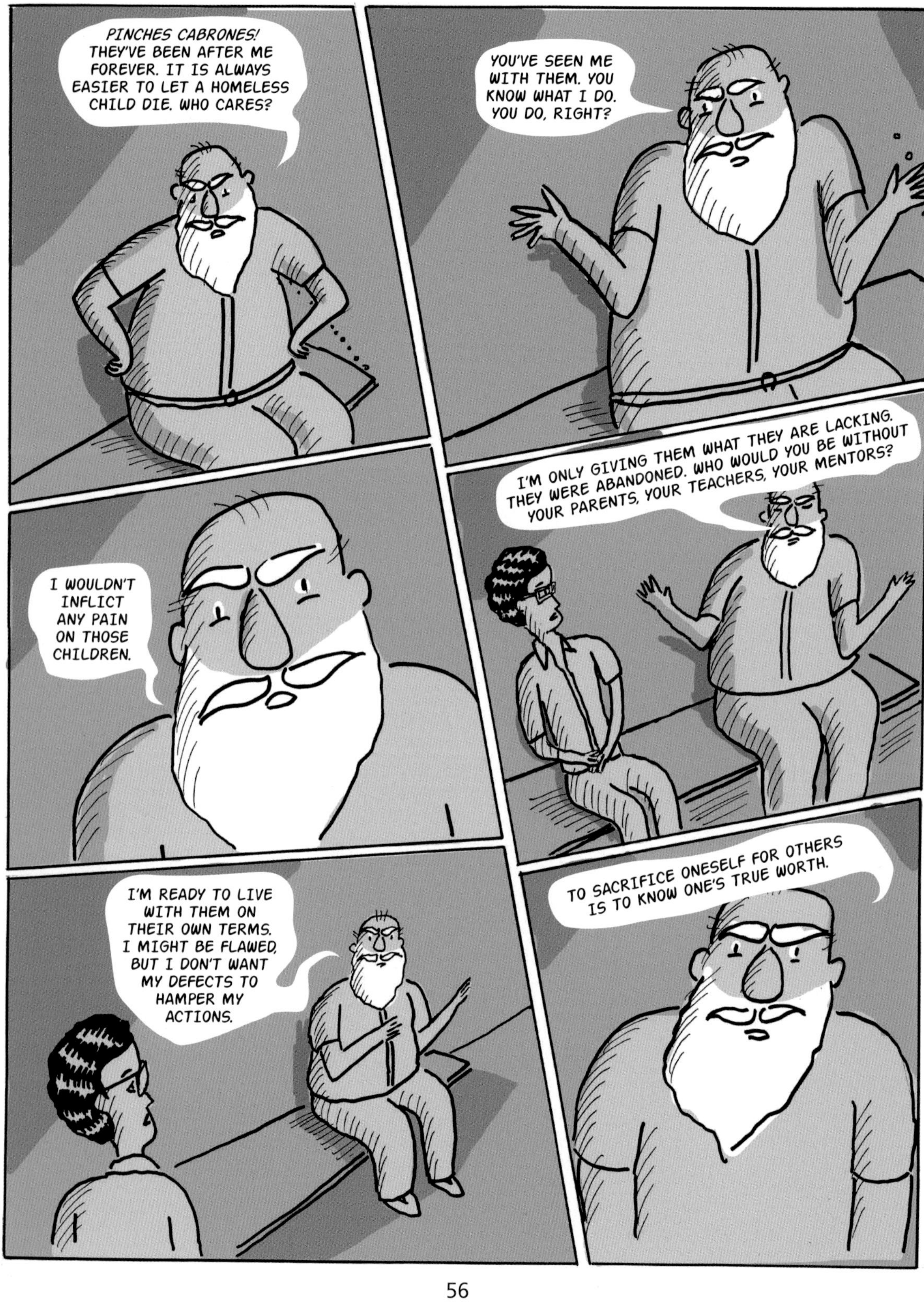
PINCHES CABRONES! THEY'VE BEEN AFTER ME FOREVER. IT IS ALWAYS EASIER TO LET A HOMELESS CHILD DIE. WHO CARES?
YOU'VE SEEN ME WITH THEM. YOU KNOW WHAT I DO. YOU DO, RIGHT?
I WOULDN'T INFLICT ANY PAIN ON THOSE CHILDREN.
I'M ONLY GIVING THEM WHAT THEY ARE LACKING. THEY WERE ABANDONED. WHO WOULD YOU BE WITHOUT YOUR PARENTS, YOUR TEACHERS, YOUR MENTORS?
I'M READY TO LIVE WITH THEM ON THEIR OWN TERMS. I MIGHT BE FLAWED, BUT I DON'T WANT MY DEFECTS TO HAMPER MY ACTIONS.
TO SACRIFICE ONESELF FOR OTHERS IS TO KNOW ONE'S TRUE WORTH.

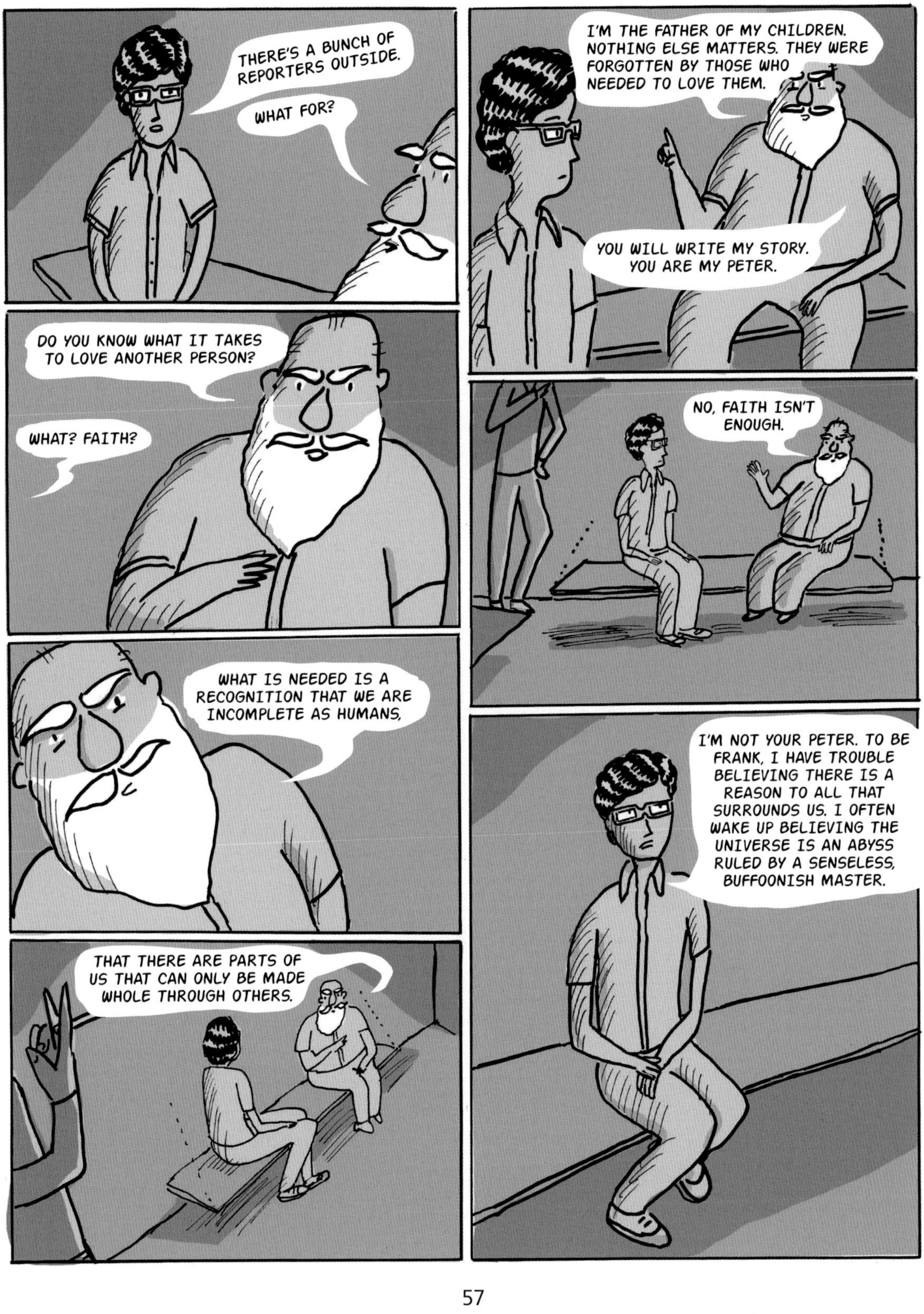

THERE'S A BUNCH OF REPORTERS OUTSIDE.
WHAT FOR?
I'M THE FATHER OF MY CHILDREN. NOTHING ELSE MATTERS. THEY WERE FORGOTTEN BY THOSE WHO NEEDED TO LOVE THEM.
YOU WILL WRITE MY STORY. YOU ARE MY PETER.
DO YOU KNOW WHAT IT TAKES TO LOVE ANOTHER PERSON?
WHAT? FAITH?
NO, FAITH ISN'T ENOUGH.
WHAT IS NEEDED IS A RECOGNITION THAT WE ARE INCOMPLETE AS HUMANS,
THAT THERE ARE PARTS OF US THAT CAN ONLY BE MADE WHOLE THROUGH OTHERS.
I'M NOT YOUR PETER. TO BE FRANK, I HAVE TROUBLE BELIEVING THERE IS A REASON TO ALL THAT SURROUNDS US. I OFTEN WAKE UP BELIEVING THE UNIVERSE IS AN ABYSS RULED BY A SENSELESS, BUFFOONISH MASTER.

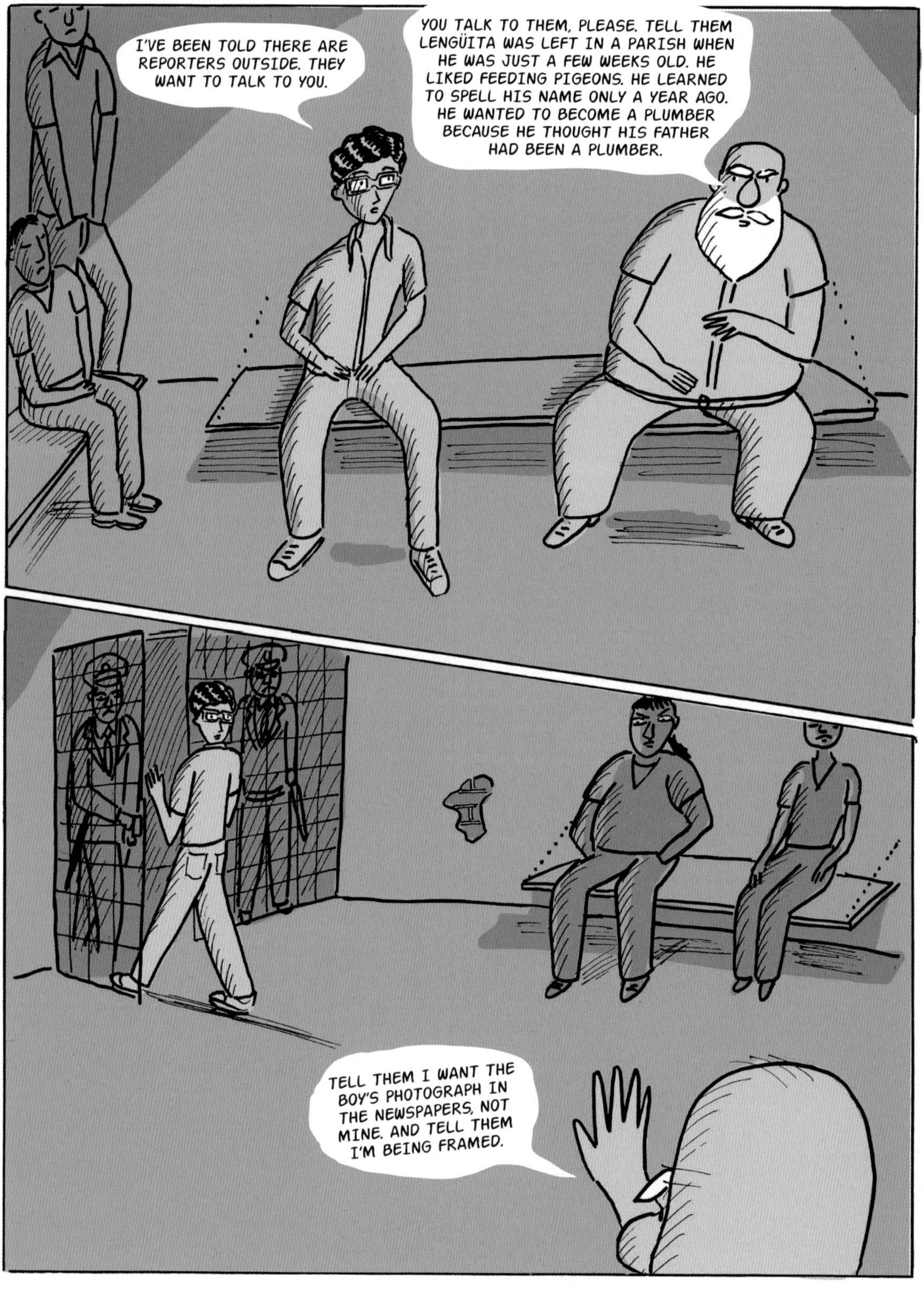
I'VE BEEN TOLD THERE ARE REPORTERS OUTSIDE. THEY WANT TO TALK TO YOU.
YOU TALK TO THEM, PLEASE. TELL THEM LENGÜITA WAS LEFT IN A PARISH WHEN HE WAS JUST A FEW WEEKS OLD. HE LIKED FEEDING PIGEONS. HE LEARNED TO SPELL HIS NAME ONLY A YEAR AGO. HE WANTED TO BECOME A PLUMBER BECAUSE HE THOUGHT HIS FATHER HAD BEEN A PLUMBER.
TELL THEM I WANT THE BOY'S PHOTOGRAPH IN THE NEWSPAPERS, NOT MINE. AND TELL THEM I'M BEING FRAMED.

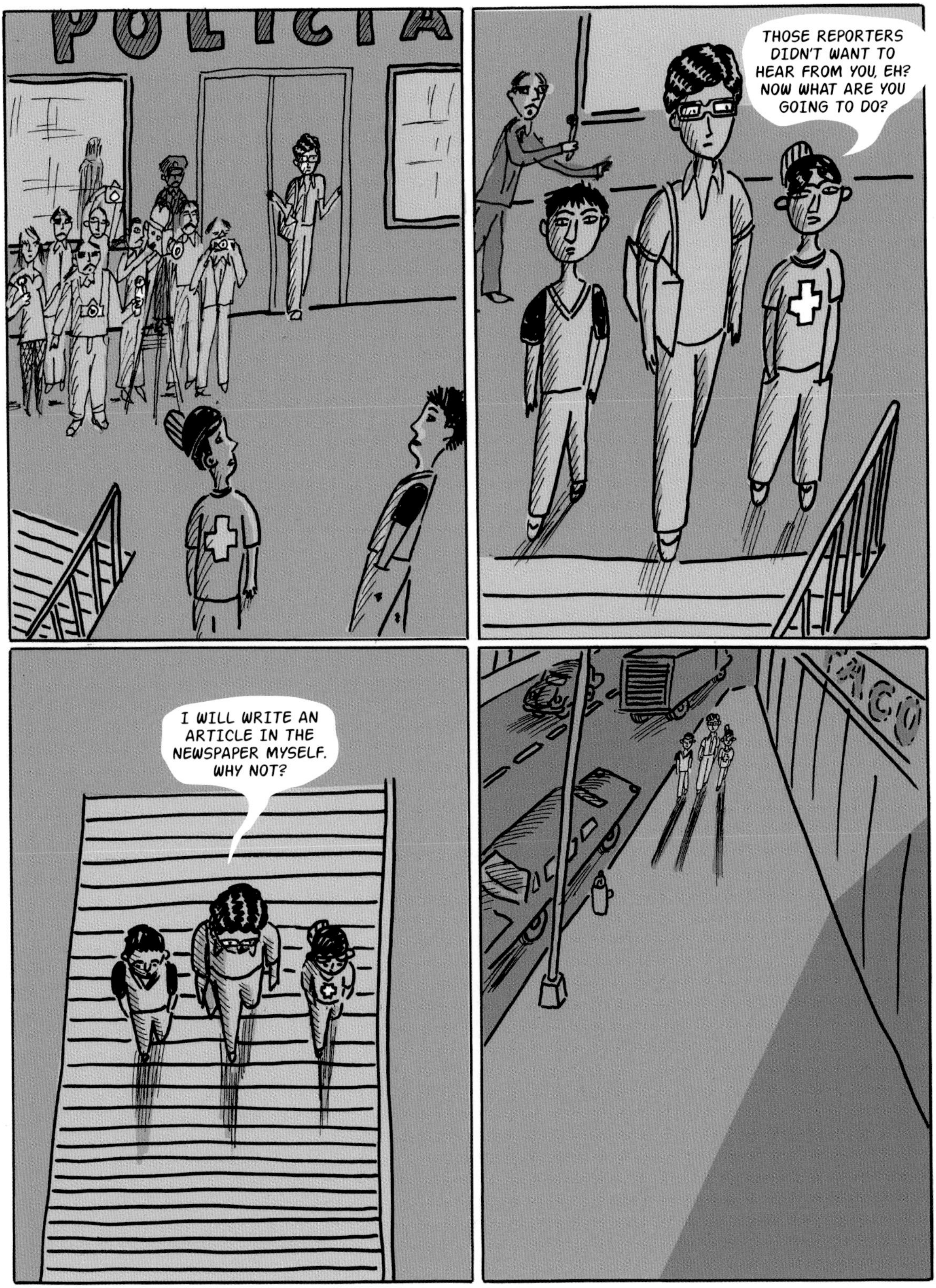
POLICIA
THOSE REPORTERS DIDN'T WANT TO HEAR FROM YOU, EH? NOW WHAT ARE YOU GOING TO DO?
I WILL WRITE AN ARTICLE IN THE NEWSPAPER MYSELF. WHY NOT?

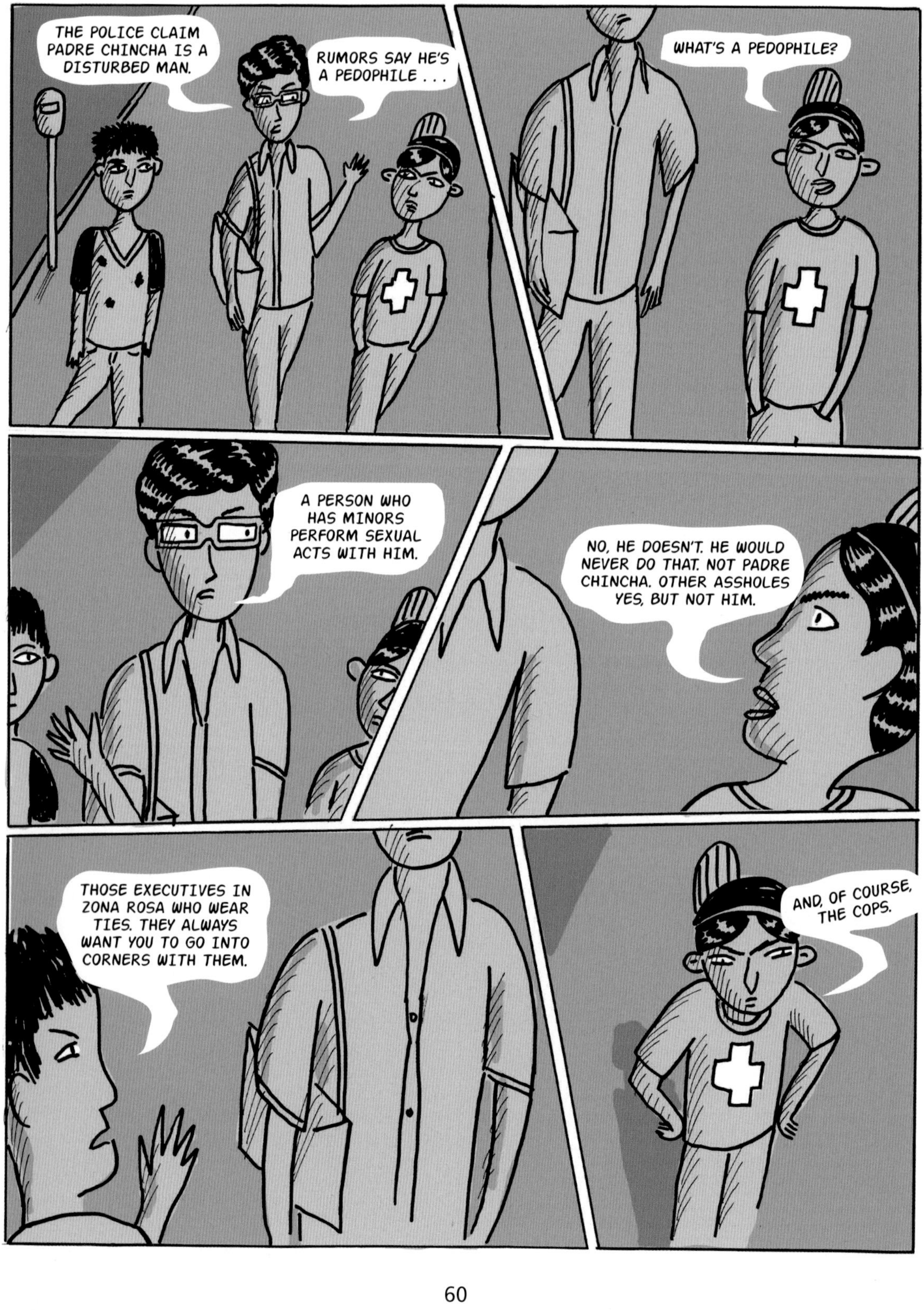
THE POLICE CLAIM PADRE CHINCHA IS A DISTURBED MAN.
RUMORS SAY HE'S A PEDOPHILE . . .
WHAT'S A PEDOPHILE?
A PERSON WHO HAS MINORS PERFORM SEXUAL ACTS WITH HIM.
NO, HE DOESN'T. HE WOULD NEVER DO THAT. NOT PADRE CHINCHA. OTHER ASSHOLES YES, BUT NOT HIM.
THOSE EXECUTIVES IN ZONA ROSA WHO WEAR TIES. THEY ALWAYS WANT YOU TO GO INTO CORNERS WITH THEM.
AND, OF COURSE, THE COPS.

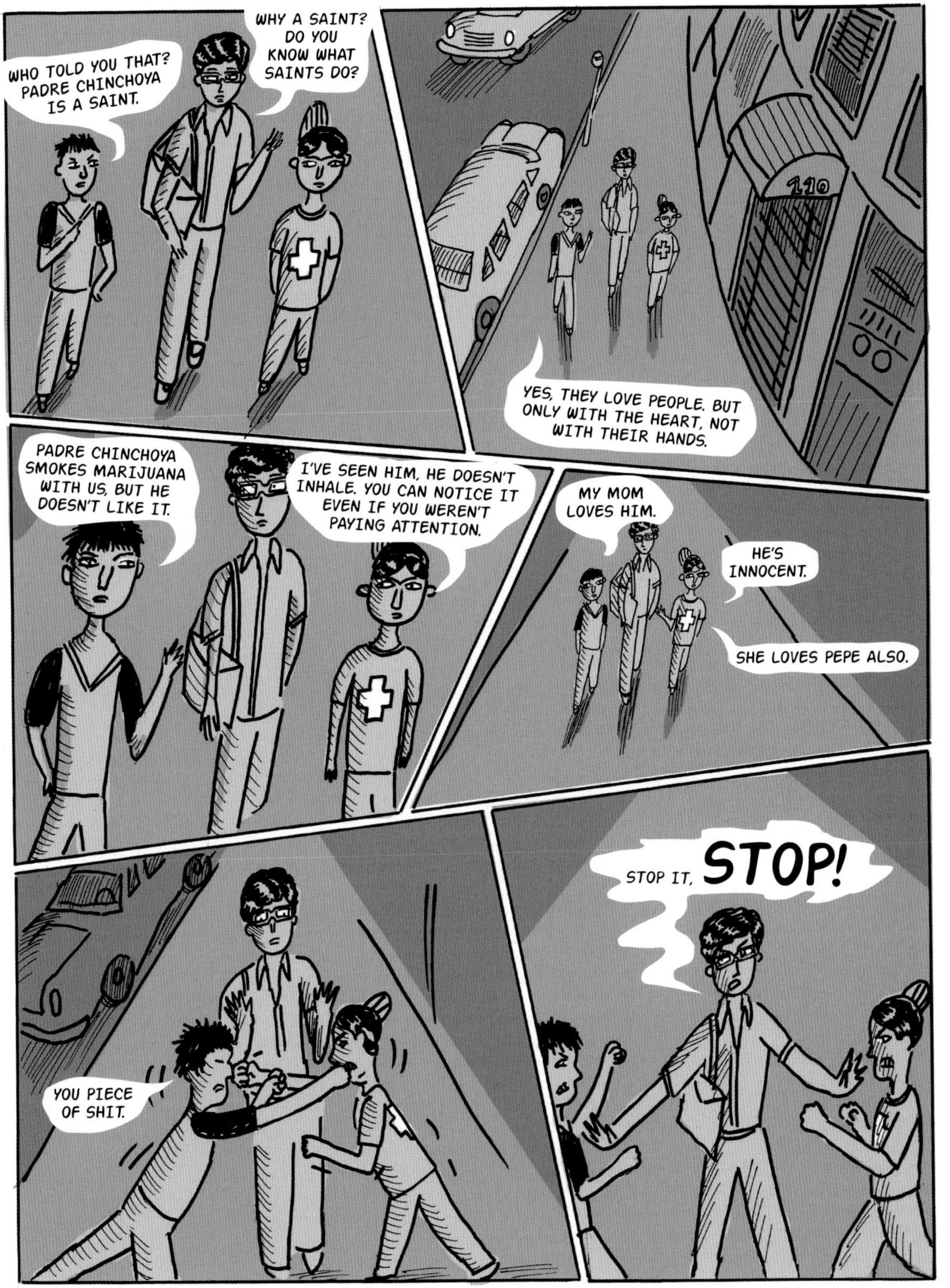
WHO TOLD YOU THAT? PADRE CHINCHOYA IS A SAINT.
WHY A SAINT? DO YOU KNOW WHAT SAINTS DO?
110
YES, THEY LOVE PEOPLE. BUT ONLY WITH THE HEART, NOT WITH THEIR HANDS.
PADRE CHINCHOYA SMOKES MARIJUANA WITH US, BUT HE DOESN'T LIKE IT.
I'VE SEEN HIM, HE DOESN'T INHALE. YOU CAN NOTICE IT EVEN IF YOU WEREN'T PAYING ATTENTION.
MY MOM LOVES HIM.
HE'S INNOCENT.
SHE LOVES PEPE ALSO.
YOU PIECE OF SHIT.
STOP IT, STOP!

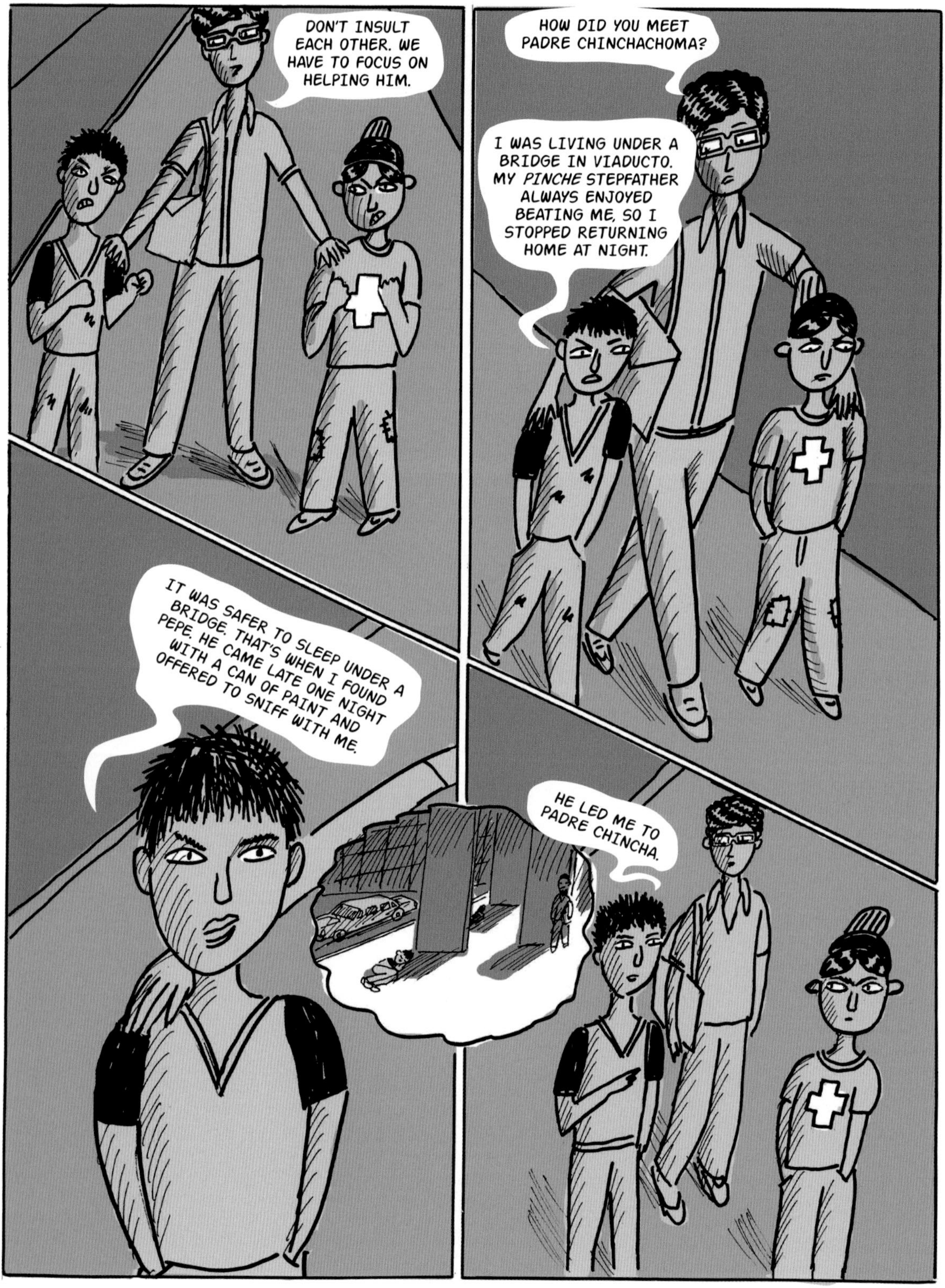
DON'T INSULT EACH OTHER. WE HAVE TO FOCUS ON HELPING HIM.
HOW DID YOU MEET PADRE CHINCHACHOMA?
I WAS LIVING UNDER A BRIDGE IN VIADUCTO. MY *PINCHE* STEPFATHER ALWAYS ENJOYED BEATING ME, SO I STOPPED RETURNING HOME AT NIGHT.
IT WAS SAFER TO SLEEP UNDER A BRIDGE. THAT'S WHEN I FOUND PEPE. HE CAME LATE ONE NIGHT WITH A CAN OF PAINT AND OFFERED TO SNIFF WITH ME.
HE LED ME TO PADRE CHINCHA.

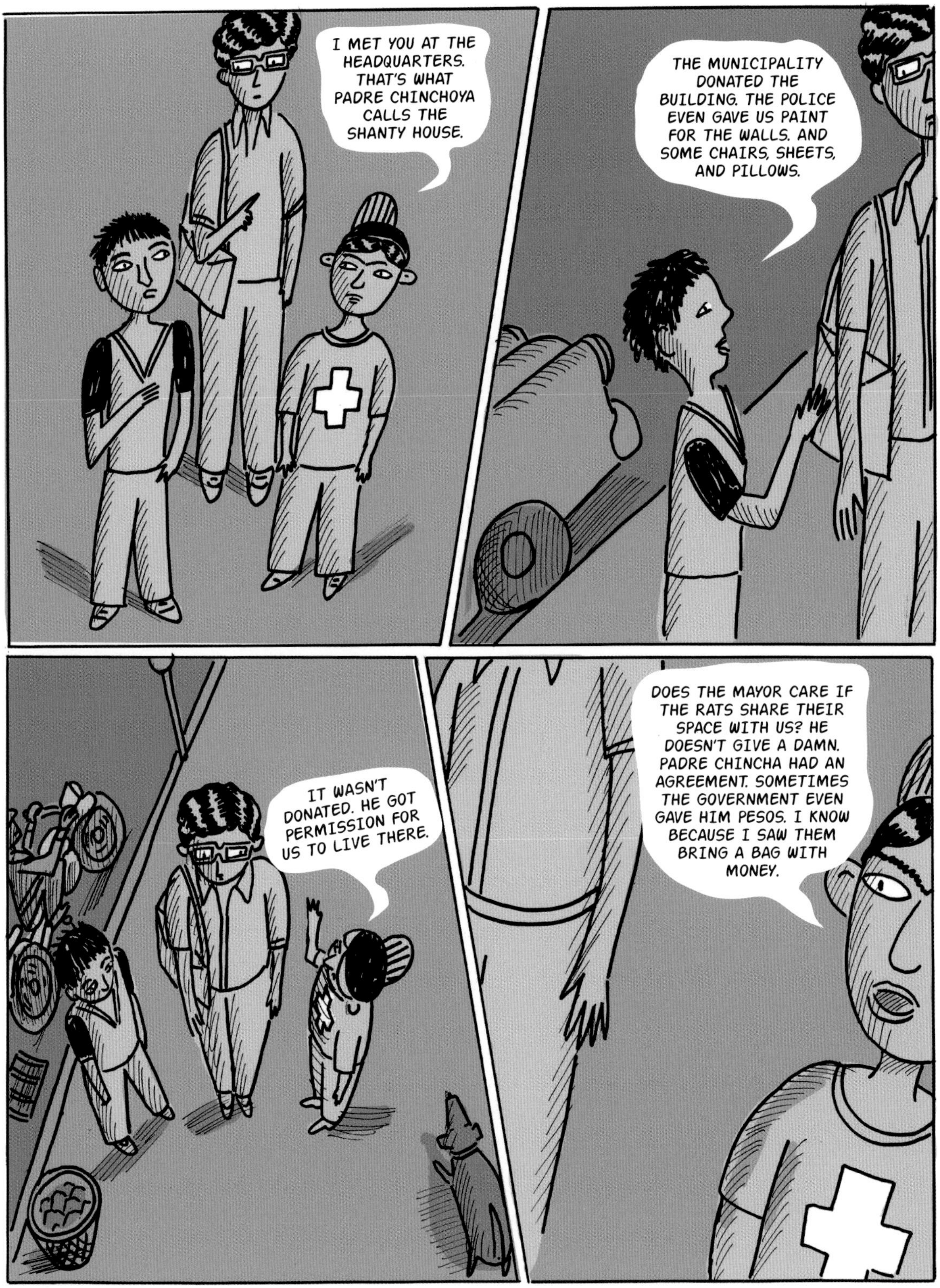
I MET YOU AT THE HEADQUARTERS. THAT'S WHAT PADRE CHINCHOYA CALLS THE SHANTY HOUSE.
THE MUNICIPALITY DONATED THE BUILDING. THE POLICE EVEN GAVE US PAINT FOR THE WALLS. AND SOME CHAIRS, SHEETS, AND PILLOWS.
IT WASN'T DONATED. HE GOT PERMISSION FOR US TO LIVE THERE.
DOES THE MAYOR CARE IF THE RATS SHARE THEIR SPACE WITH US? HE DOESN'T GIVE A DAMN. PADRE CHINCHA HAD AN AGREEMENT. SOMETIMES THE GOVERNMENT EVEN GAVE HIM PESOS. I KNOW BECAUSE I SAW THEM BRING A BAG WITH MONEY.

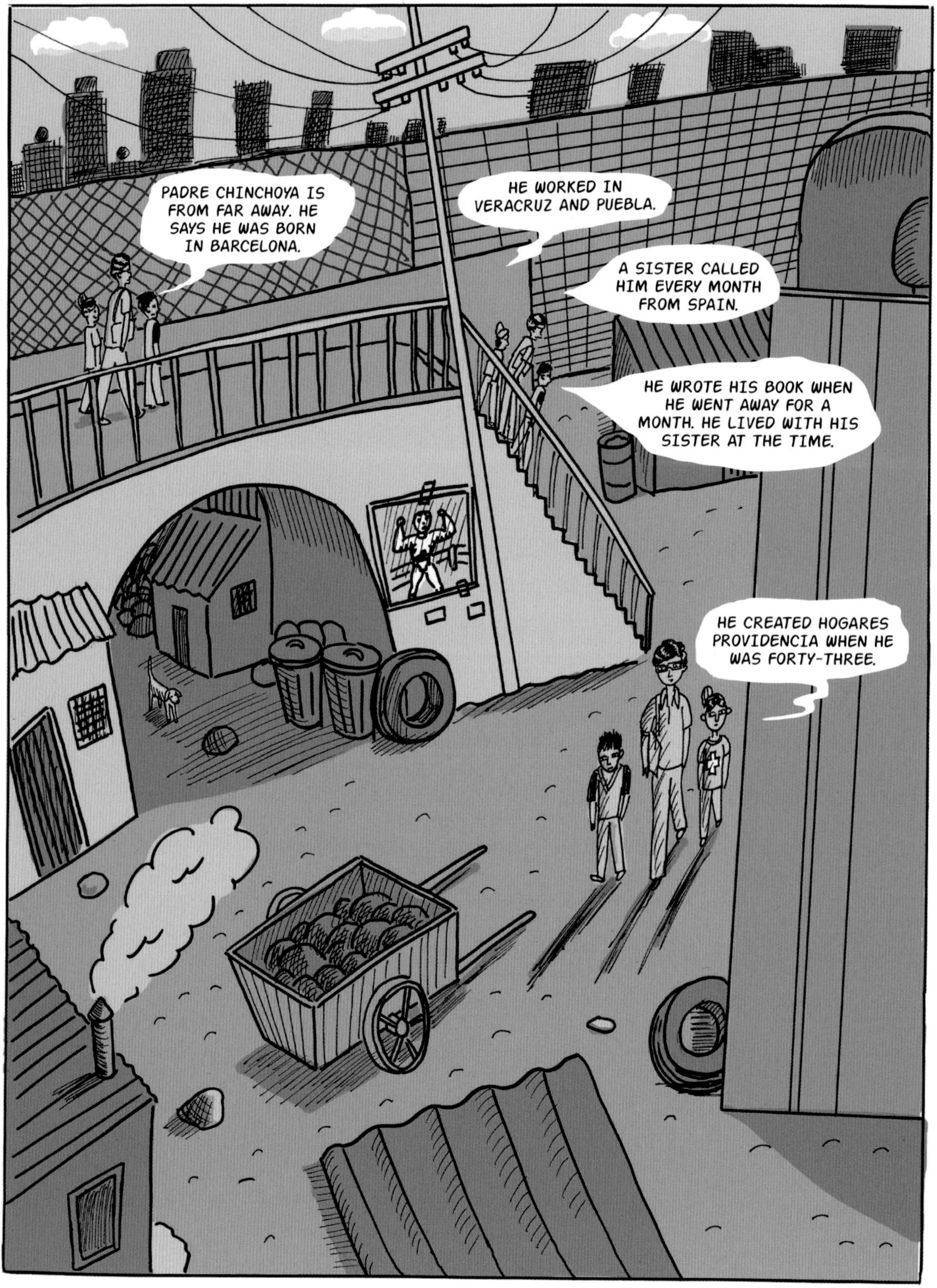
PADRE CHINCHOYA IS FROM FAR AWAY. HE SAYS HE WAS BORN IN BARCELONA.
HE WORKED IN VERACRUZ AND PUEBLA.
A SISTER CALLED HIM EVERY MONTH FROM SPAIN.
HE WROTE HIS BOOK WHEN HE WENT AWAY FOR A MONTH. HE LIVED WITH HIS SISTER AT THE TIME.
HE CREATED HOGARES PROVIDENCIA WHEN HE WAS FORTY-THREE.

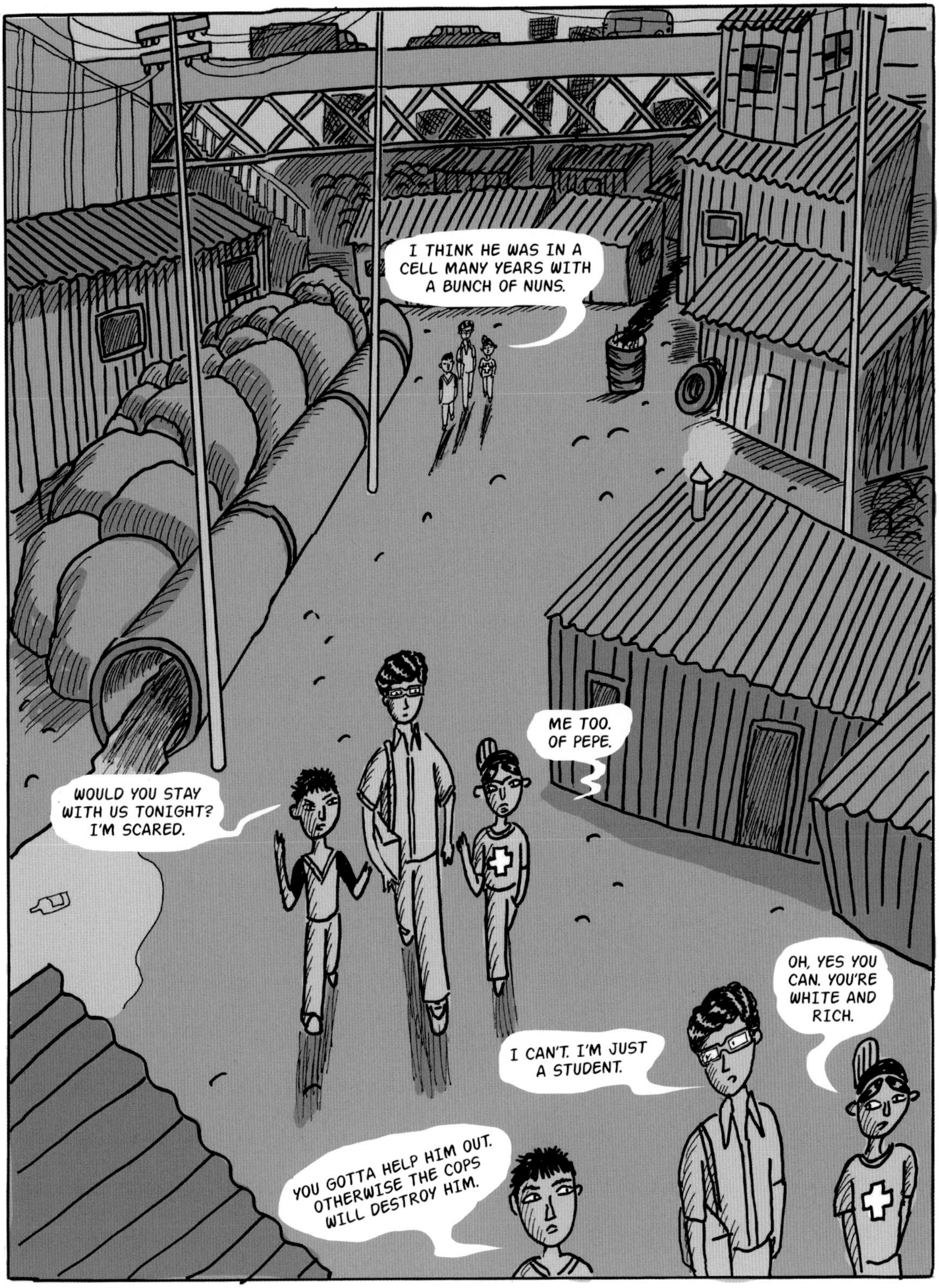
I THINK HE WAS IN A CELL MANY YEARS WITH A BUNCH OF NUNS.
WOULD YOU STAY WITH US TONIGHT? I'M SCARED.
ME TOO. OF PEPE.
I CAN'T. I'M JUST A STUDENT.
OH, YES YOU CAN. YOU'RE WHITE AND RICH.
YOU GOTTA HELP HIM OUT. OTHERWISE THE COPS WILL DESTROY HIM.

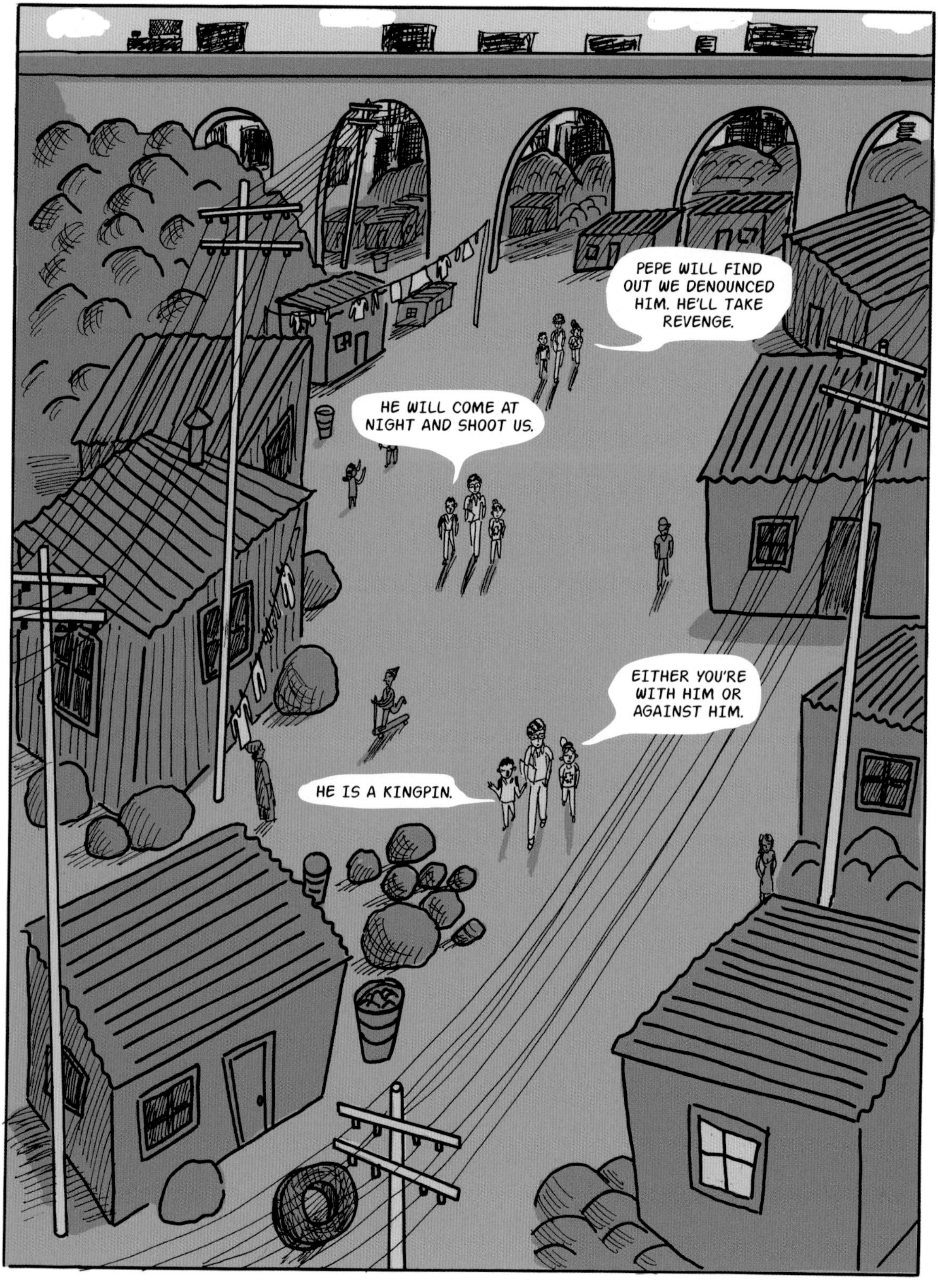
PEPE WILL FIND OUT WE DENOUNCED HIM. HE'LL TAKE REVENGE.
HE WILL COME AT NIGHT AND SHOOT US.
EITHER YOU'RE WITH HIM OR AGAINST HIM.
HE IS A KINGPIN.

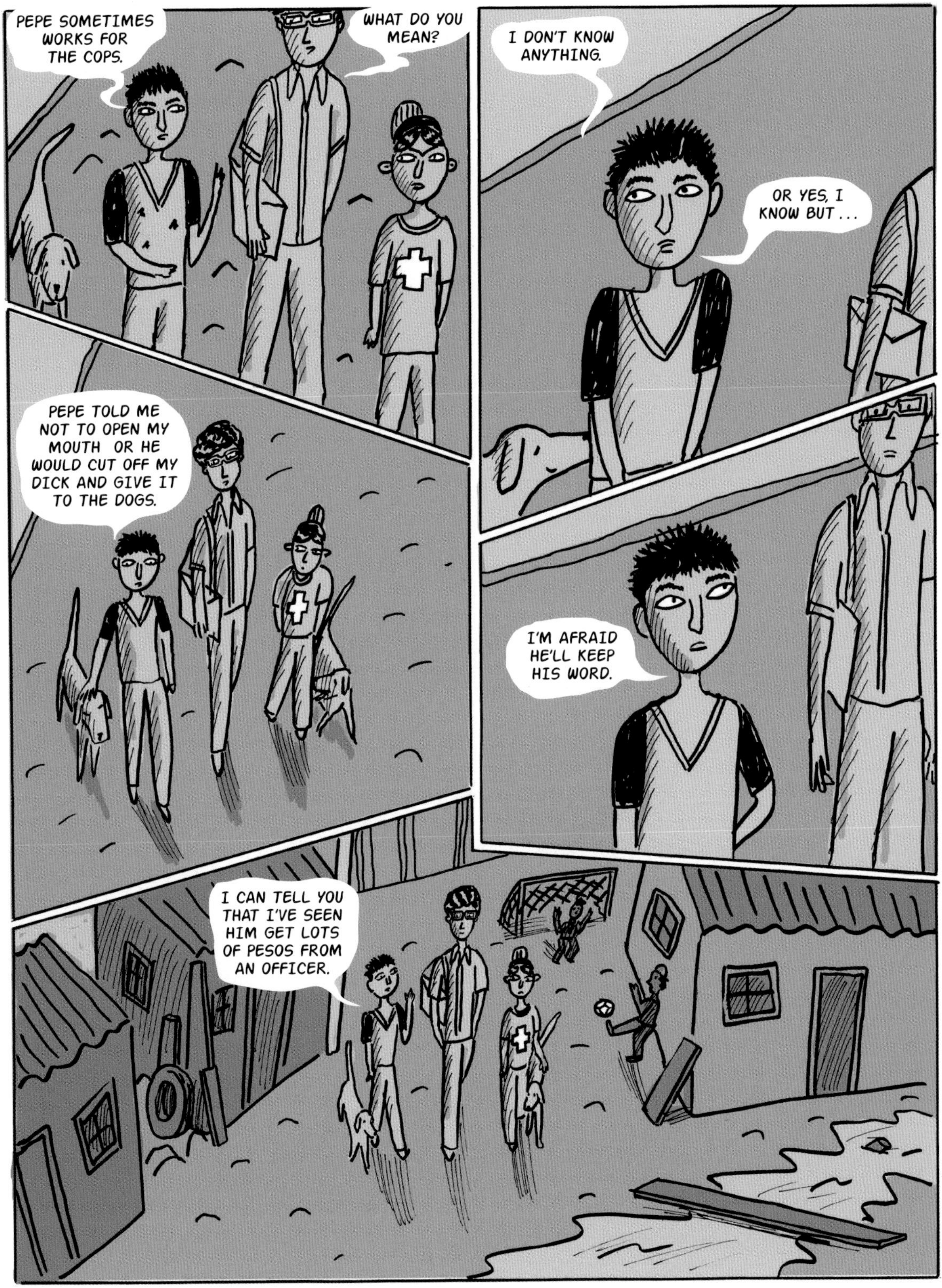
PEPE SOMETIMES WORKS FOR THE COPS.
WHAT DO YOU MEAN?
I DON'T KNOW ANYTHING.
OR YES, I KNOW BUT . . .
PEPE TOLD ME NOT TO OPEN MY MOUTH OR HE WOULD CUT OFF MY DICK AND GIVE IT TO THE DOGS.
I'M AFRAID HE'LL KEEP HIS WORD.
I CAN TELL YOU THAT I'VE SEEN HIM GET LOTS OF PESOS FROM AN OFFICER.

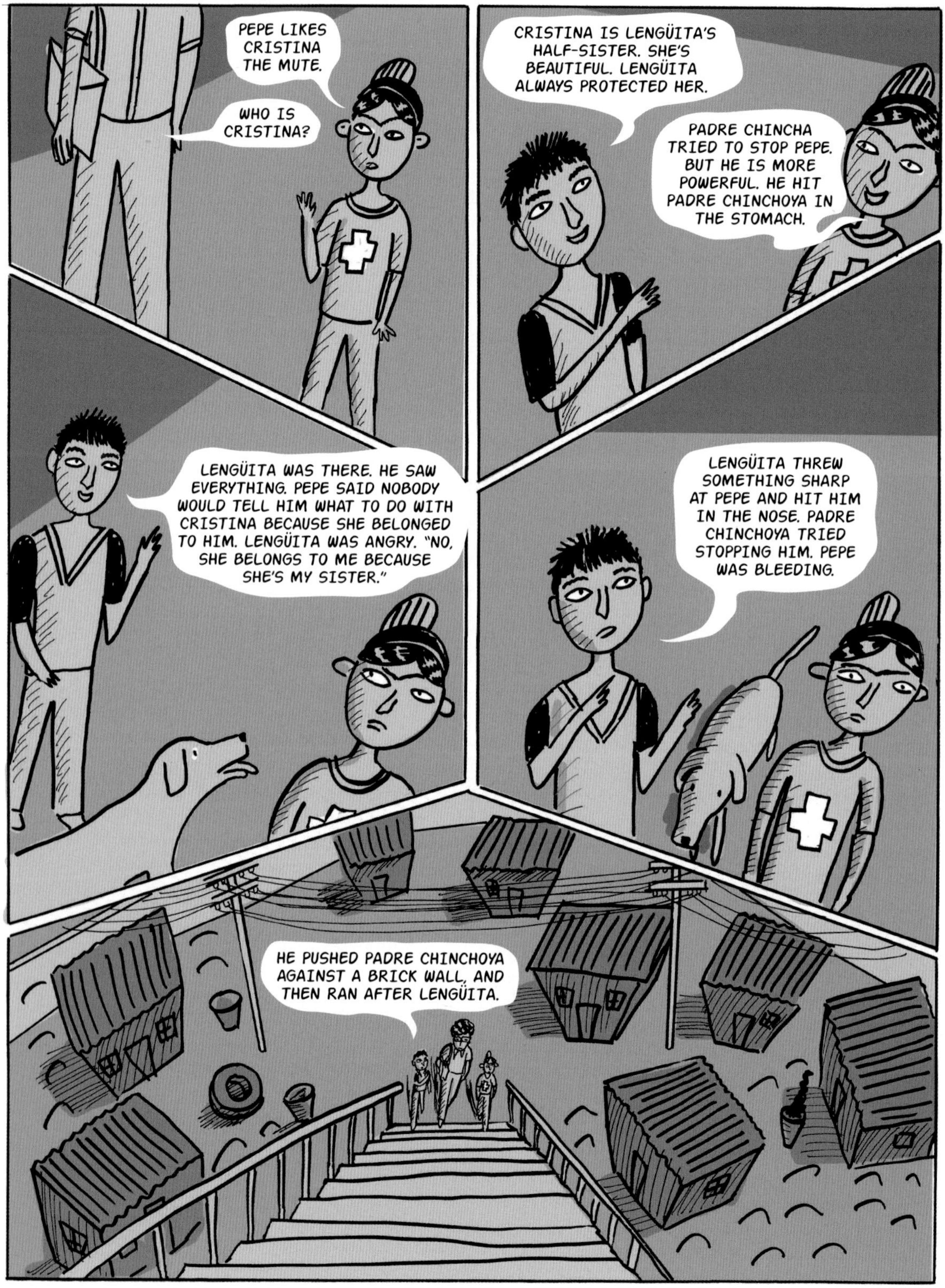

PEPE LIKES CRISTINA THE MUTE.
WHO IS CRISTINA?
CRISTINA IS LENGÜITA'S HALF-SISTER. SHE'S BEAUTIFUL. LENGÜITA ALWAYS PROTECTED HER.
PADRE CHINCHA TRIED TO STOP PEPE. BUT HE IS MORE POWERFUL. HE HIT PADRE CHINCHOYA IN THE STOMACH.
LENGÜITA WAS THERE. HE SAW EVERYTHING. PEPE SAID NOBODY WOULD TELL HIM WHAT TO DO WITH CRISTINA BECAUSE SHE BELONGED TO HIM. LENGÜITA WAS ANGRY. "NO, SHE BELONGS TO ME BECAUSE SHE'S MY SISTER."
LENGÜITA THREW SOMETHING SHARP AT PEPE AND HIT HIM IN THE NOSE. PADRE CHINCHOYA TRIED STOPPING HIM. PEPE WAS BLEEDING.
HE PUSHED PADRE CHINCHOYA AGAINST A BRICK WALL, AND THEN RAN AFTER LENGÜITA.

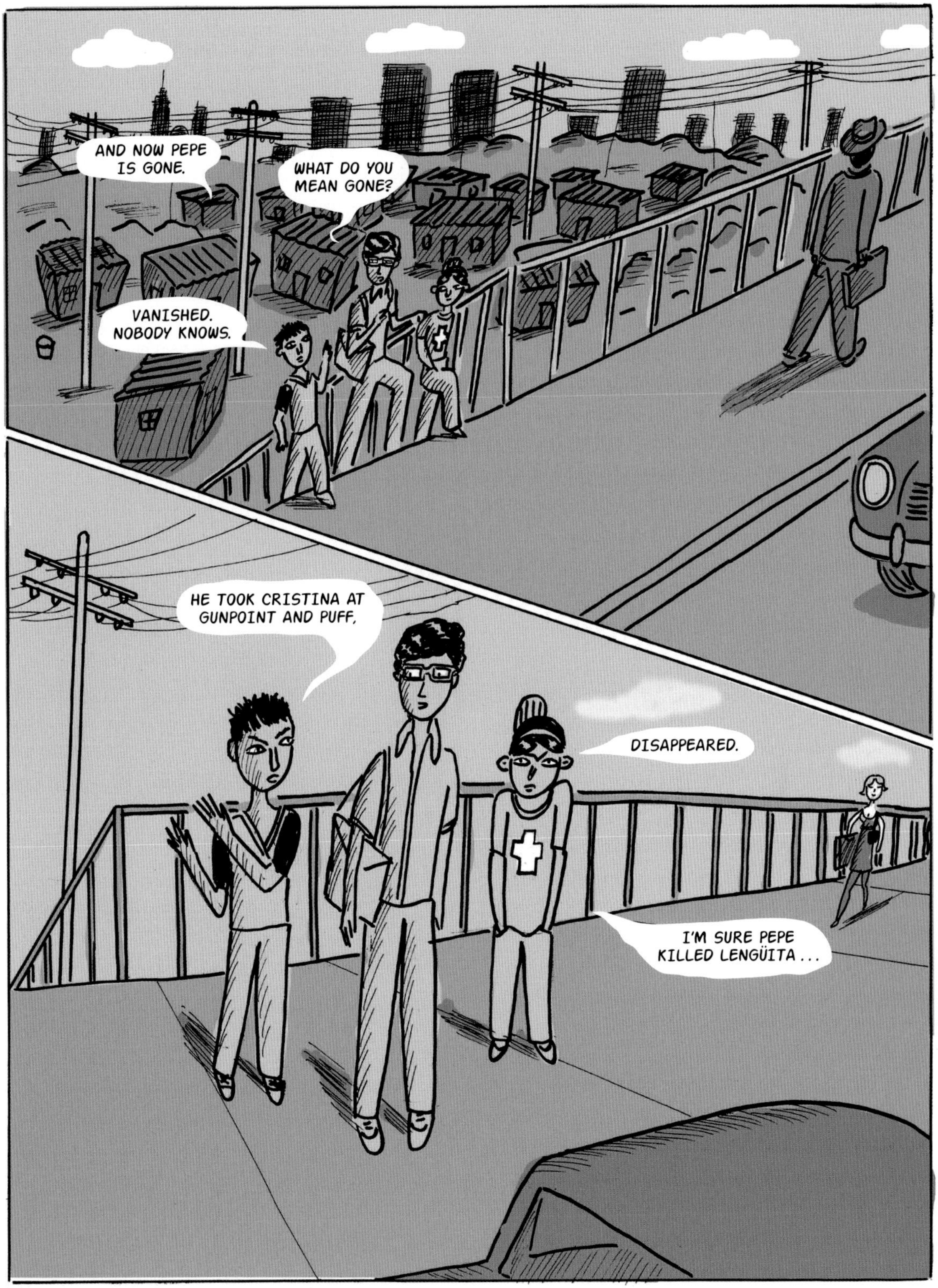
AND NOW PEPE IS GONE.
WHAT DO YOU MEAN GONE?
VANISHED. NOBODY KNOWS.
HE TOOK CRISTINA AT GUNPOINT AND PUFF,
DISAPPEARED.
I'M SURE PEPE KILLED LENGÜITA . . .

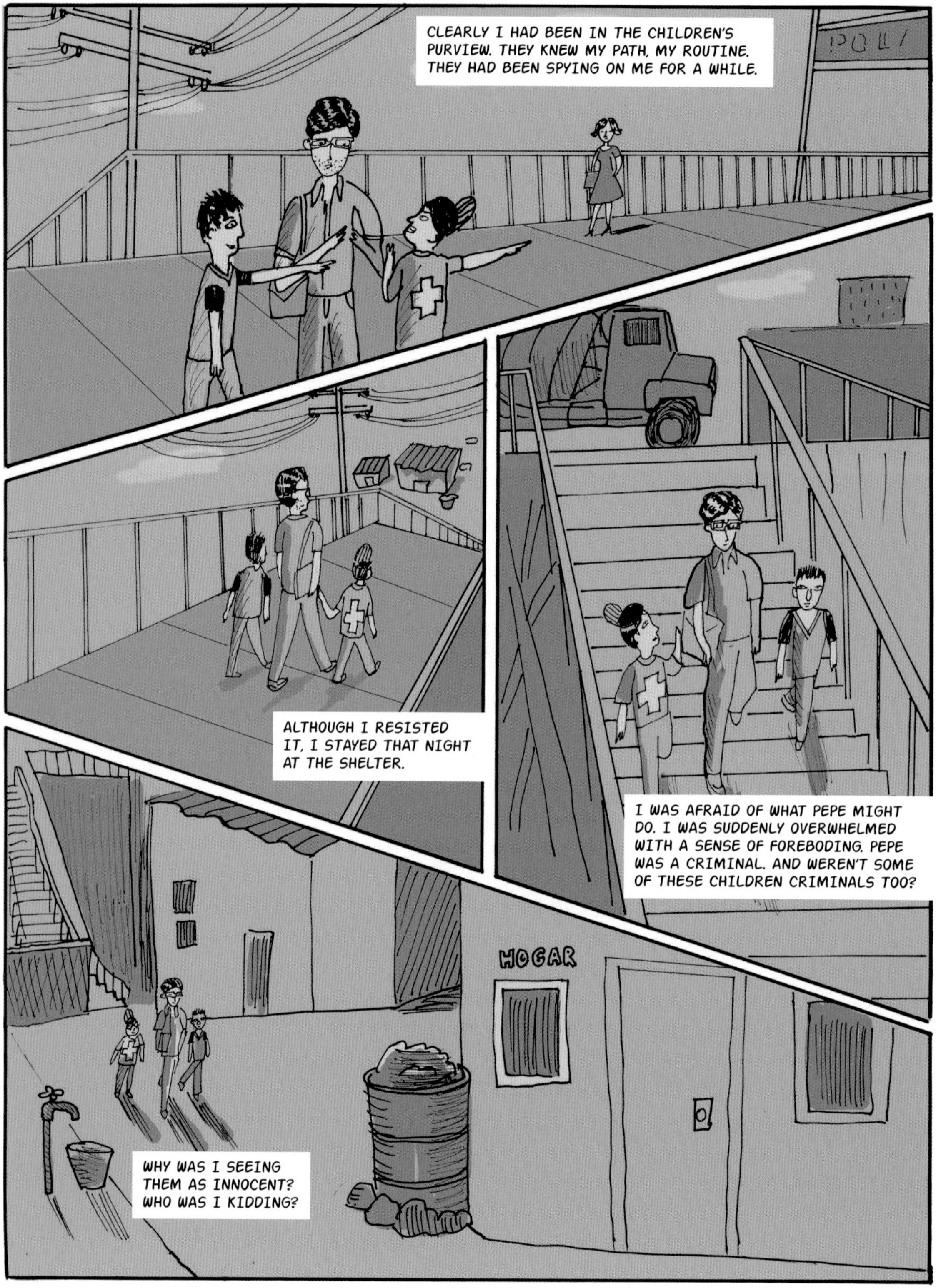
CLEARLY I HAD BEEN IN THE CHILDREN'S PURVIEW. THEY KNEW MY PATH, MY ROUTINE. THEY HAD BEEN SPYING ON ME FOR A WHILE.
ALTHOUGH I RESISTED IT, I STAYED THAT NIGHT AT THE SHELTER.
I WAS AFRAID OF WHAT PEPE MIGHT DO. I WAS SUDDENLY OVERWHELMED WITH A SENSE OF FOREBODING. PEPE WAS A CRIMINAL. AND WEREN'T SOME OF THESE CHILDREN CRIMINALS TOO?
HOGAR
WHY WAS I SEEING THEM AS INNOCENT? WHO WAS I KIDDING?

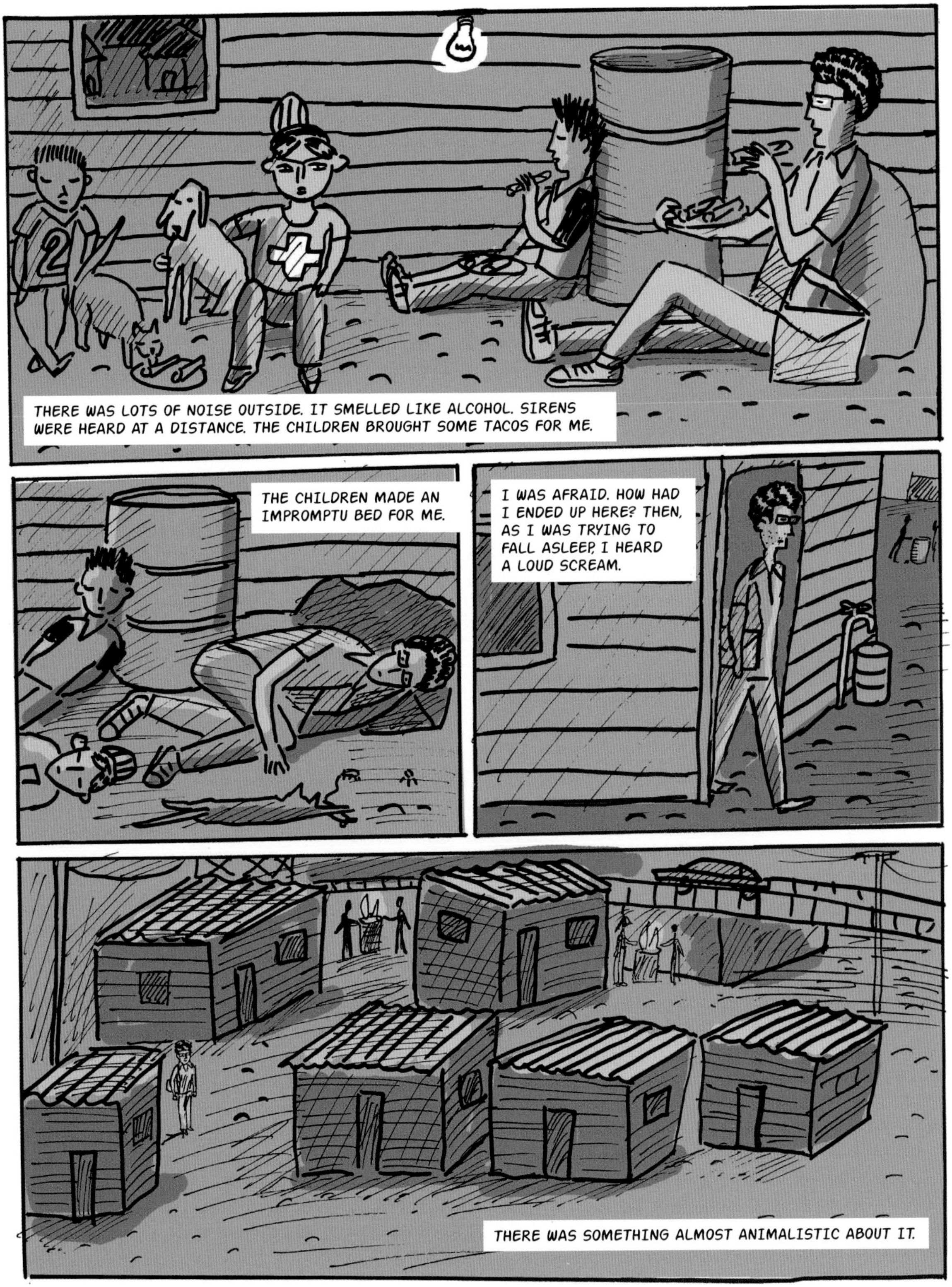
THERE WAS LOTS OF NOISE OUTSIDE. IT SMELLED LIKE ALCOHOL. SIRENS WERE HEARD AT A DISTANCE. THE CHILDREN BROUGHT SOME TACOS FOR ME.
THE CHILDREN MADE AN IMPROMPTU BED FOR ME.
I WAS AFRAID. HOW HAD I ENDED UP HERE? THEN, AS I WAS TRYING TO FALL ASLEEP, I HEARD A LOUD SCREAM.
THERE WAS SOMETHING ALMOST ANIMALISTIC ABOUT IT.

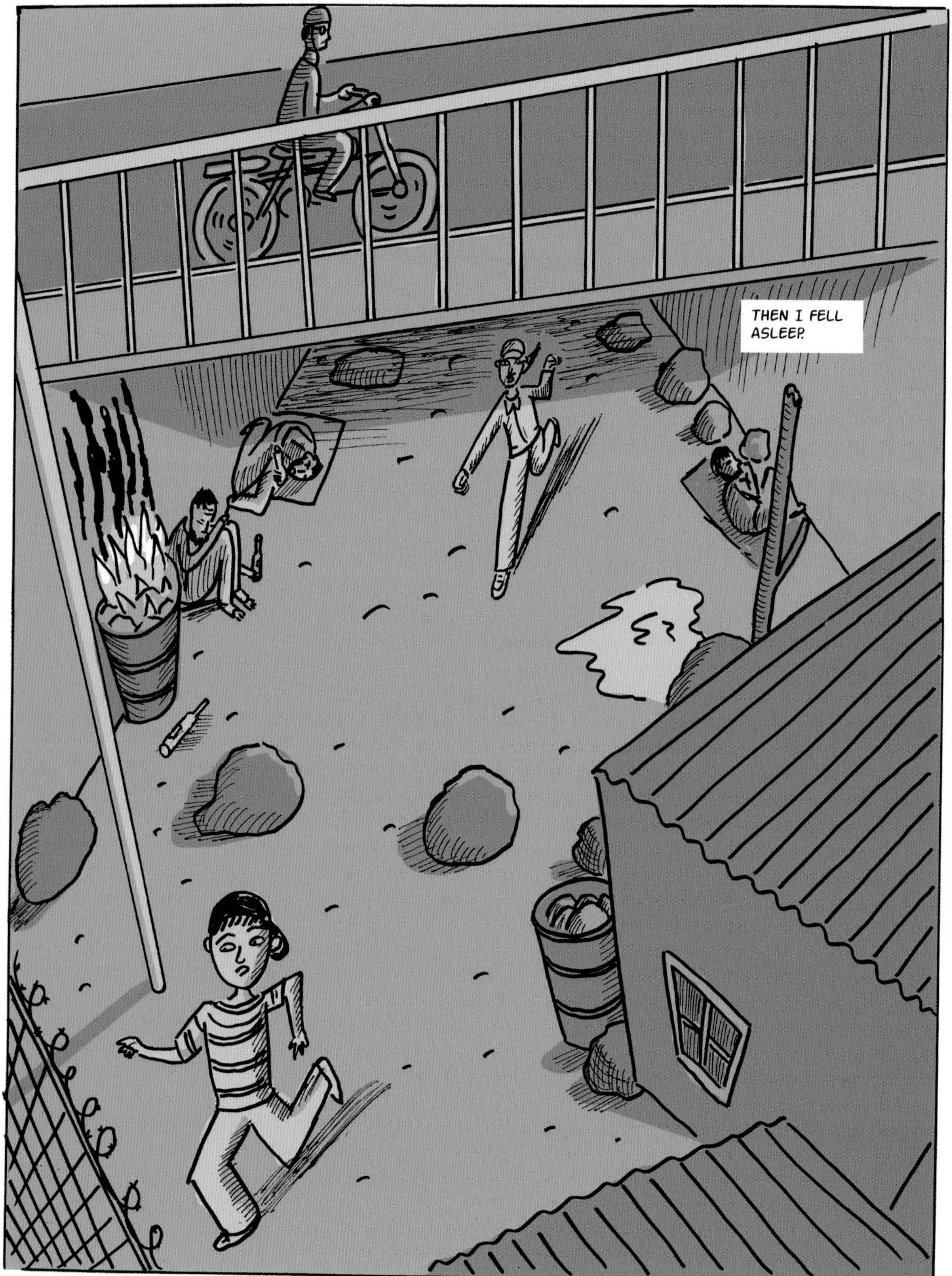
THEN I FELL ASLEEP.

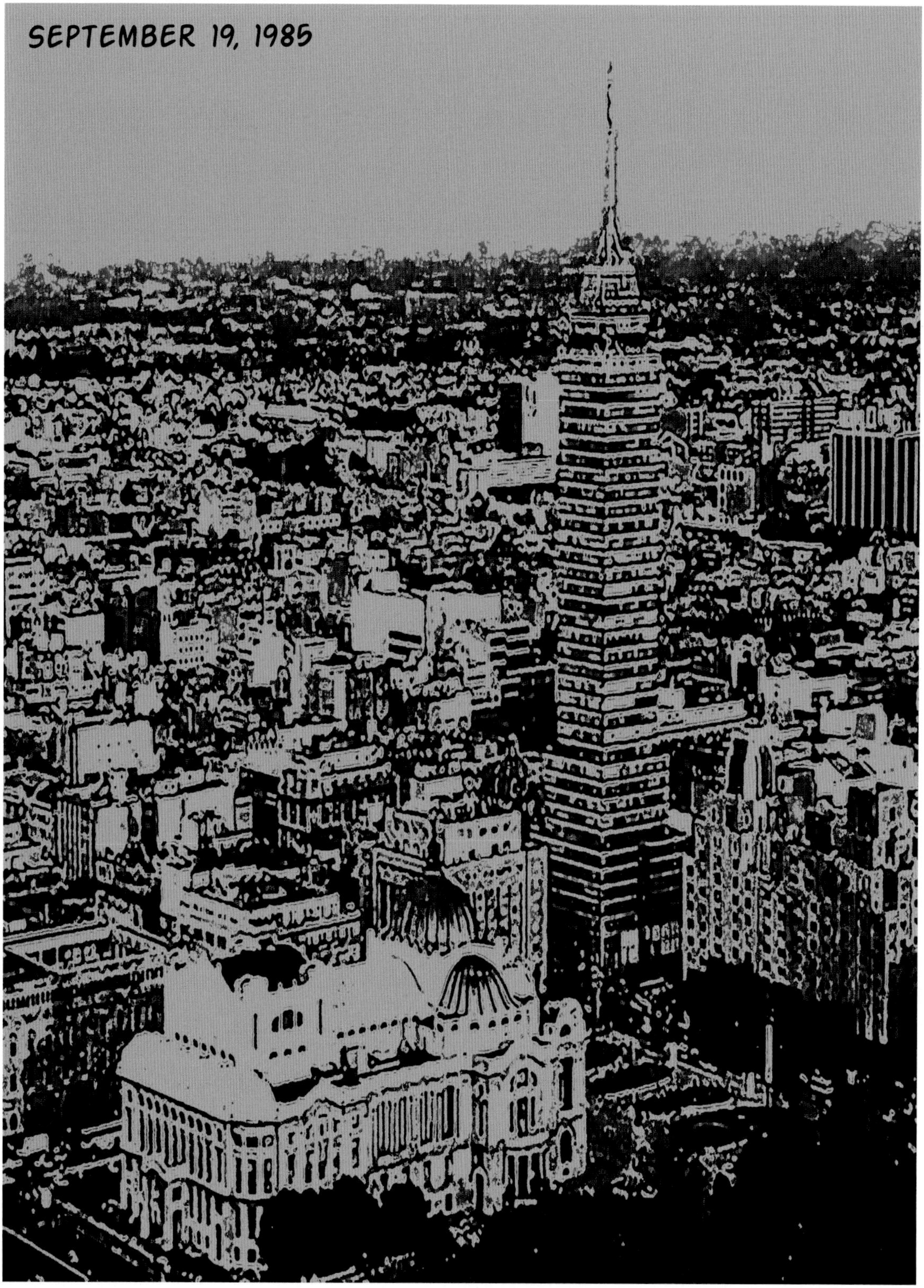
SEPTEMBER 19, 1985

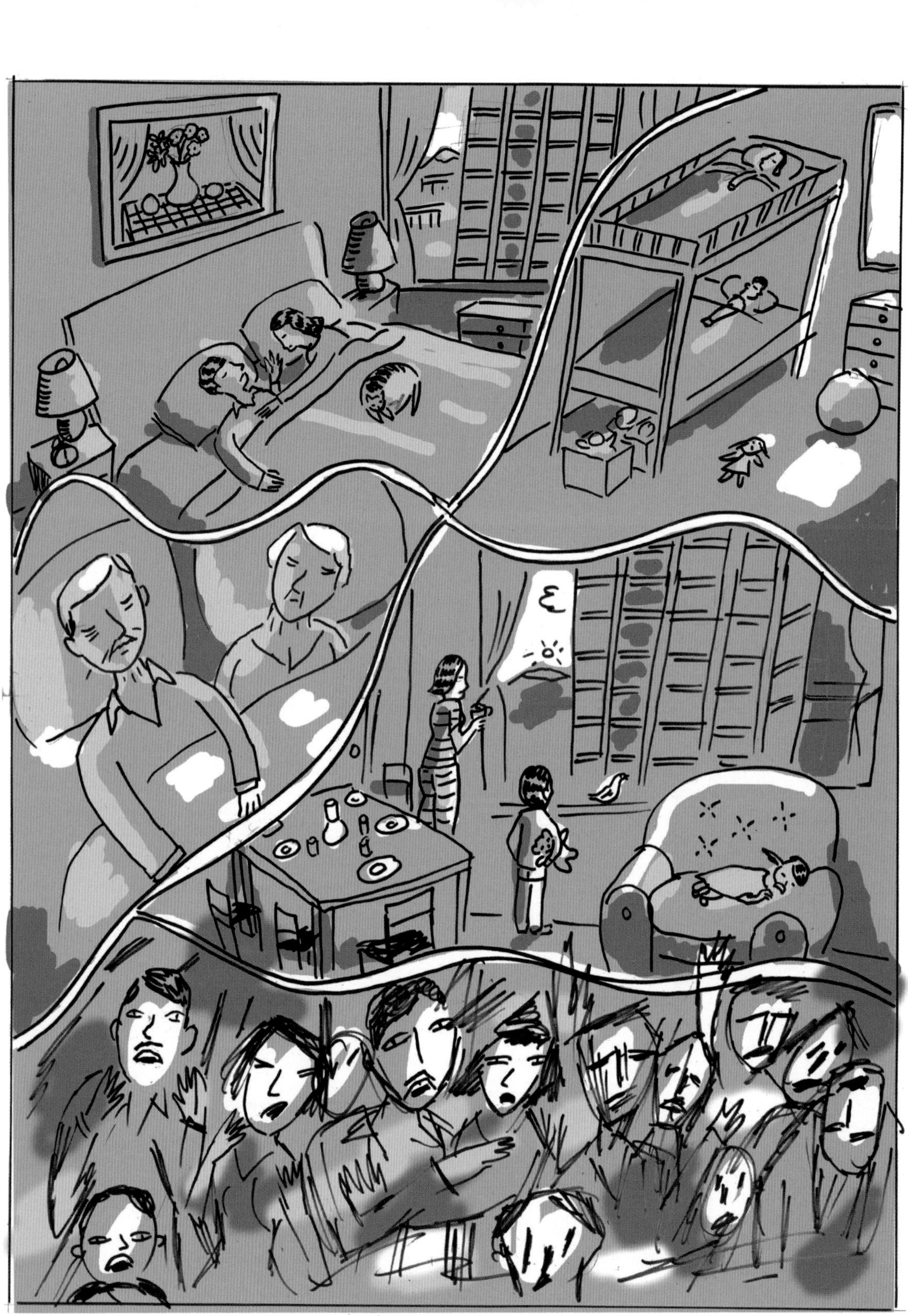

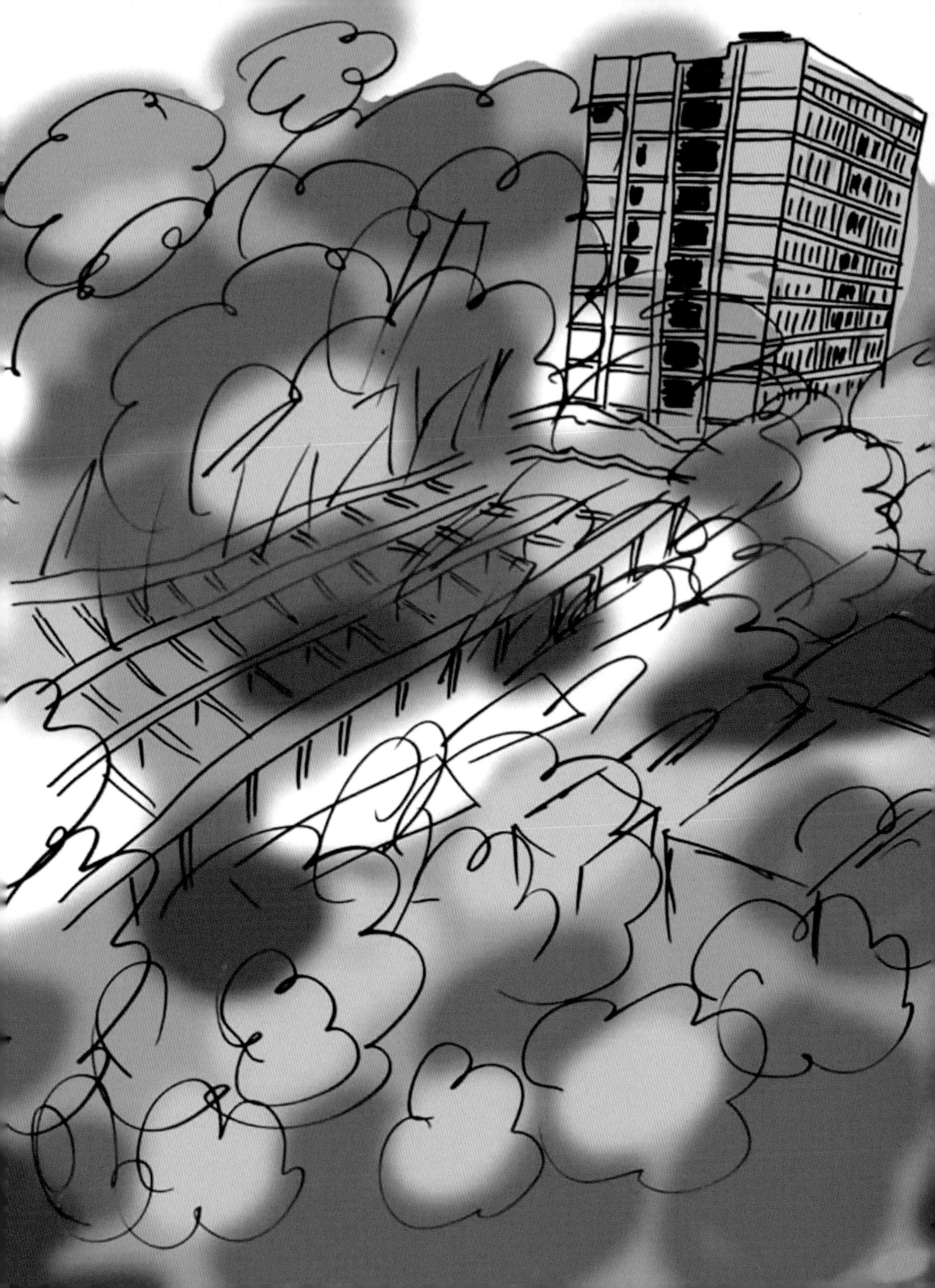

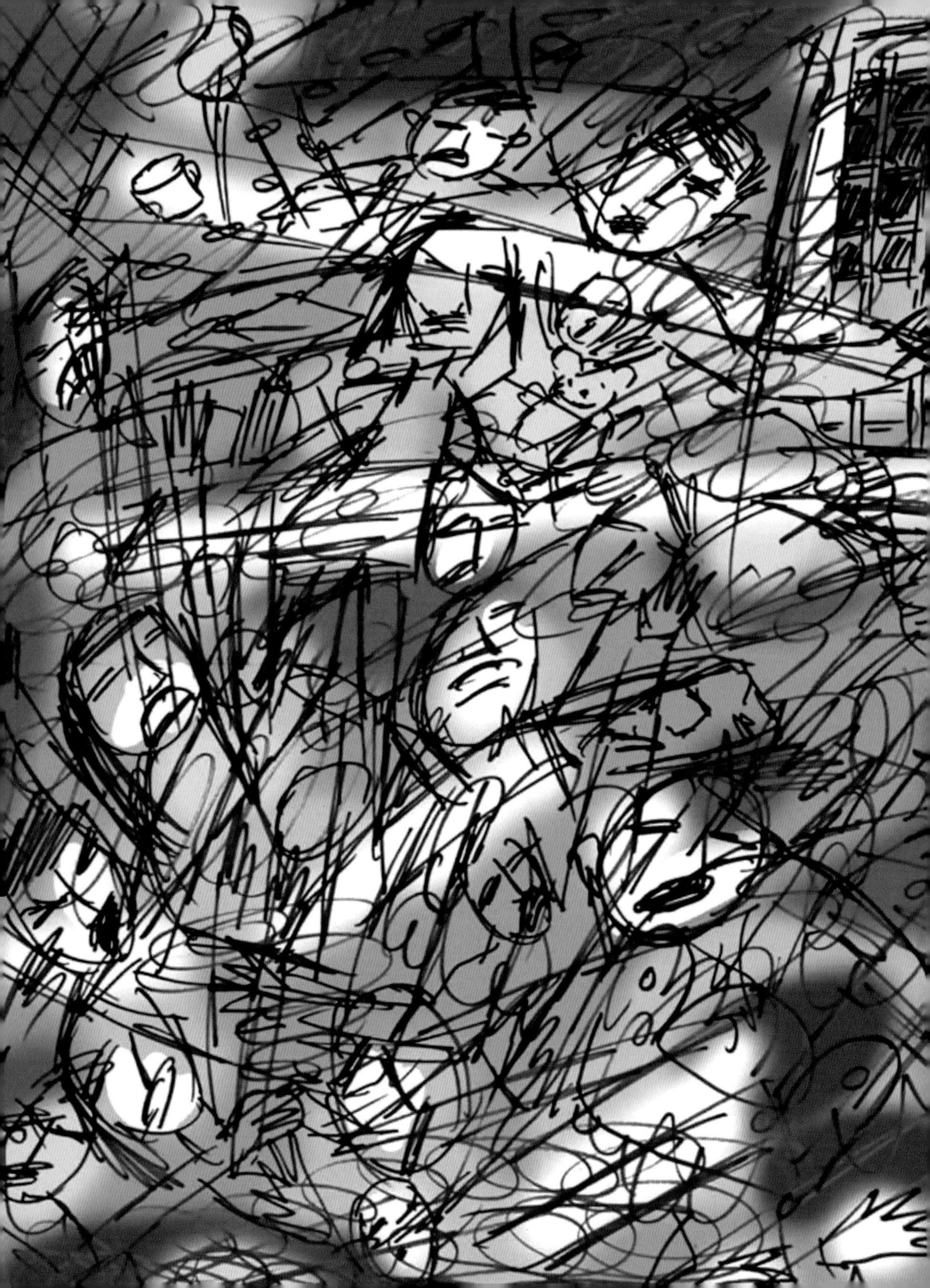

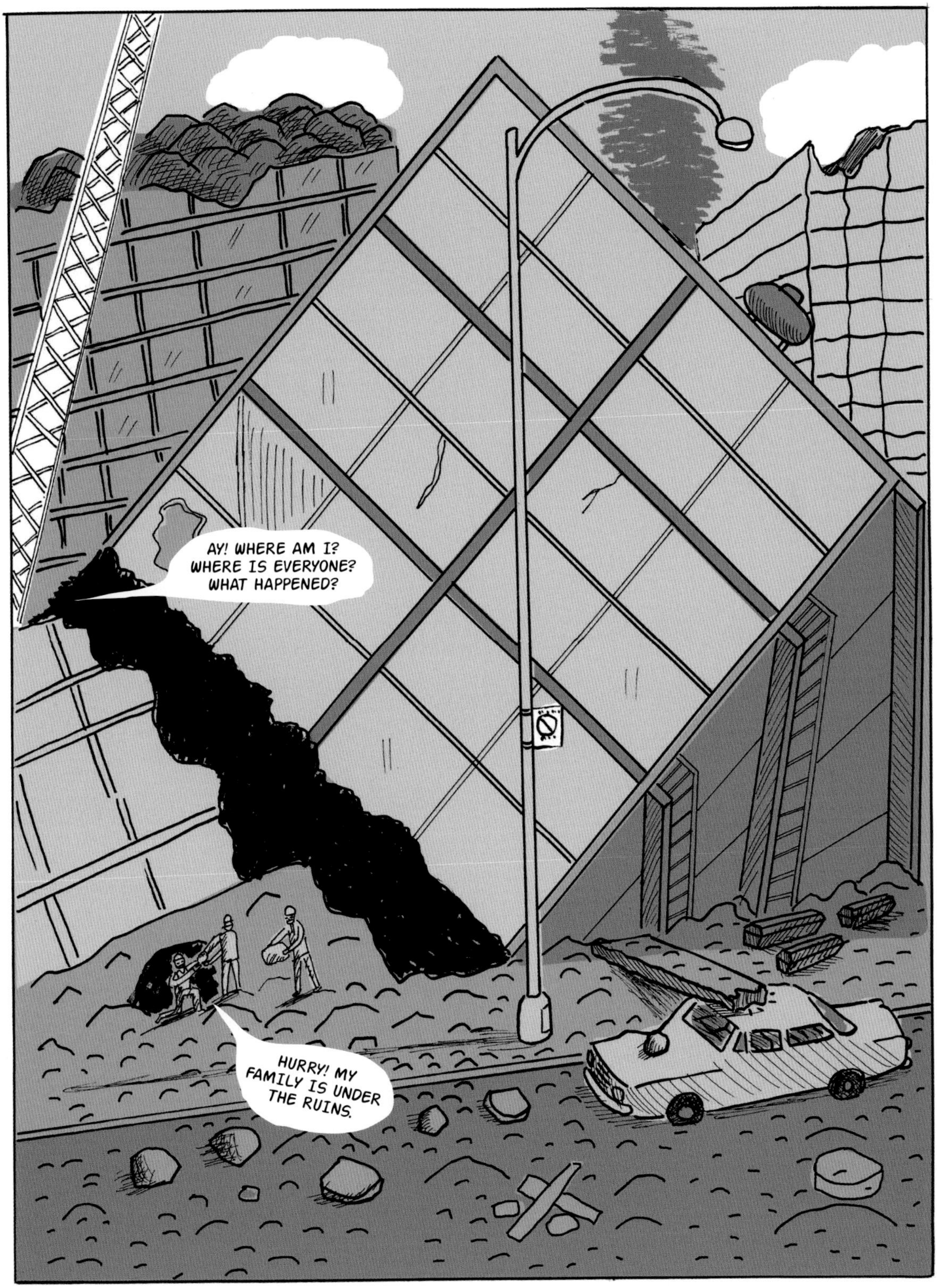
AY! WHERE AM I? WHERE IS EVERYONE? WHAT HAPPENED?
HURRY! MY FAMILY IS UNDER THE RUINS.

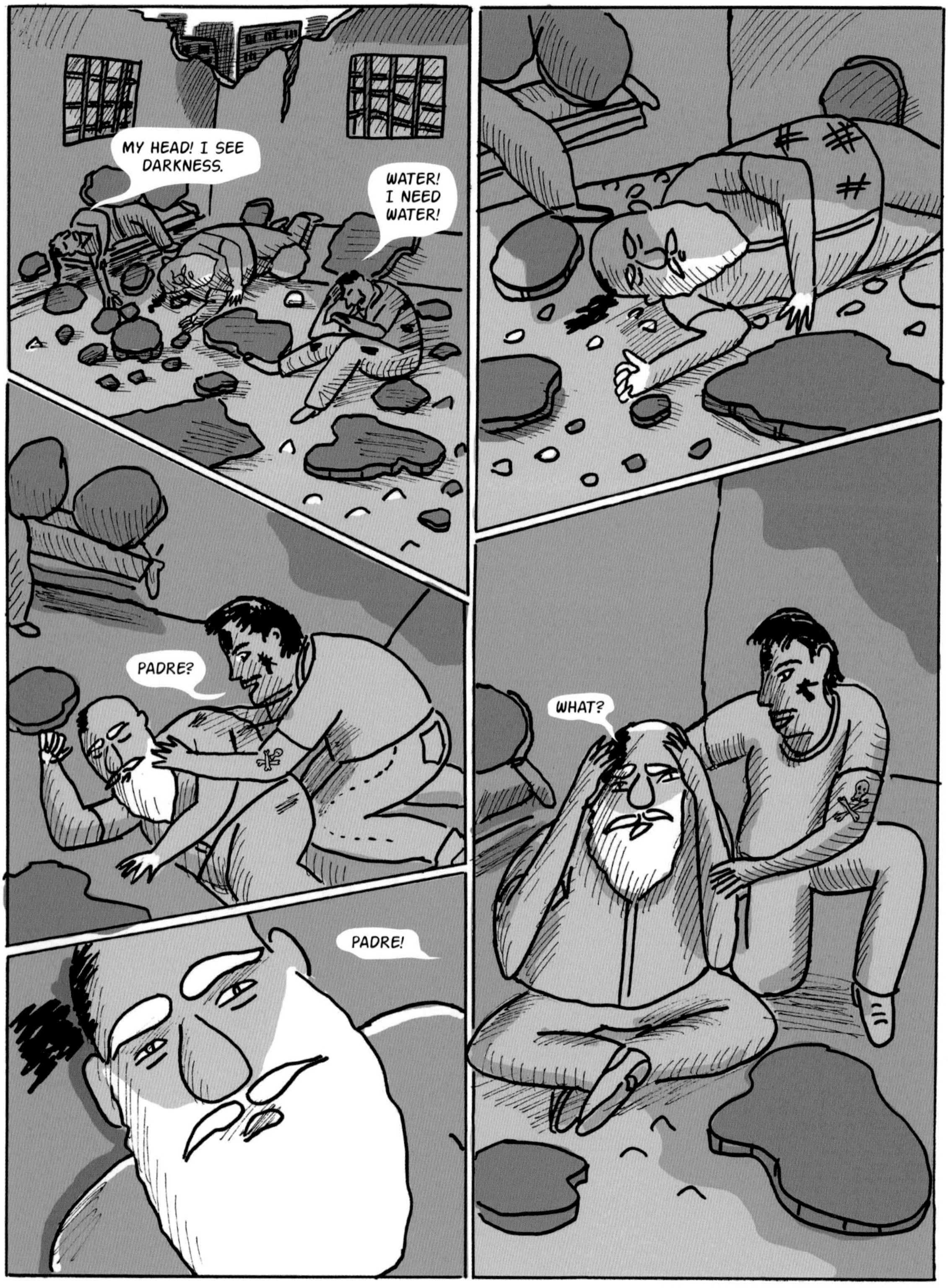
MY HEAD! I SEE DARKNESS.
WATER! I NEED WATER!
PADRE?
PADRE!
WHAT?

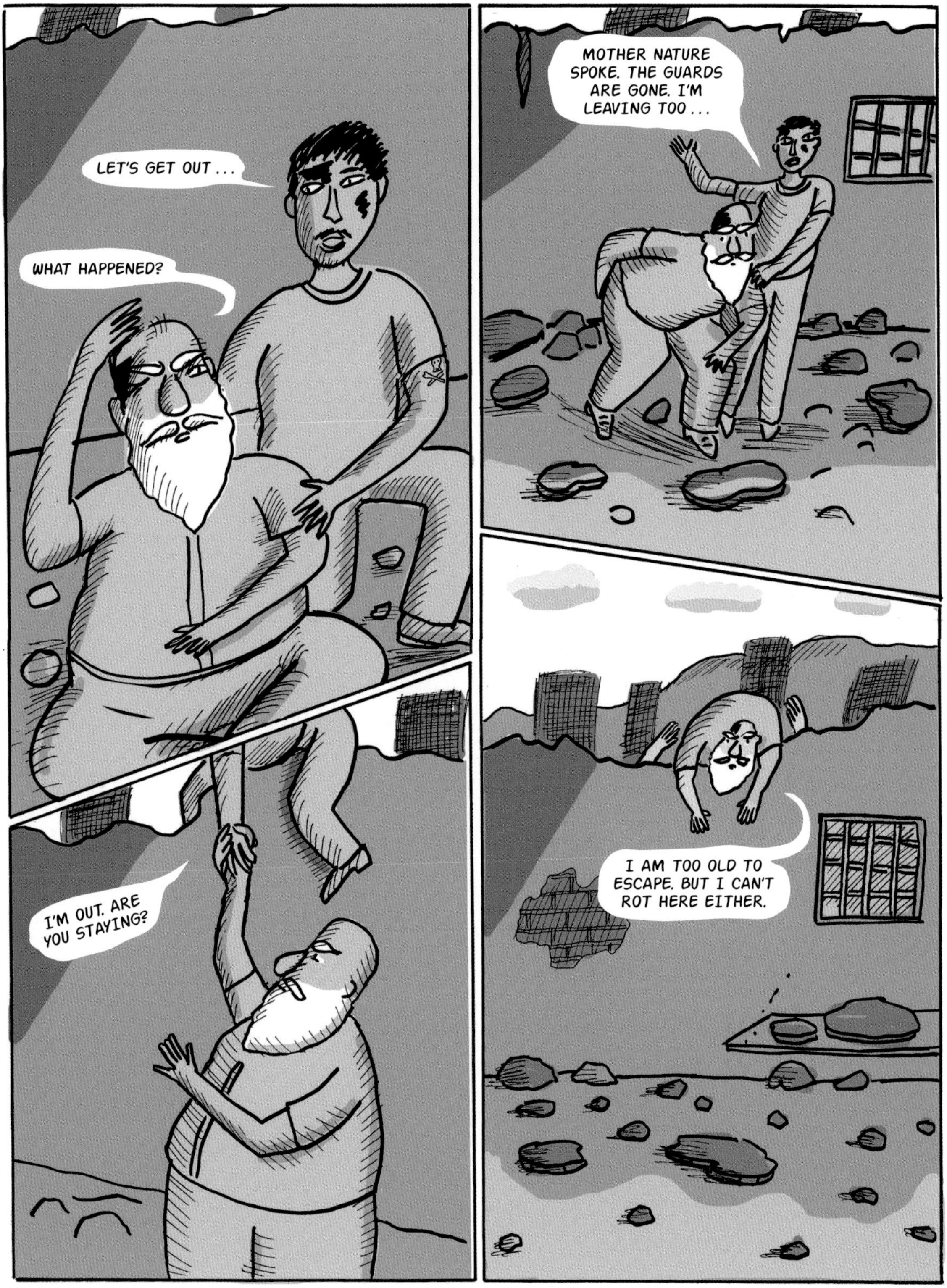
LET'S GET OUT . . .
WHAT HAPPENED?
MOTHER NATURE SPOKE. THE GUARDS ARE GONE. I'M LEAVING TOO . . .
I'M OUT. ARE YOU STAYING?
I AM TOO OLD TO ESCAPE. BUT I CAN'T ROT HERE EITHER.

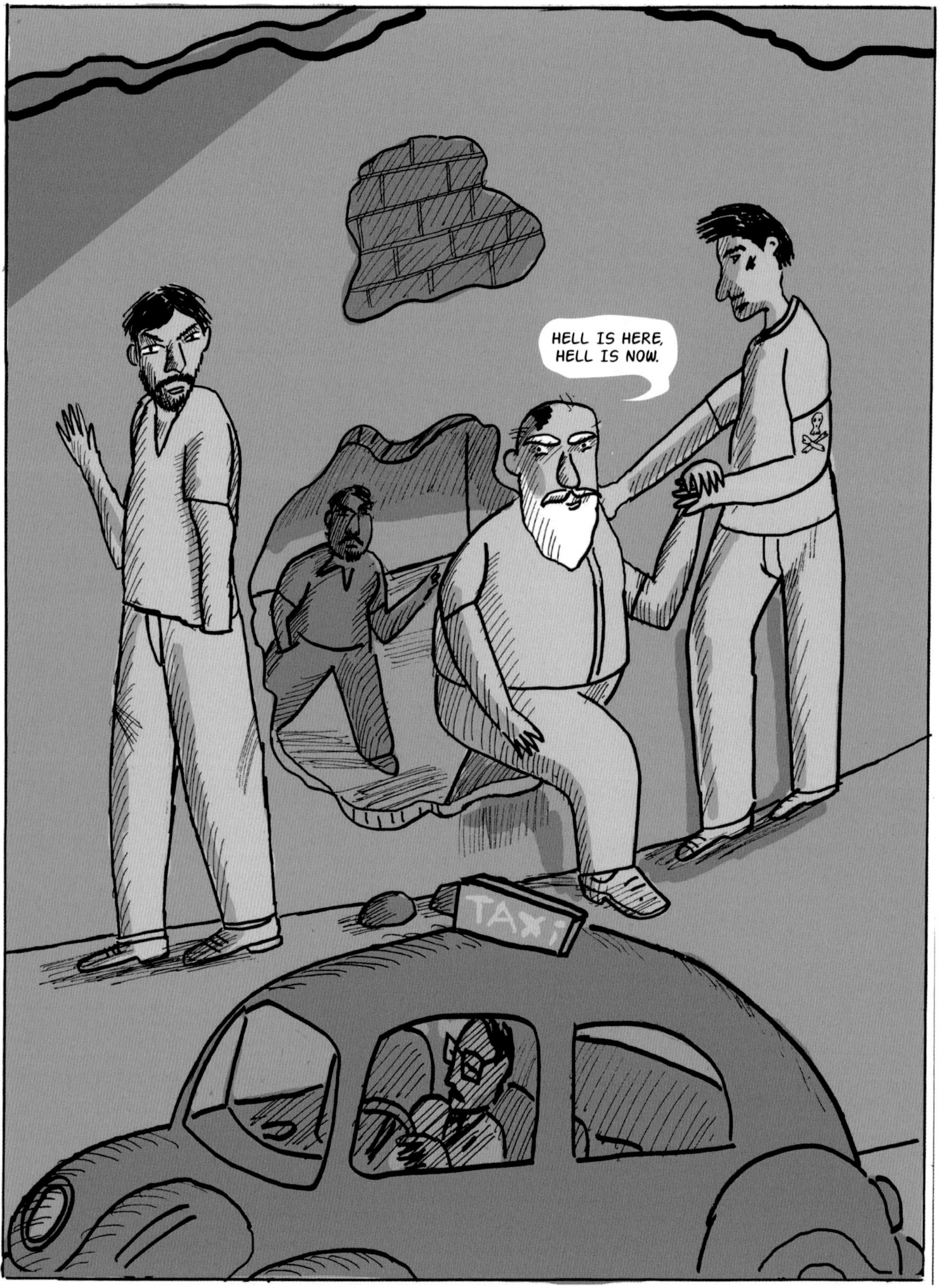
HELL IS HERE,
HELL IS NOW.
TAXI

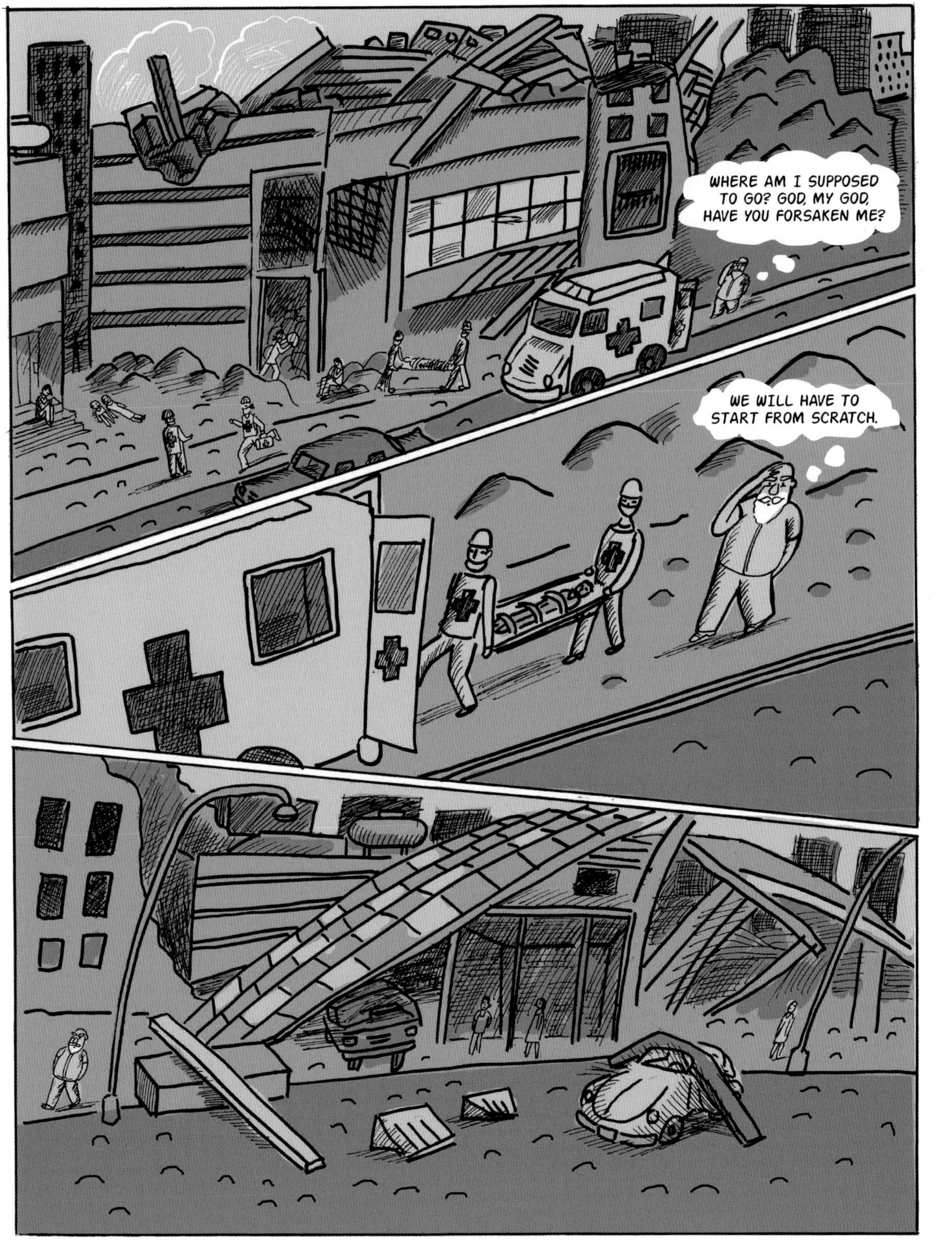
WHERE AM I SUPPOSED TO GO? GOD, MY GOD, HAVE YOU FORSAKEN ME?
WE WILL HAVE TO START FROM SCRATCH.

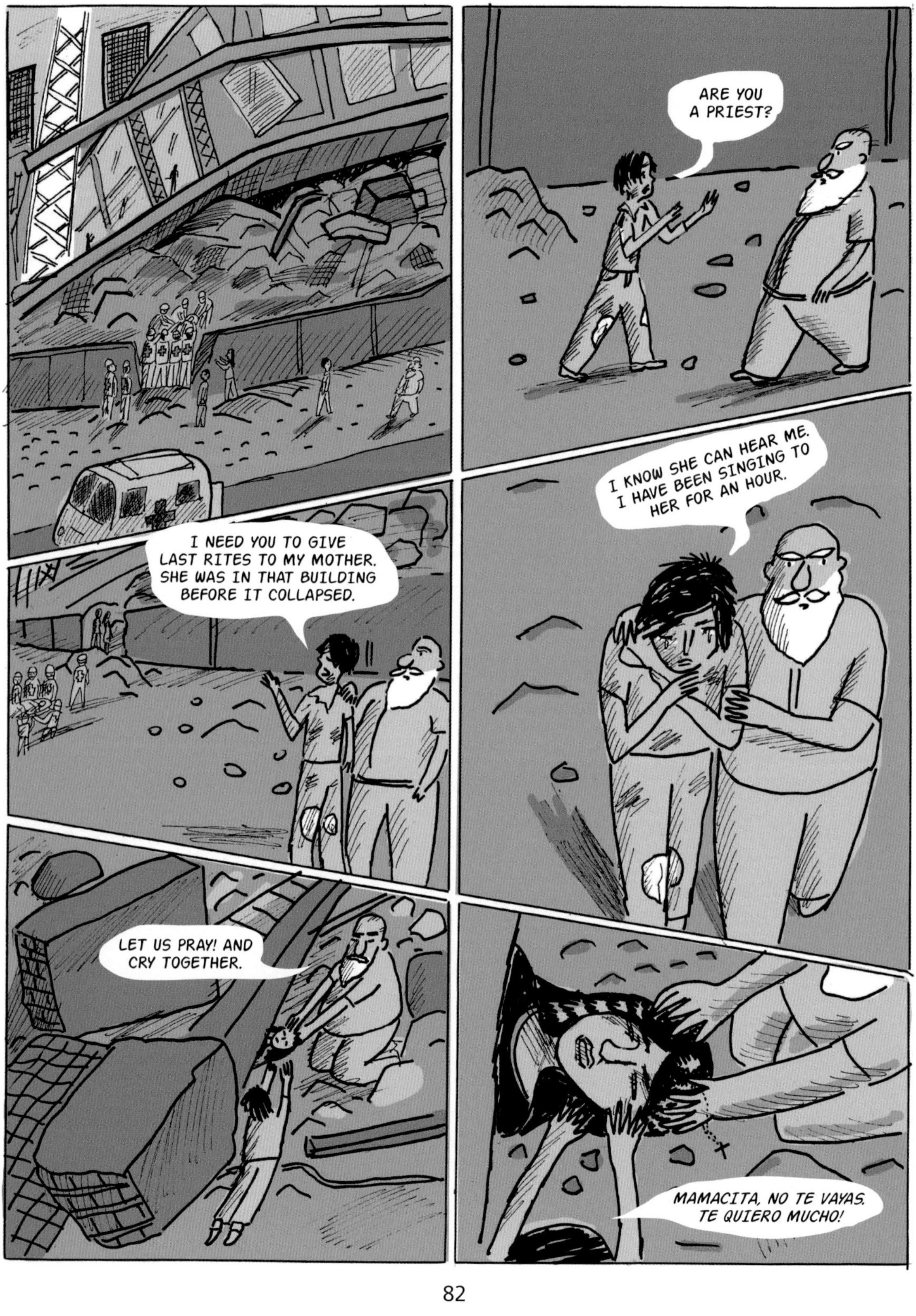
ARE YOU A PRIEST?
I NEED YOU TO GIVE LAST RITES TO MY MOTHER. SHE WAS IN THAT BUILDING BEFORE IT COLLAPSED.
I KNOW SHE CAN HEAR ME. I HAVE BEEN SINGING TO HER FOR AN HOUR.
LET US PRAY! AND CRY TOGETHER.
MAMACITA, NO TE VAYAS. TE QUIERO MUCHO!

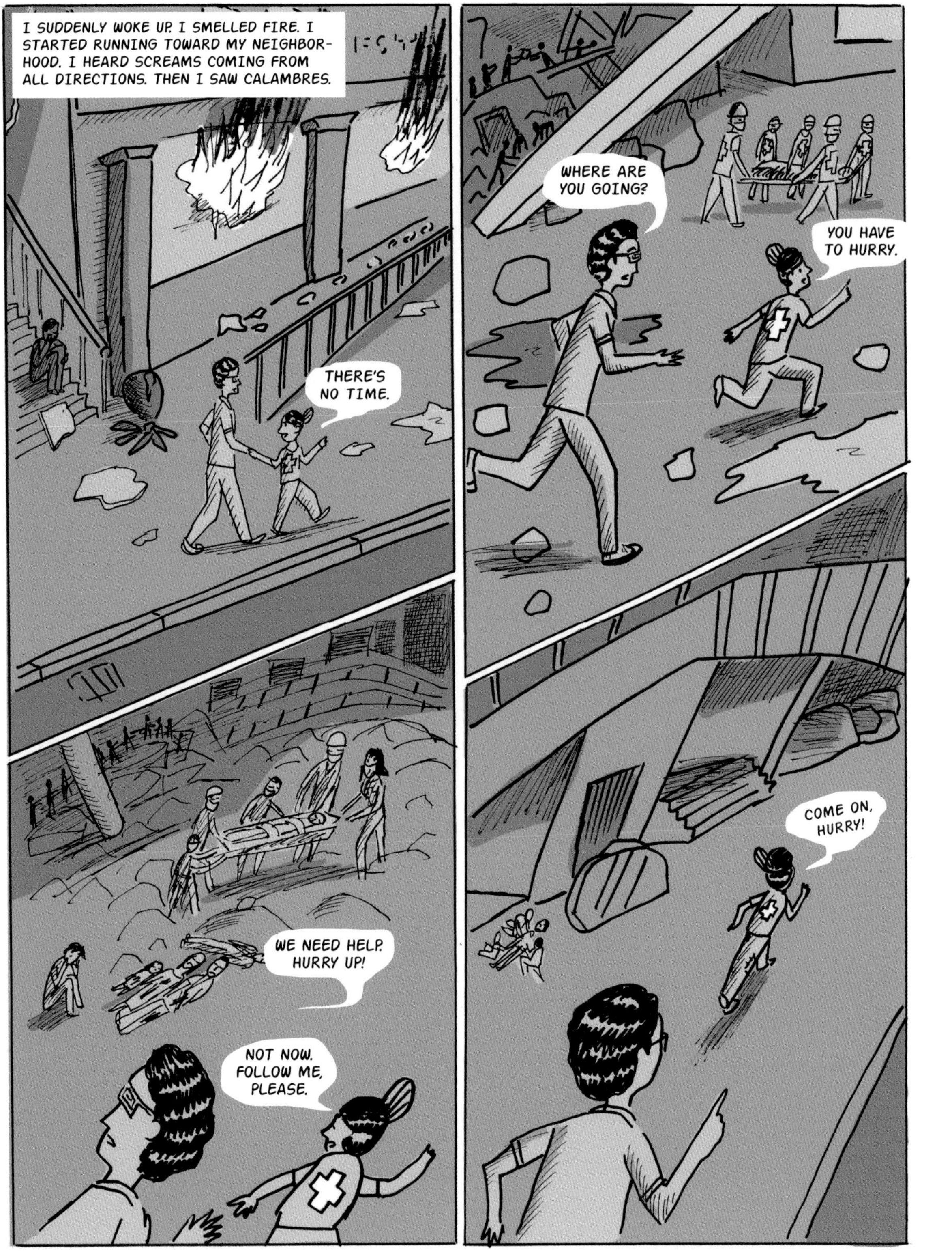
I SUDDENLY WOKE UP. I SMELLED FIRE. I STARTED RUNNING TOWARD MY NEIGHBORHOOD. I HEARD SCREAMS COMING FROM ALL DIRECTIONS. THEN I SAW CALAMBRES.
THERE'S NO TIME.
WHERE ARE YOU GOING?
YOU HAVE TO HURRY.
WE NEED HELP. HURRY UP!
NOT NOW. FOLLOW ME, PLEASE.
COME ON, HURRY!

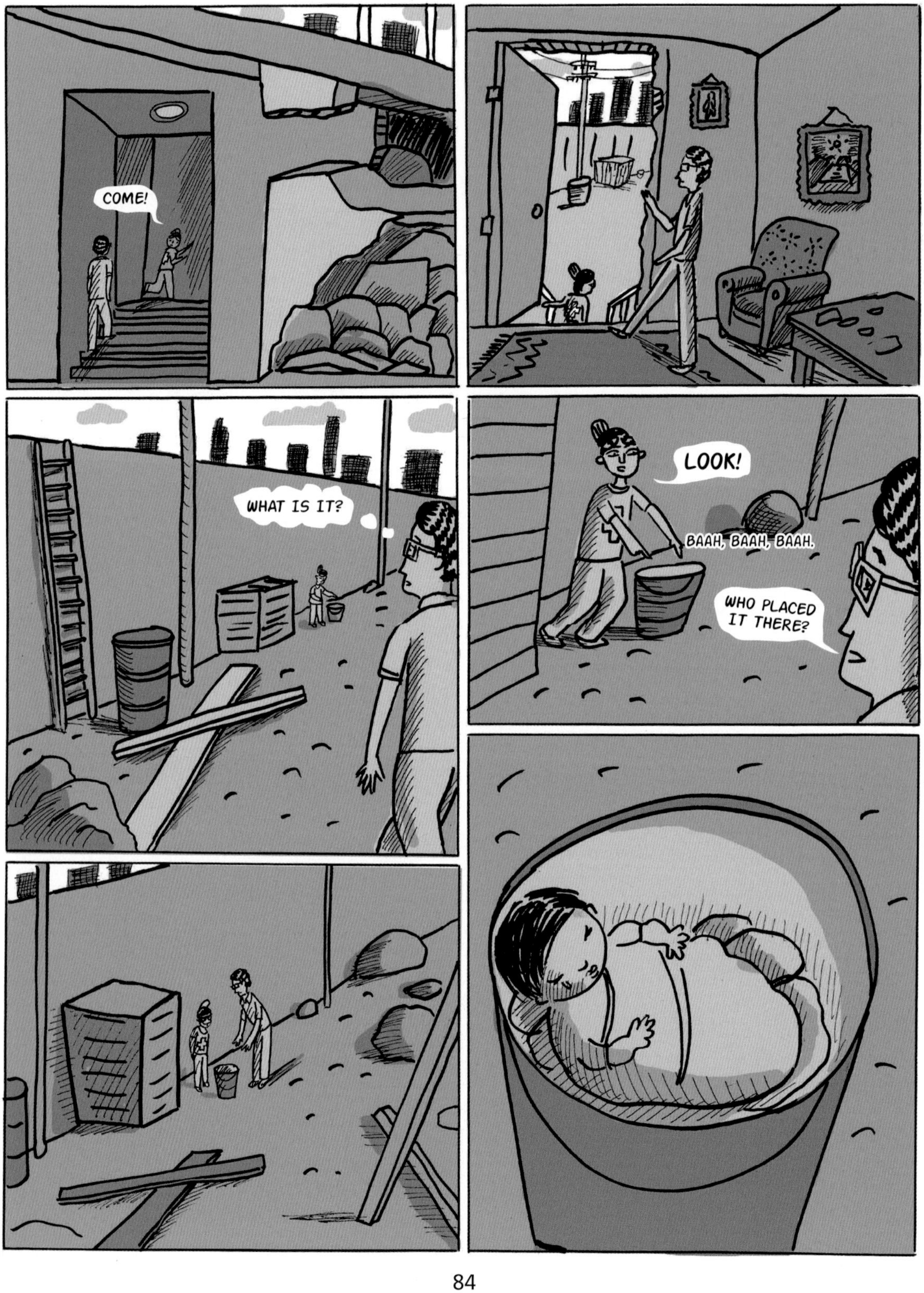
COME!
WHAT IS IT?
LOOK!
BAAH, BAAH, BAAH.
WHO PLACED IT THERE?

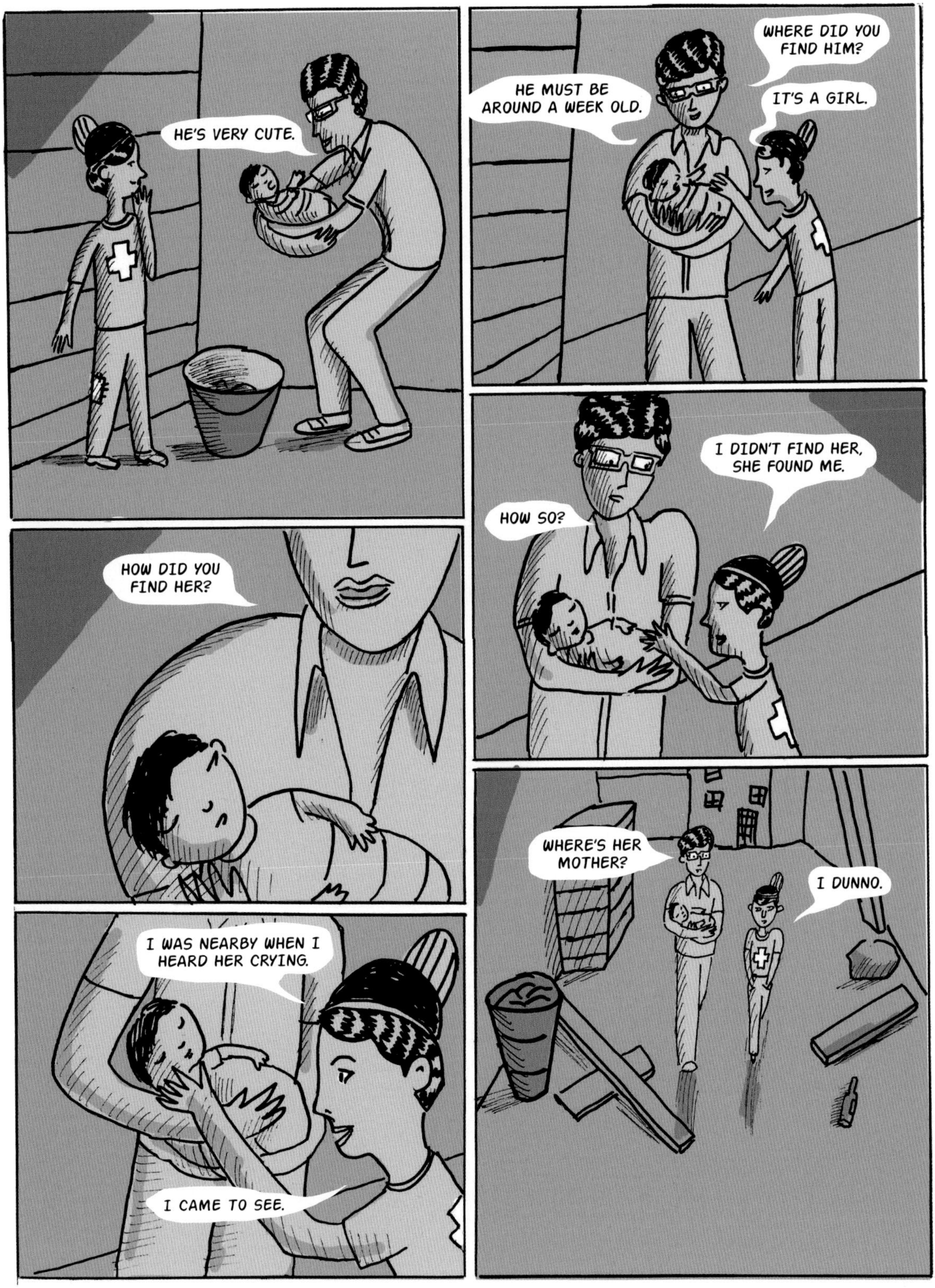
HE'S VERY CUTE.
WHERE DID YOU FIND HIM?
IT'S A GIRL.
HE MUST BE AROUND A WEEK OLD.
HOW DID YOU FIND HER?
I DIDN'T FIND HER, SHE FOUND ME.
HOW SO?
I WAS NEARBY WHEN I HEARD HER CRYING.
I CAME TO SEE.
WHERE'S HER MOTHER?
I DUNNO.

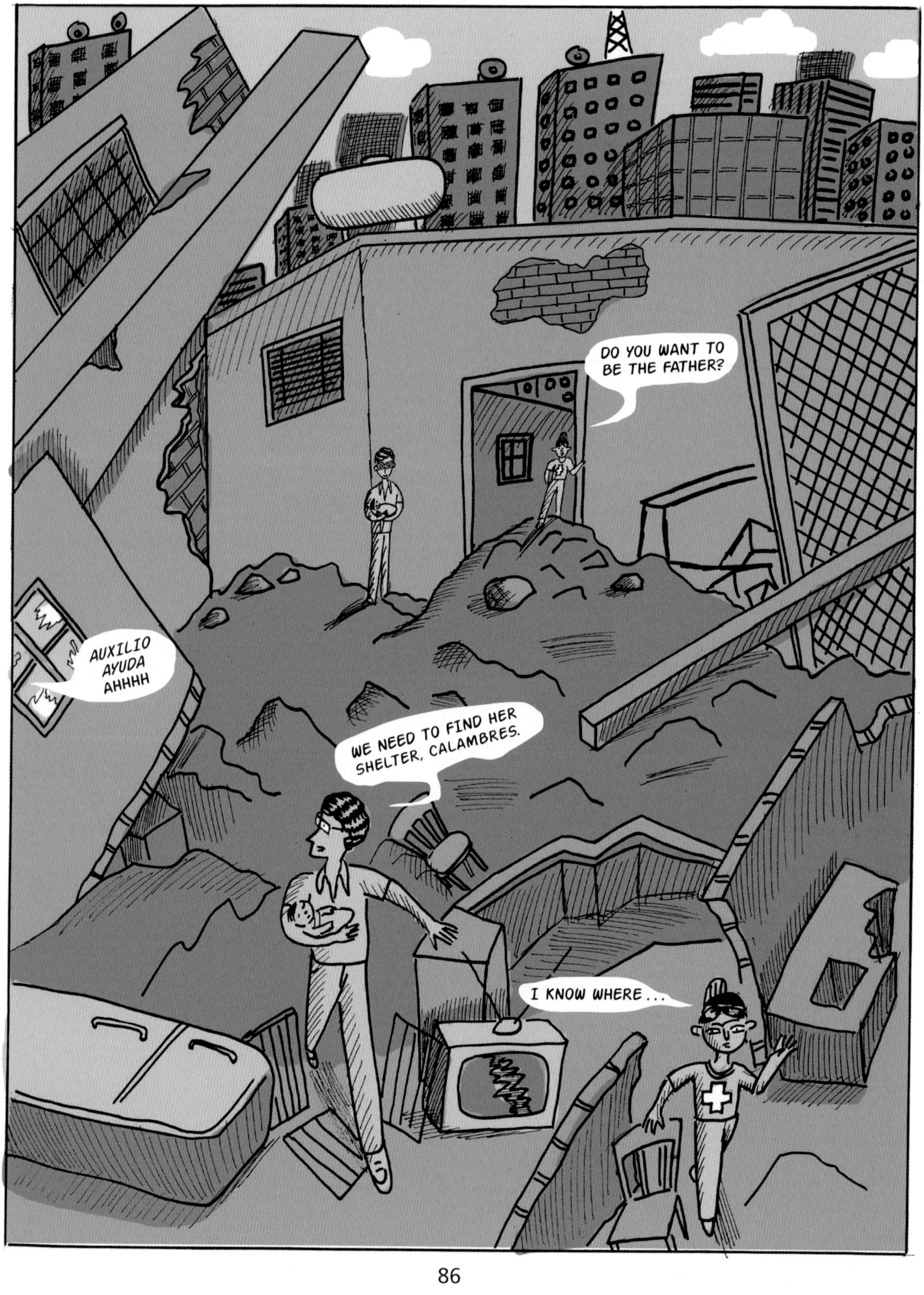
DO YOU WANT TO BE THE FATHER?
AUXILIO AYUDA AHHHH
WE NEED TO FIND HER SHELTER, CALAMBRES.
I KNOW WHERE . . .

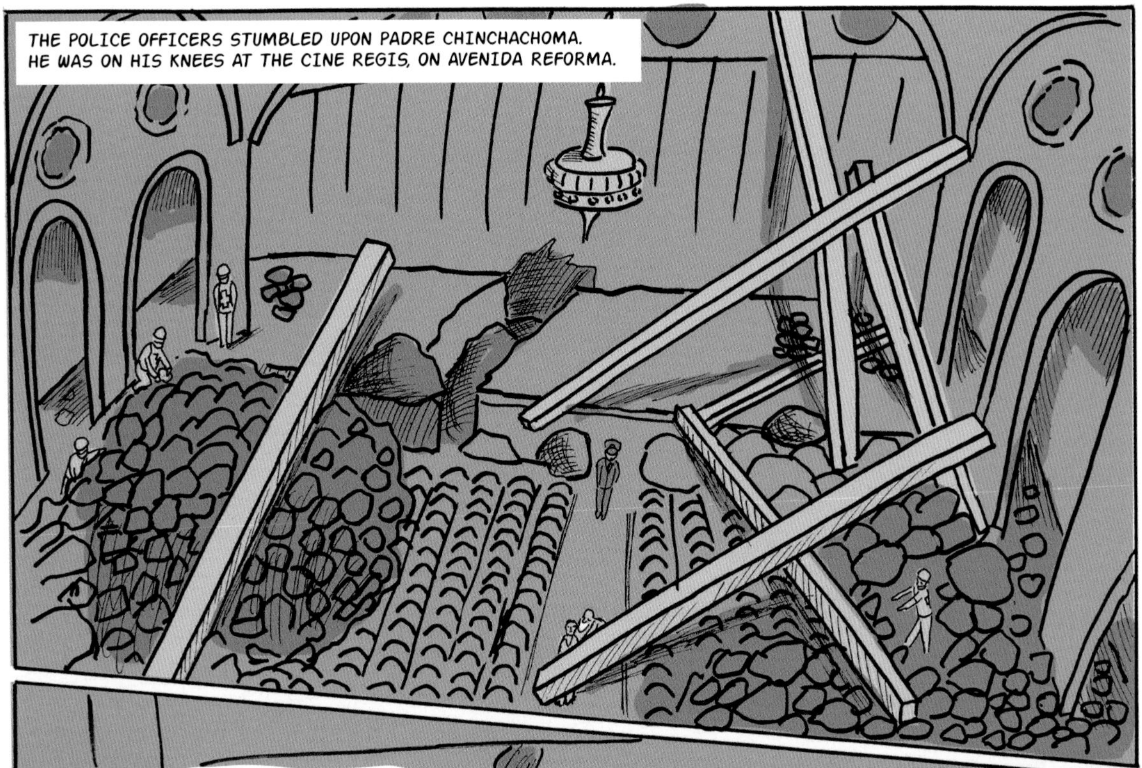
THE POLICE OFFICERS STUMBLED UPON PADRE CHINCHACHOMA.
HE WAS ON HIS KNEES AT THE CINE REGIS, ON AVENIDA REFORMA.

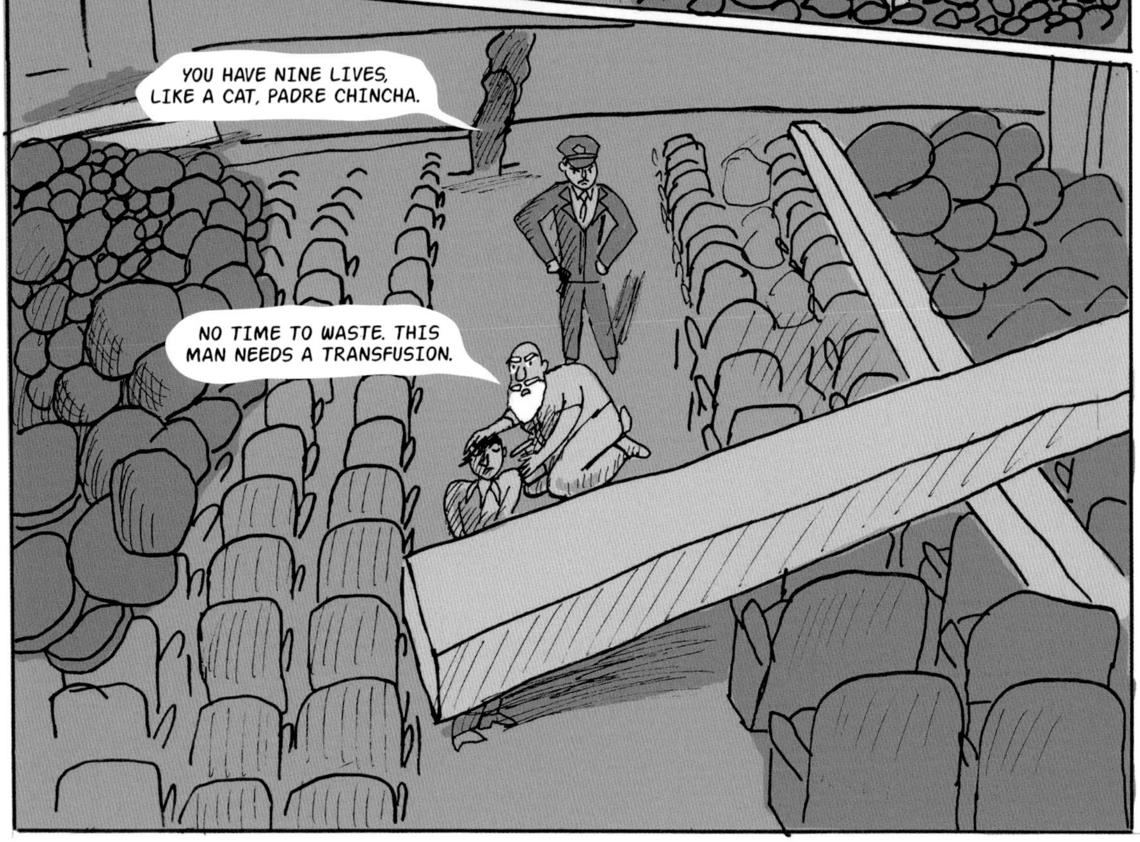
YOU HAVE NINE LIVES, LIKE A CAT, PADRE CHINCHA.
NO TIME TO WASTE. THIS MAN NEEDS A TRANSFUSION.

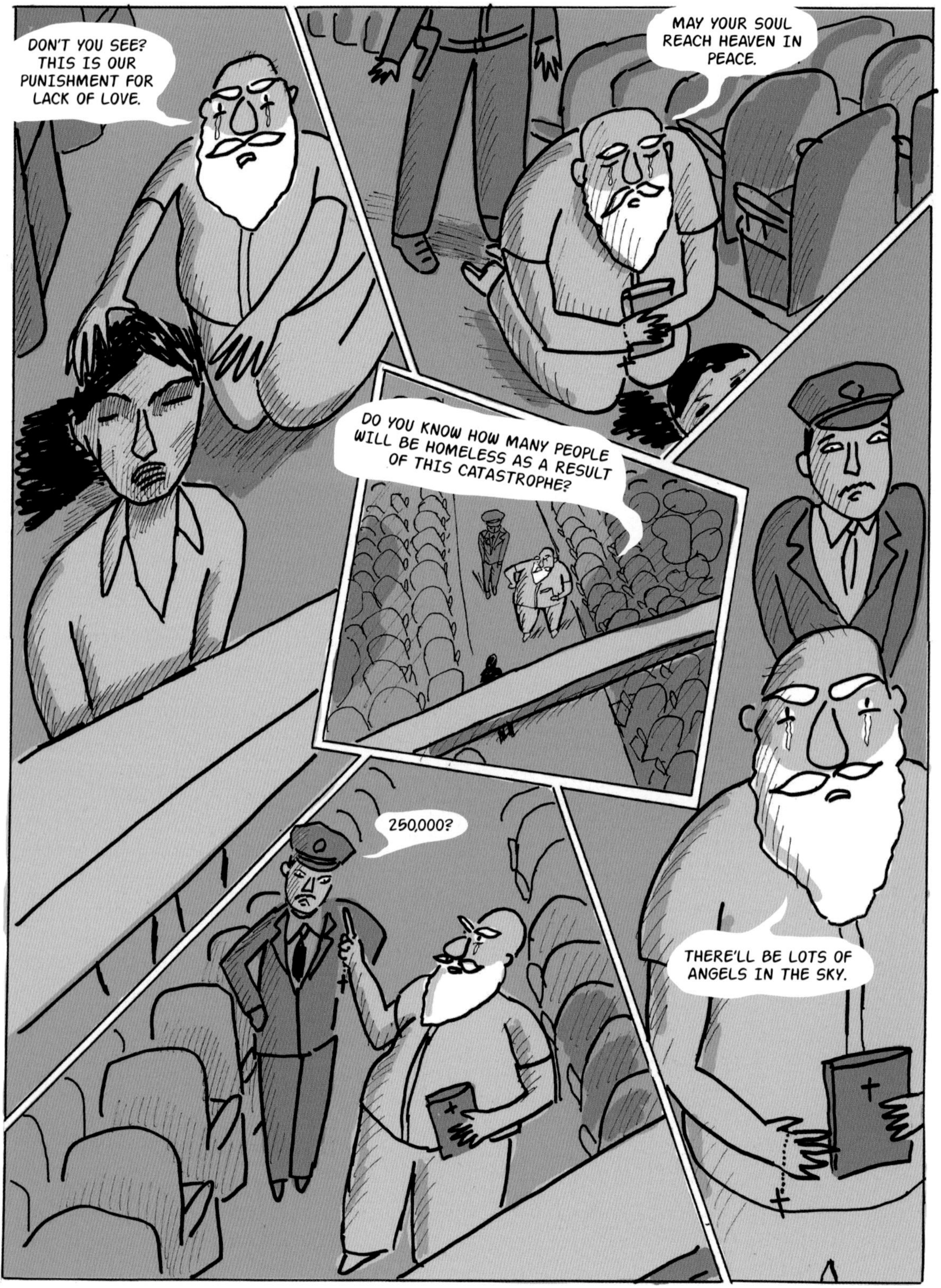
DON'T YOU SEE? THIS IS OUR PUNISHMENT FOR LACK OF LOVE.
MAY YOUR SOUL REACH HEAVEN IN PEACE.
DO YOU KNOW HOW MANY PEOPLE WILL BE HOMELESS AS A RESULT OF THIS CATASTROPHE?
250,000?
THERE'LL BE LOTS OF ANGELS IN THE SKY.

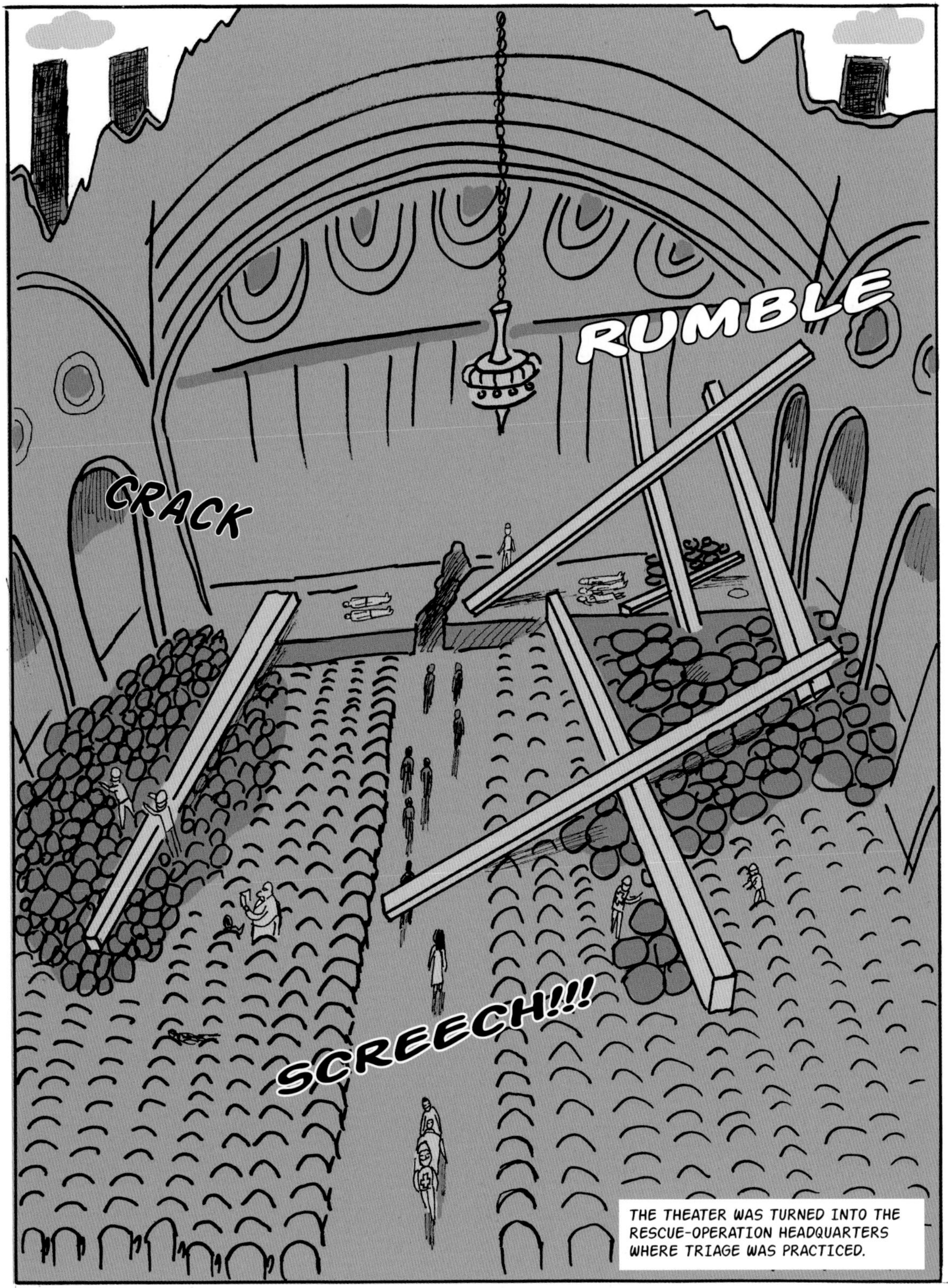
RUMBLE
CRACK
SCREECH!!!
THE THEATER WAS TURNED INTO THE RESCUE-OPERATION HEADQUARTERS WHERE TRIAGE WAS PRACTICED.

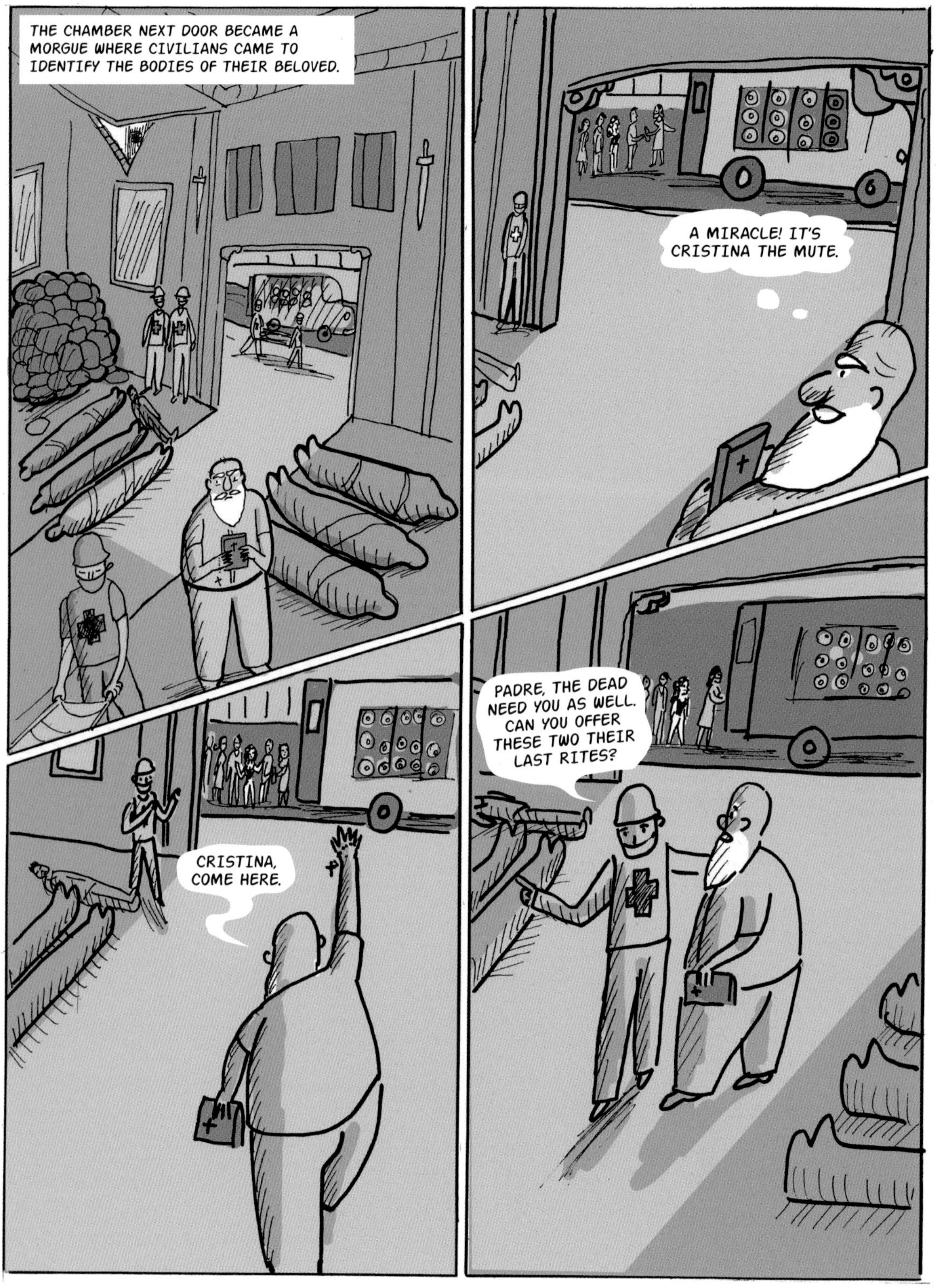
THE CHAMBER NEXT DOOR BECAME A MORGUE WHERE CIVILIANS CAME TO IDENTIFY THE BODIES OF THEIR BELOVED.
A MIRACLE! IT'S CRISTINA THE MUTE.
CRISTINA, COME HERE.
PADRE, THE DEAD NEED YOU AS WELL. CAN YOU OFFER THESE TWO THEIR LAST RITES?

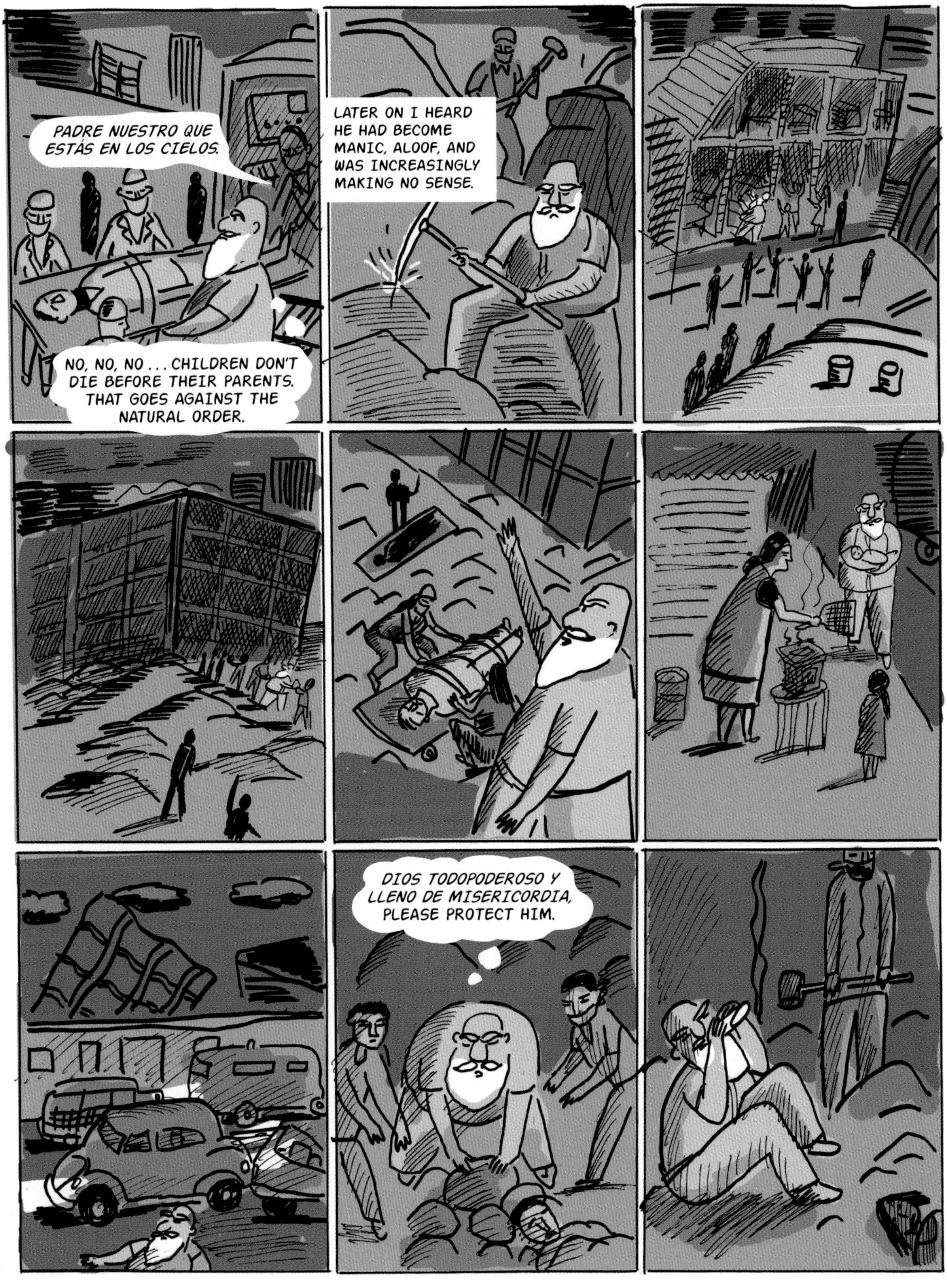
PADRE NUESTRO QUE ESTÁS EN LOS CIELOS.
NO, NO, NO . . . CHILDREN DON'T DIE BEFORE THEIR PARENTS. THAT GOES AGAINST THE NATURAL ORDER.
LATER ON I HEARD HE HAD BECOME MANIC, ALOOF, AND WAS INCREASINGLY MAKING NO SENSE.
DIOS TODOPODEROSO Y LLENO DE MISERICORDIA, PLEASE PROTECT HIM.

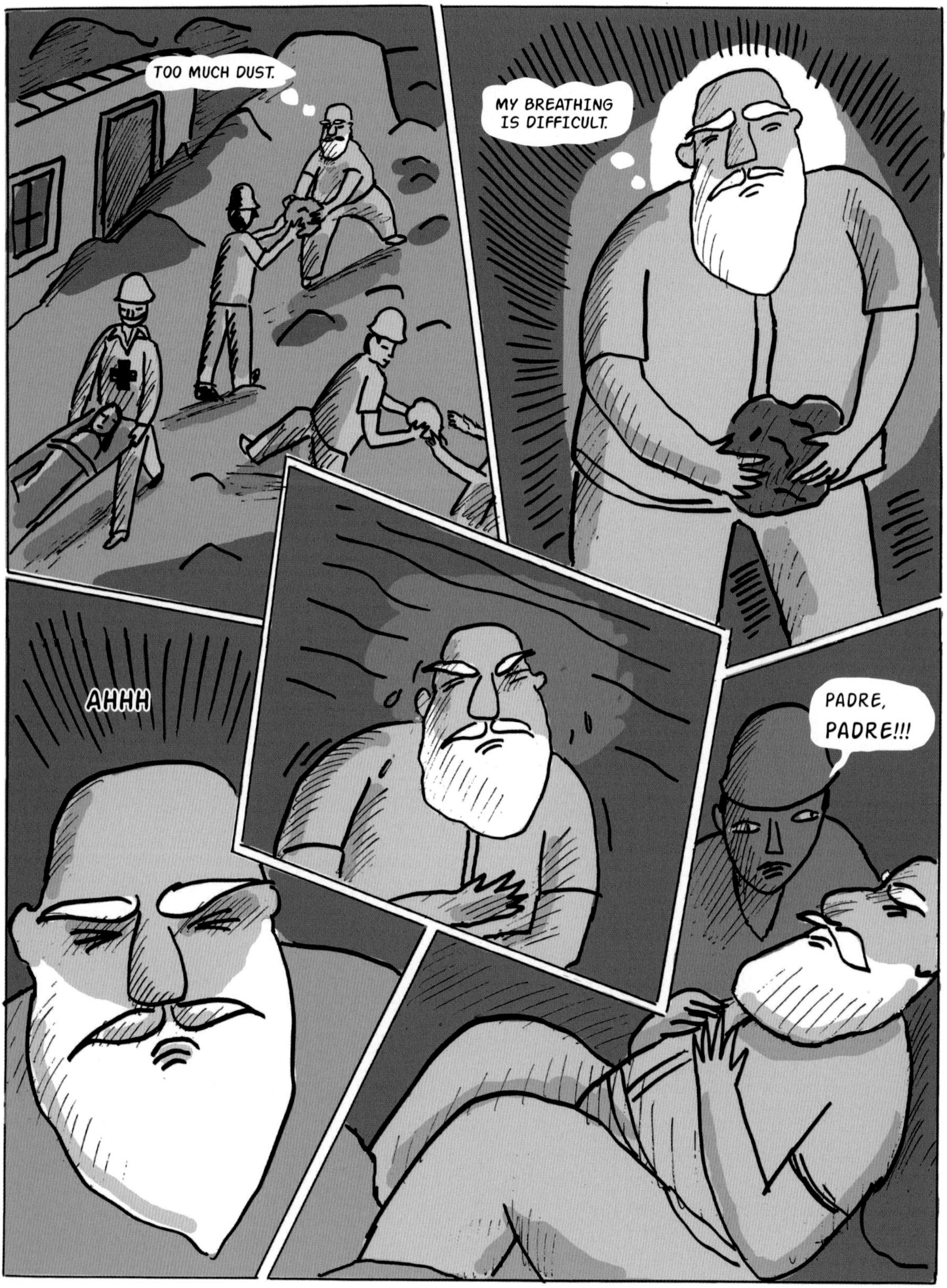
TOO MUCH DUST.
MY BREATHING IS DIFFICULT.
AHHH
PADRE, PADRE!!!

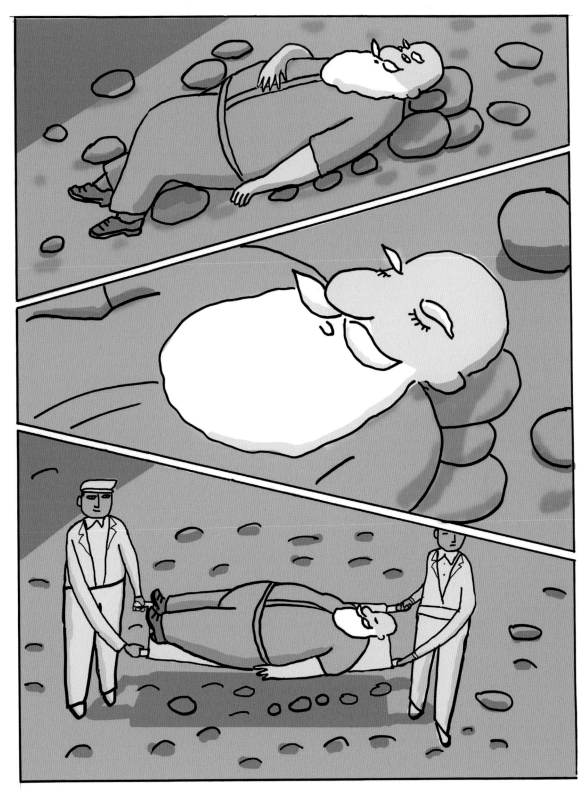

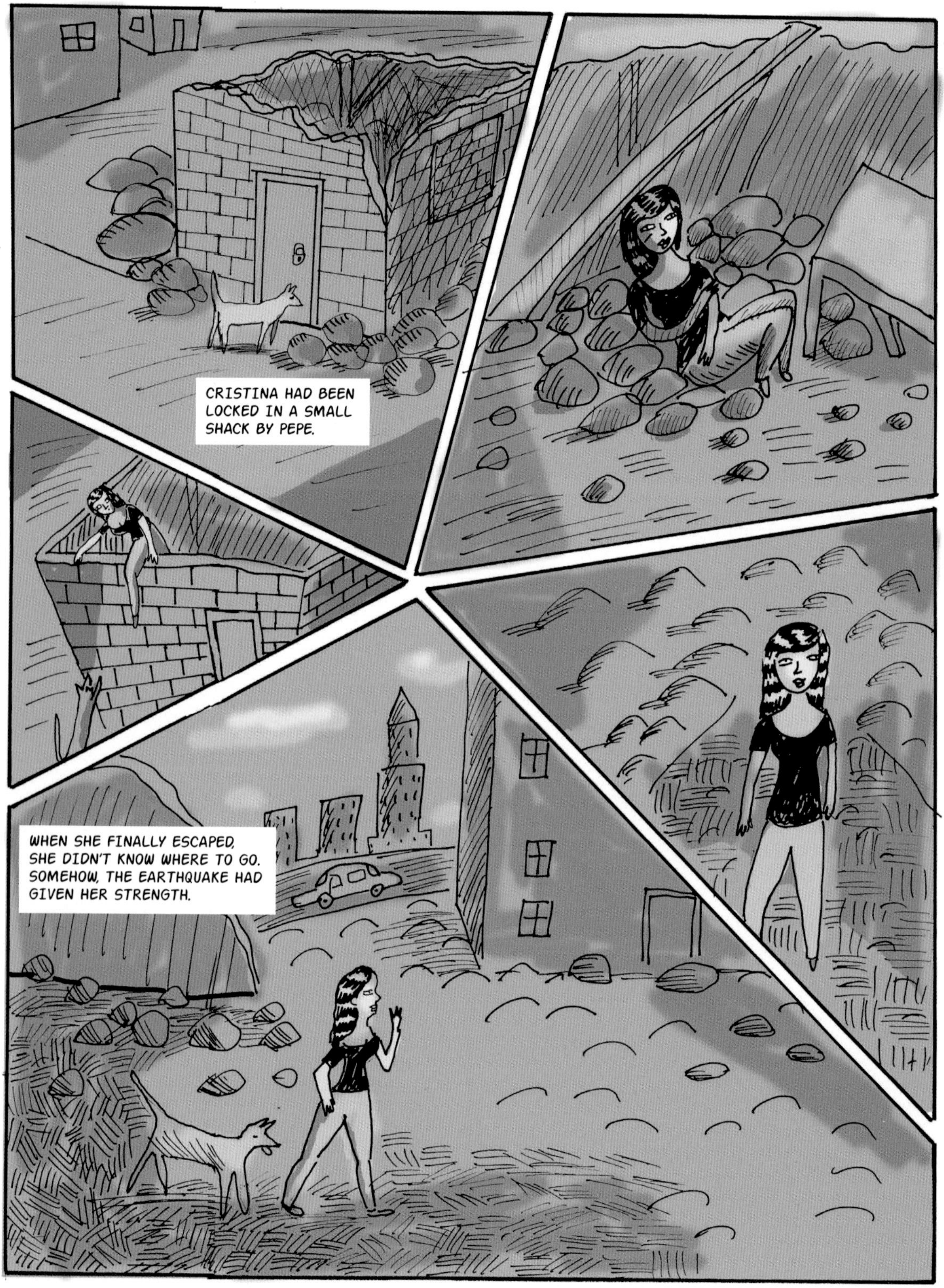
CRISTINA HAD BEEN LOCKED IN A SMALL SHACK BY PEPE.
WHEN SHE FINALLY ESCAPED, SHE DIDN'T KNOW WHERE TO GO. SOMEHOW, THE EARTHQUAKE HAD GIVEN HER STRENGTH.

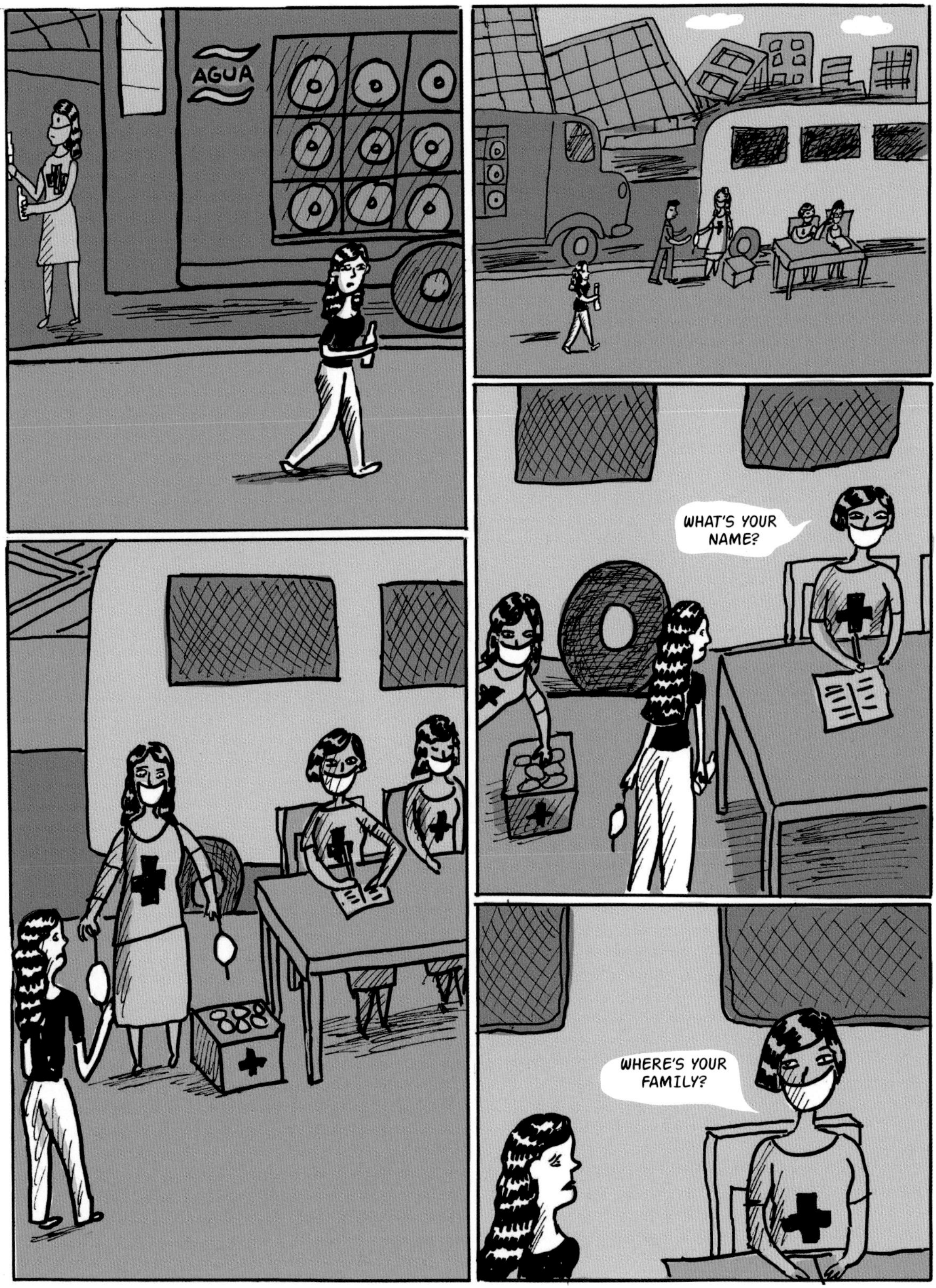
AGUA
WHAT'S YOUR NAME?
WHERE'S YOUR FAMILY?

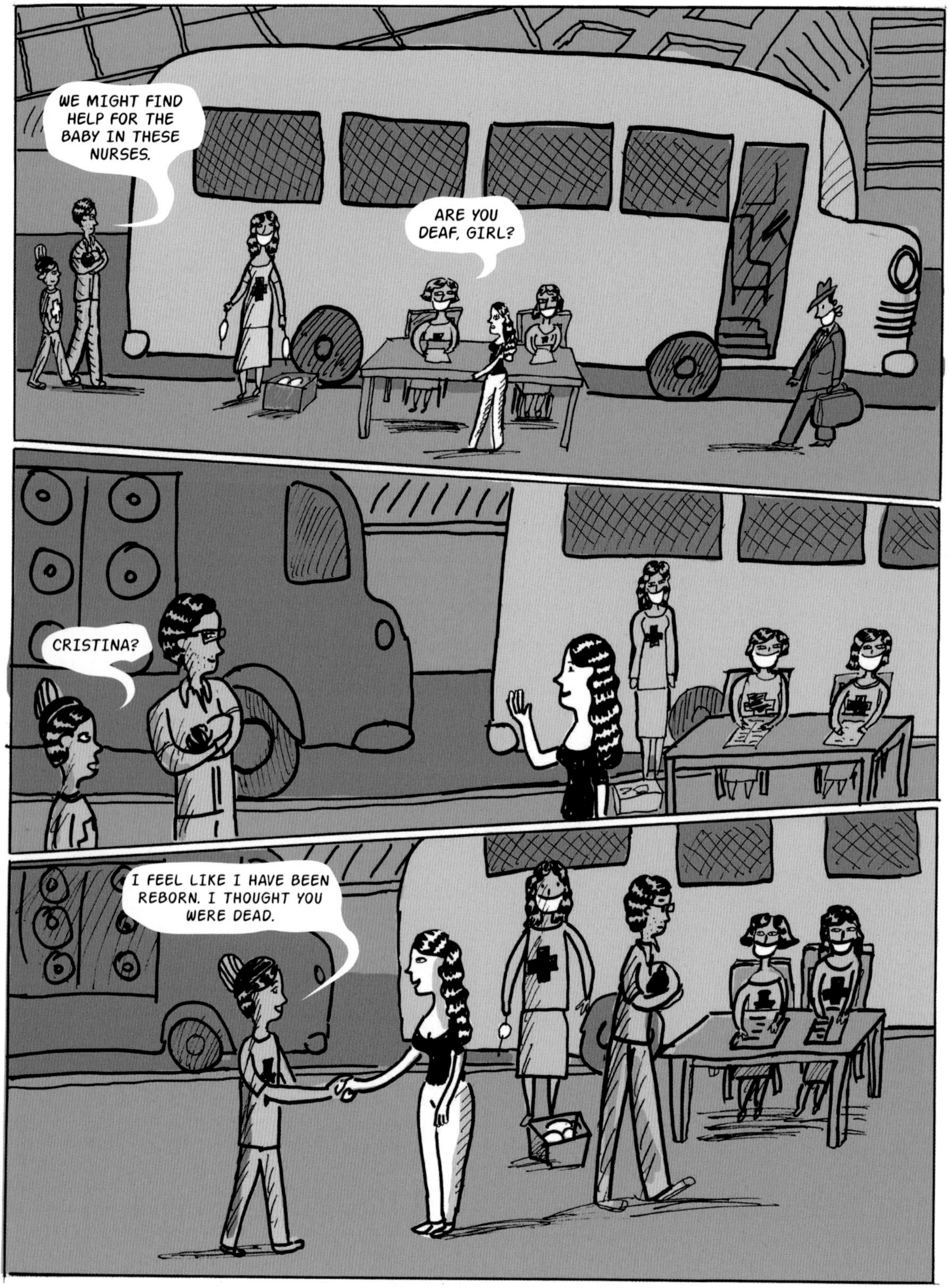
WE MIGHT FIND HELP FOR THE BABY IN THESE NURSES.
ARE YOU DEAF, GIRL?
CRISTINA?
I FEEL LIKE I HAVE BEEN REBORN. I THOUGHT YOU WERE DEAD.

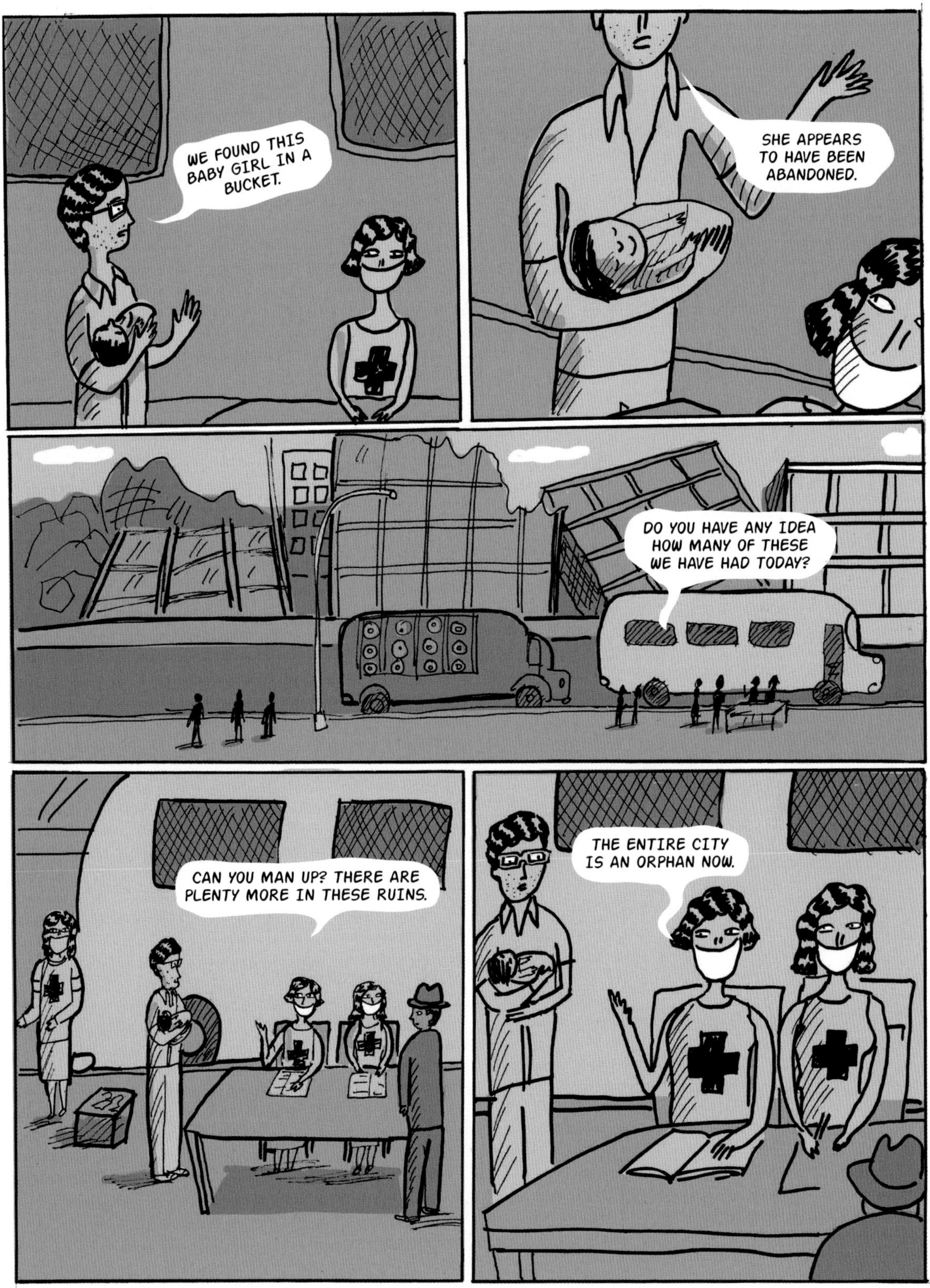

WE FOUND THIS BABY GIRL IN A BUCKET.
SHE APPEARS TO HAVE BEEN ABANDONED.
DO YOU HAVE ANY IDEA HOW MANY OF THESE WE HAVE HAD TODAY?
CAN YOU MAN UP? THERE ARE PLENTY MORE IN THESE RUINS.
THE ENTIRE CITY IS AN ORPHAN NOW.

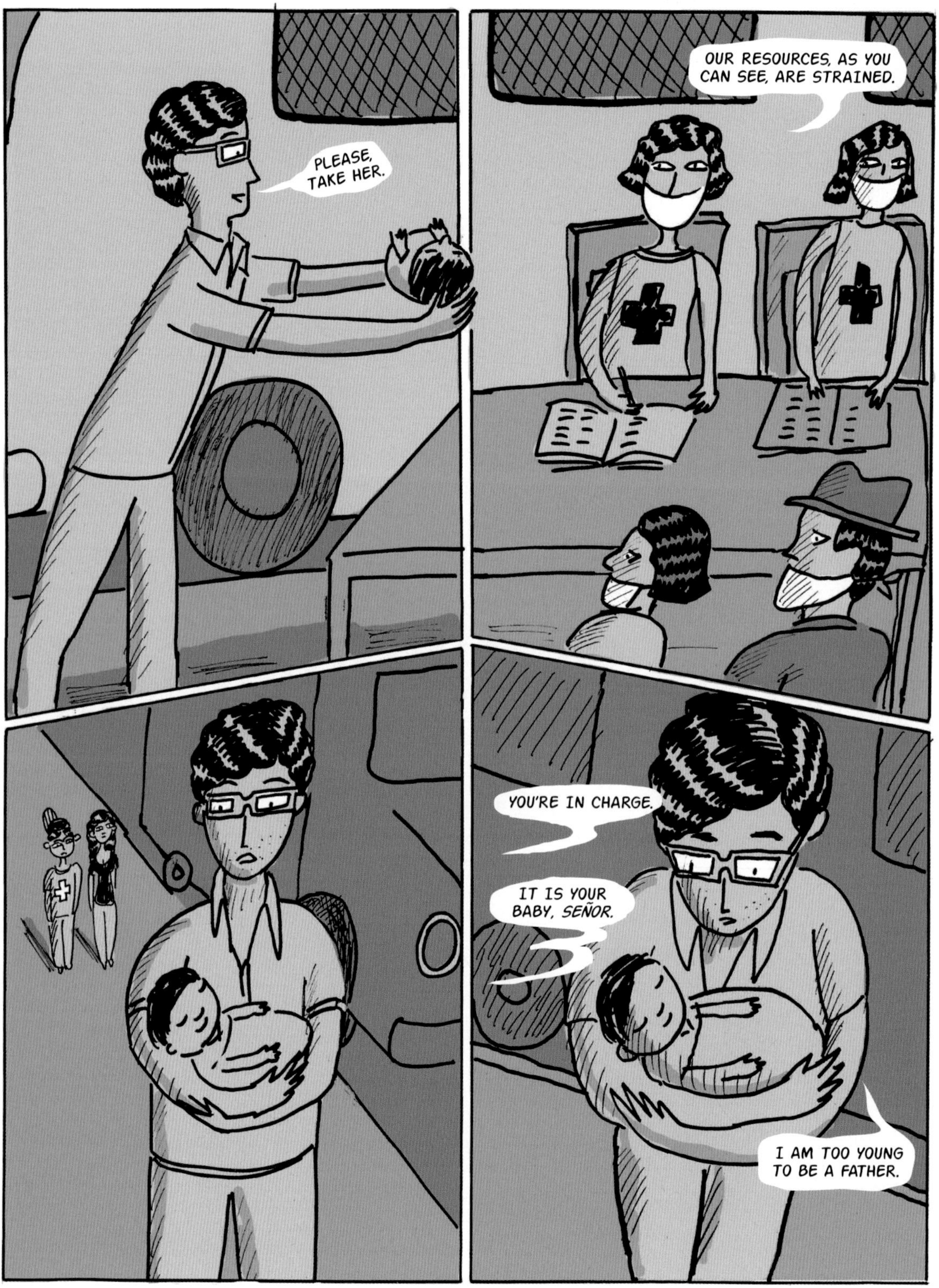
PLEASE, TAKE HER.
OUR RESOURCES, AS YOU CAN SEE, ARE STRAINED.
YOU'RE IN CHARGE.
IT IS YOUR BABY, SEÑOR.
I AM TOO YOUNG TO BE A FATHER.

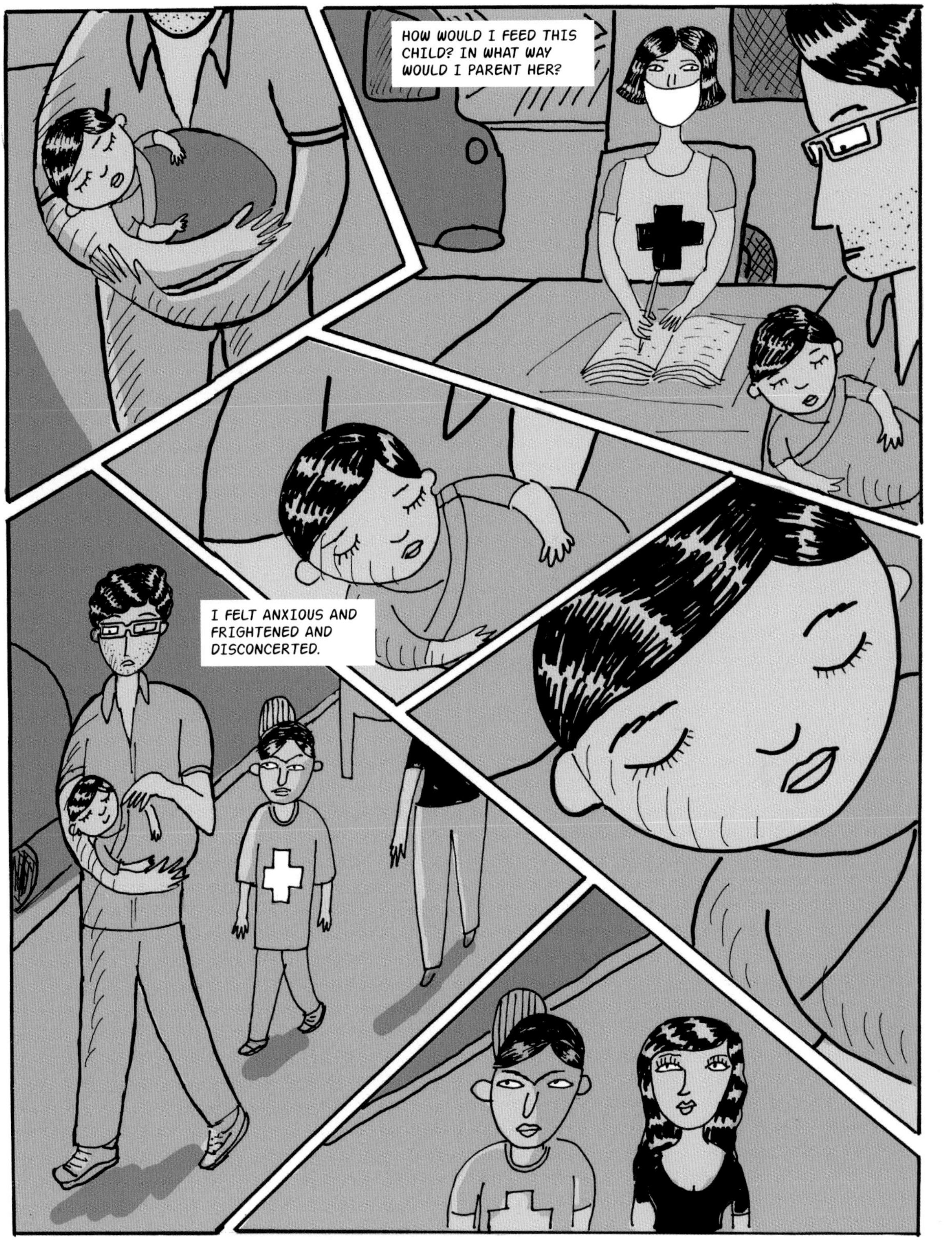
HOW WOULD I FEED THIS CHILD? IN WHAT WAY WOULD I PARENT HER?
I FELT ANXIOUS AND FRIGHTENED AND DISCONCERTED.

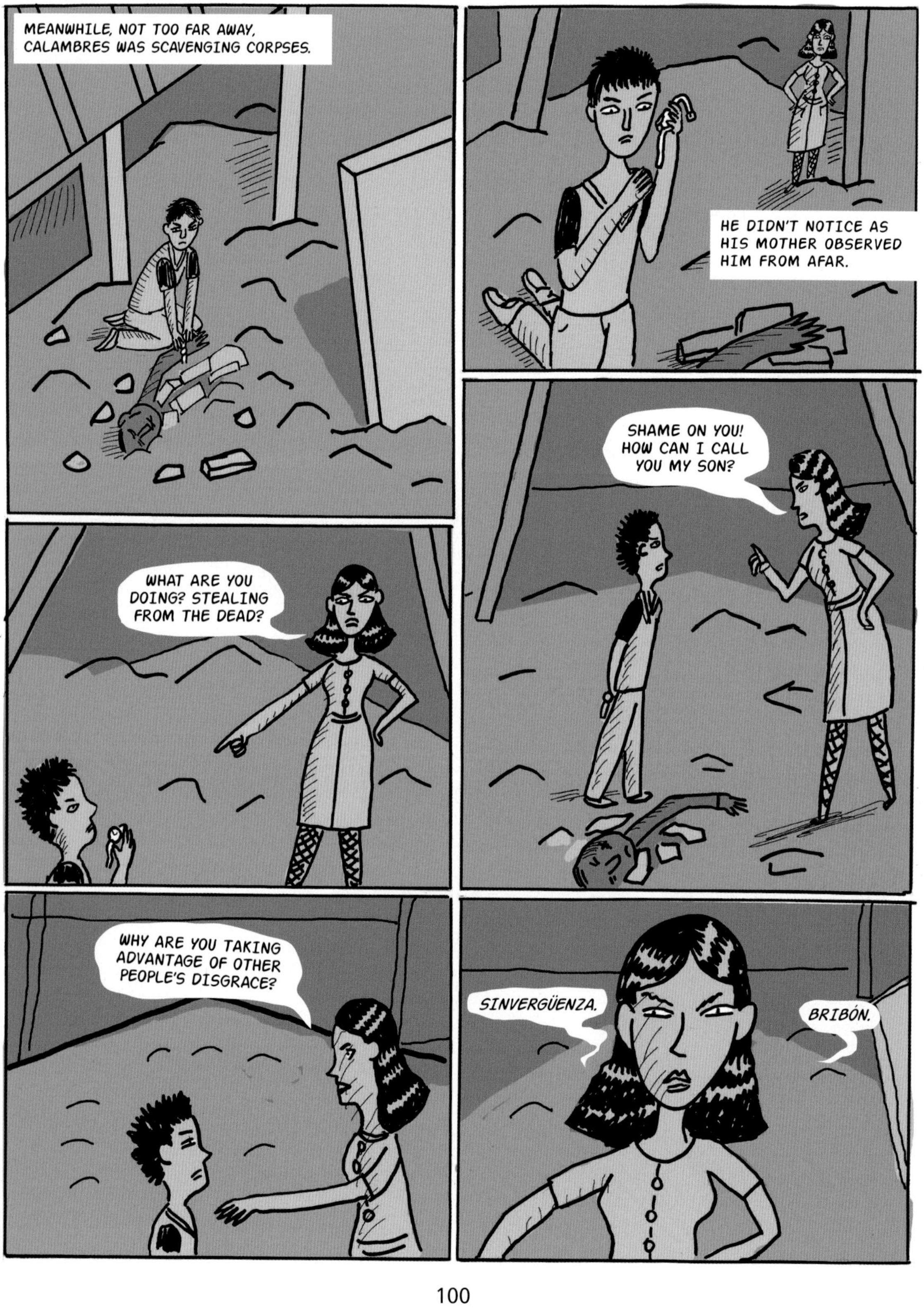
MEANWHILE, NOT TOO FAR AWAY, CALAMBRES WAS SCAVENGING CORPSES.
HE DIDN'T NOTICE AS HIS MOTHER OBSERVED HIM FROM AFAR.
WHAT ARE YOU DOING? STEALING FROM THE DEAD?
SHAME ON YOU! HOW CAN I CALL YOU MY SON?
WHY ARE YOU TAKING ADVANTAGE OF OTHER PEOPLE'S DISGRACE?
SINVERGÜENZA.
BRIBÓN.

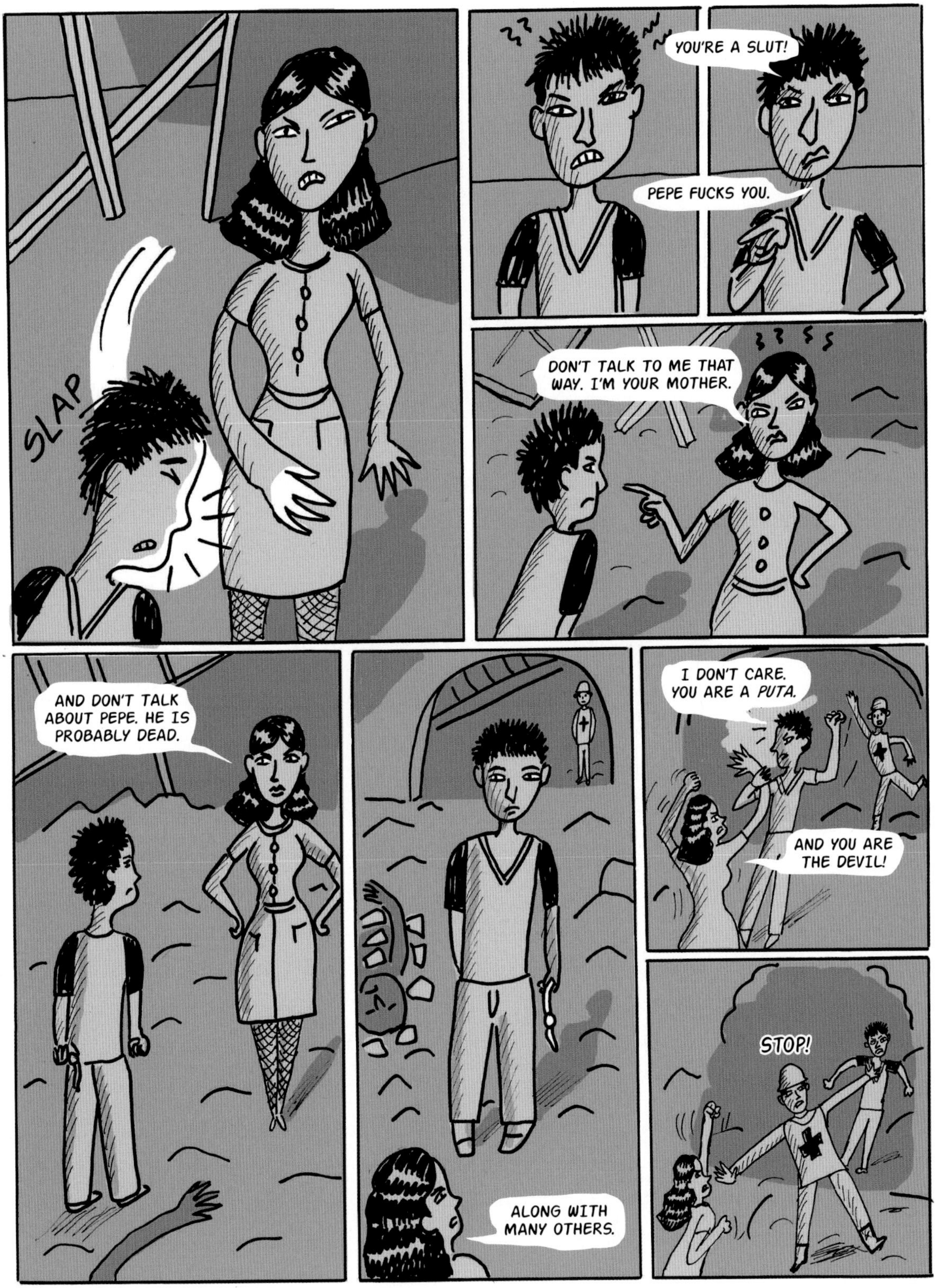
SLAP
YOU'RE A SLUT!
PEPE FUCKS YOU.
DON'T TALK TO ME THAT WAY. I'M YOUR MOTHER.
AND DON'T TALK ABOUT PEPE. HE IS PROBABLY DEAD.
ALONG WITH MANY OTHERS.
I DON'T CARE. YOU ARE A *PUTA*.
AND YOU ARE THE DEVIL!
STOP!

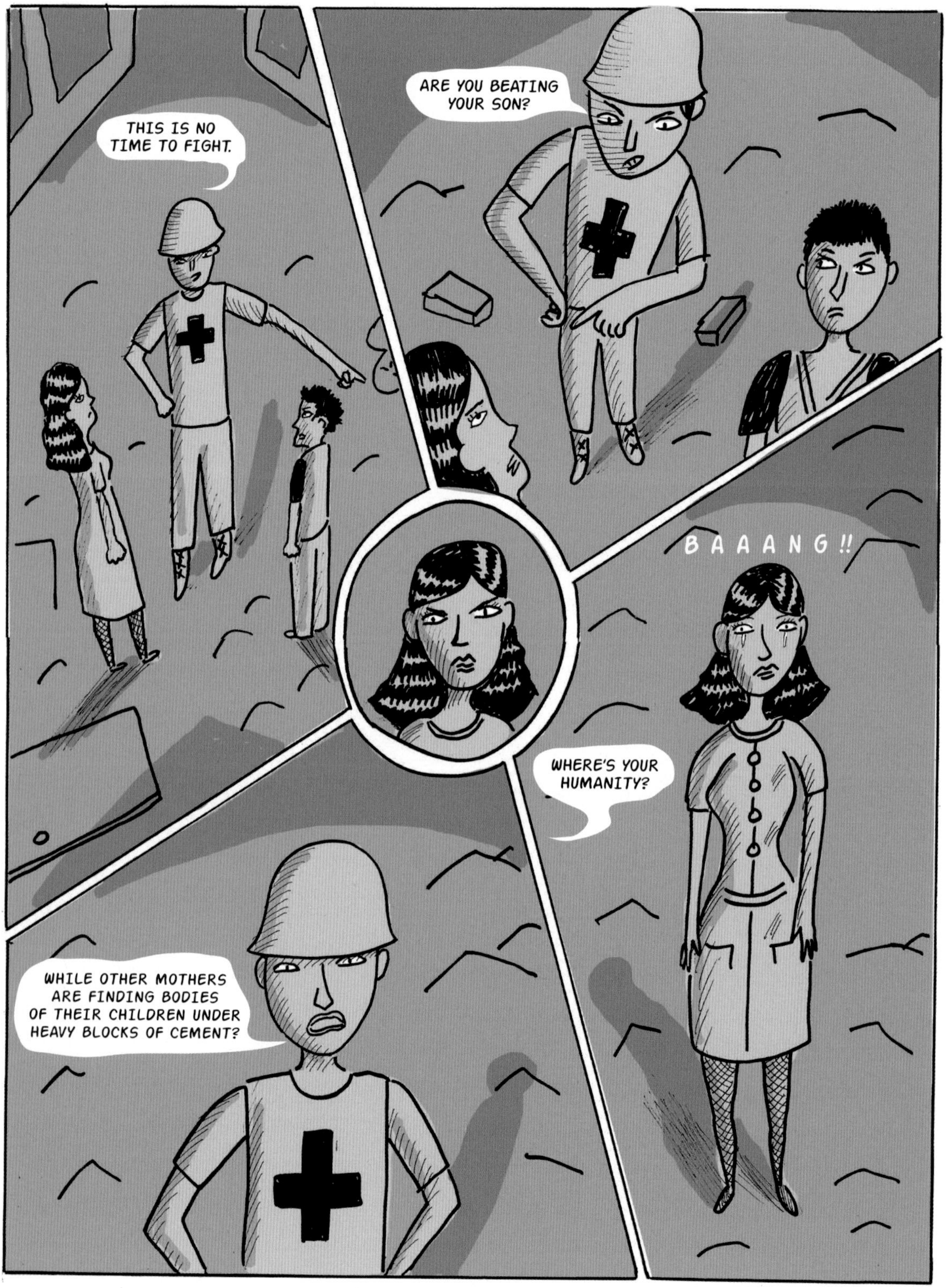
THIS IS NO TIME TO FIGHT.
ARE YOU BEATING YOUR SON?
WHILE OTHER MOTHERS ARE FINDING BODIES OF THEIR CHILDREN UNDER HEAVY BLOCKS OF CEMENT?
WHERE'S YOUR HUMANITY?
B A A A N G !!

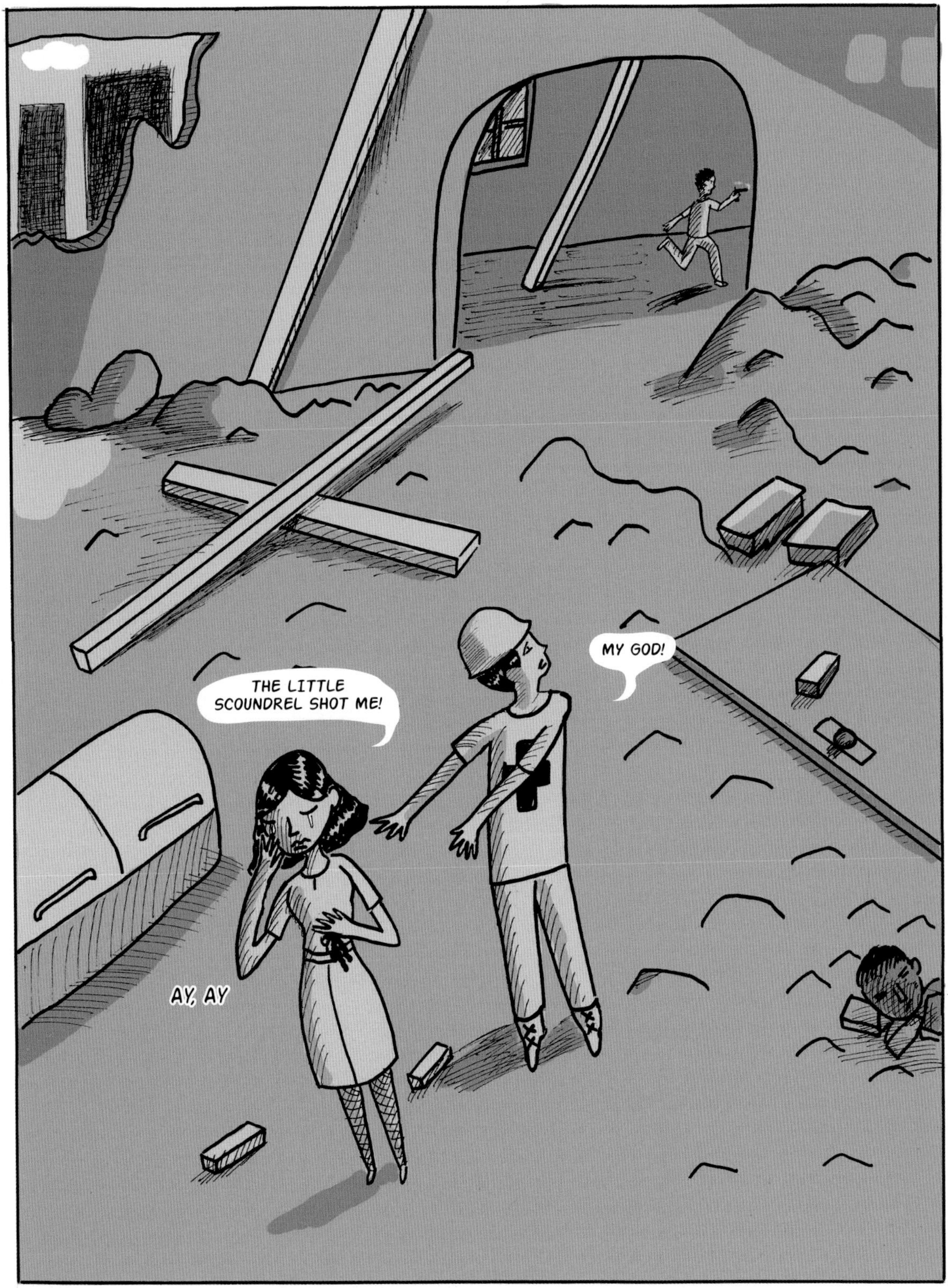
THE LITTLE SCOUNDREL SHOT ME!
MY GOD!
AY, AY

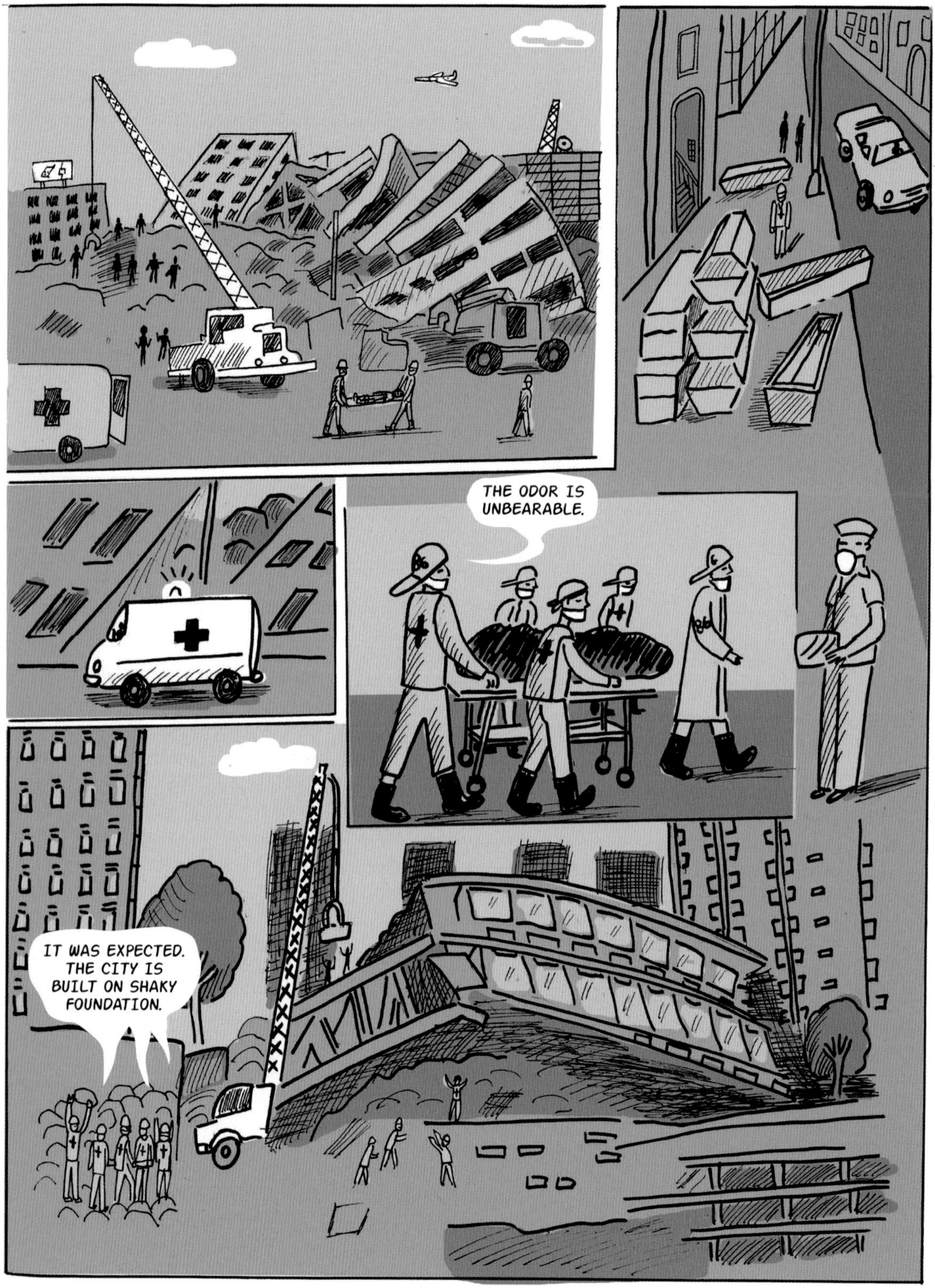
THE ODOR IS UNBEARABLE.
IT WAS EXPECTED. THE CITY IS BUILT ON SHAKY FOUNDATION.

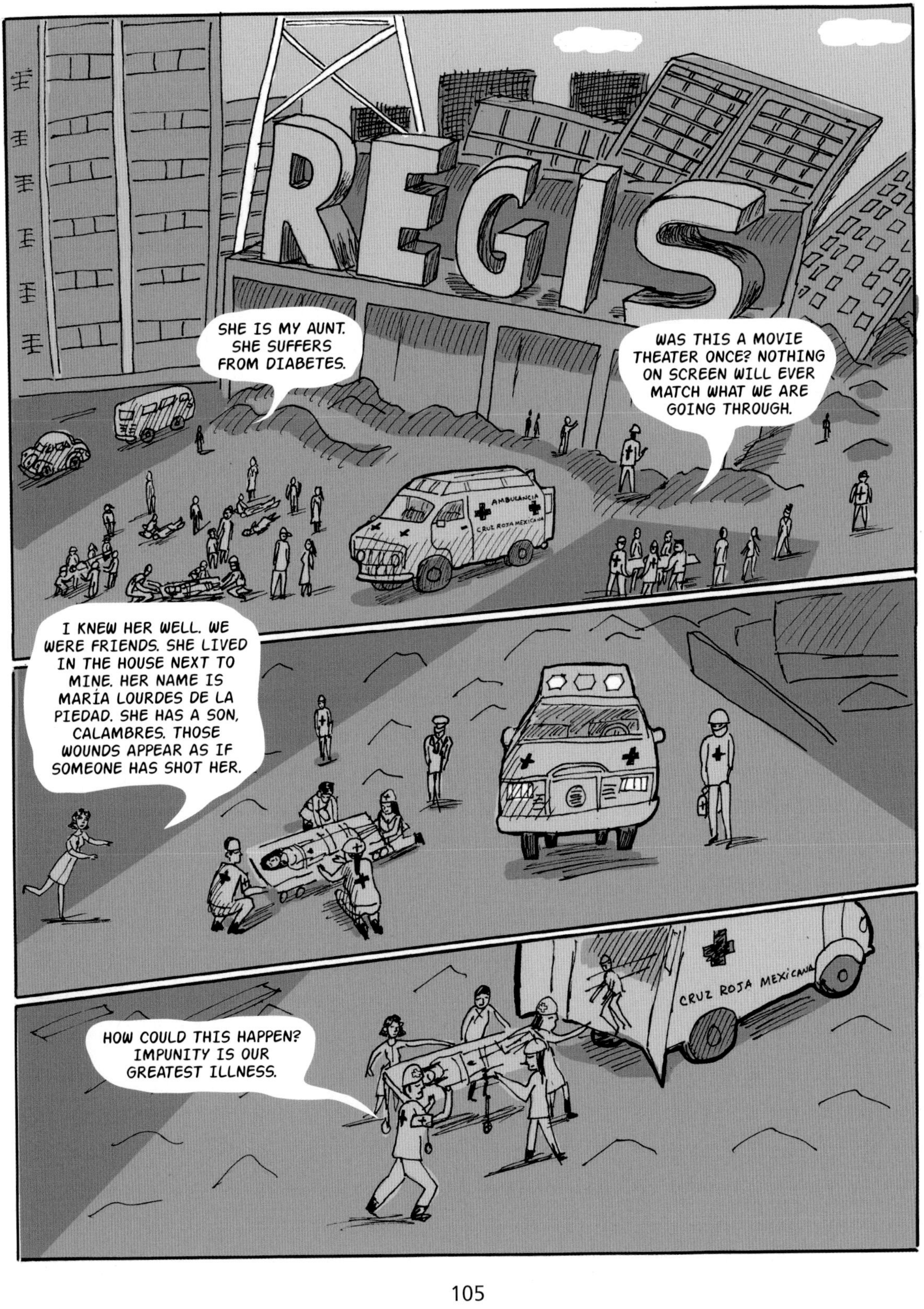
REGIS
SHE IS MY AUNT. SHE SUFFERS FROM DIABETES.
WAS THIS A MOVIE THEATER ONCE? NOTHING ON SCREEN WILL EVER MATCH WHAT WE ARE GOING THROUGH.
AMBULANCIA
CRUZ ROJA MEXICANA
I KNEW HER WELL. WE WERE FRIENDS. SHE LIVED IN THE HOUSE NEXT TO MINE. HER NAME IS MARÍA LOURDES DE LA PIEDAD. SHE HAS A SON, CALAMBRES. THOSE WOUNDS APPEAR AS IF SOMEONE HAS SHOT HER.
CRUZ ROJA MEXICANA
HOW COULD THIS HAPPEN? IMPUNITY IS OUR GREATEST ILLNESS.

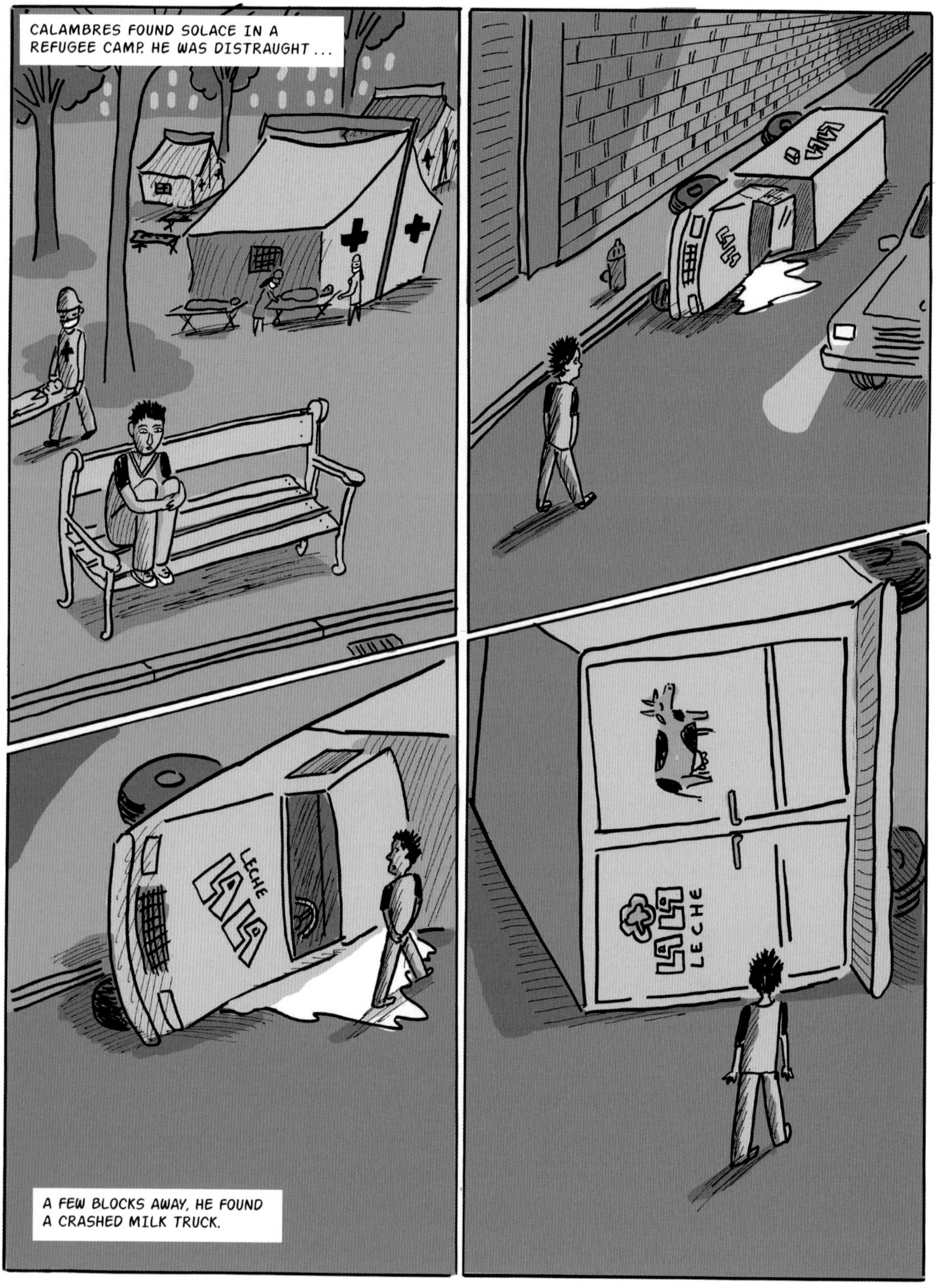
CALAMBRES FOUND SOLACE IN A REFUGEE CAMP. HE WAS DISTRAUGHT . . .
LECHE
LECHE
A FEW BLOCKS AWAY, HE FOUND A CRASHED MILK TRUCK.

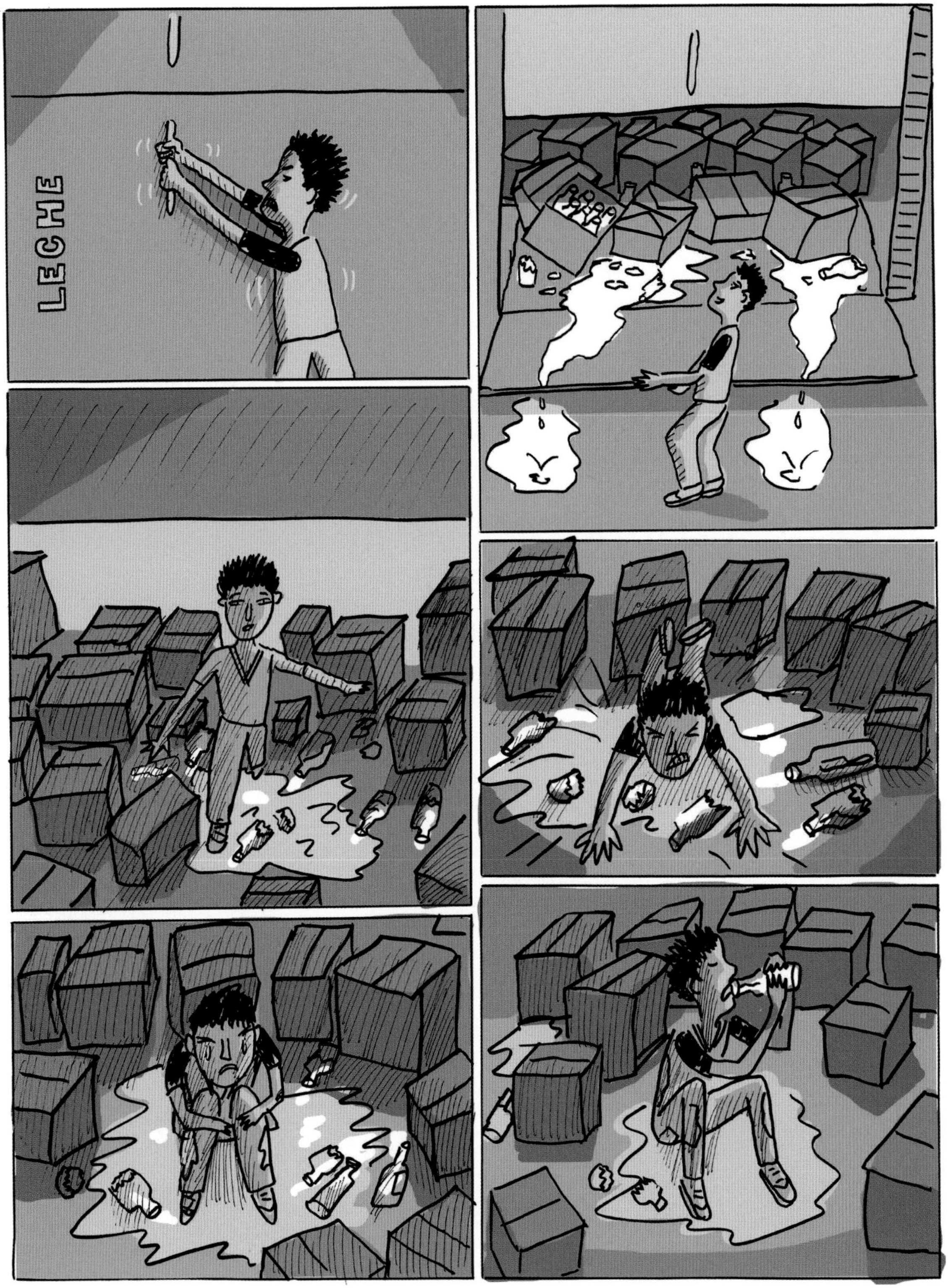
LECHE

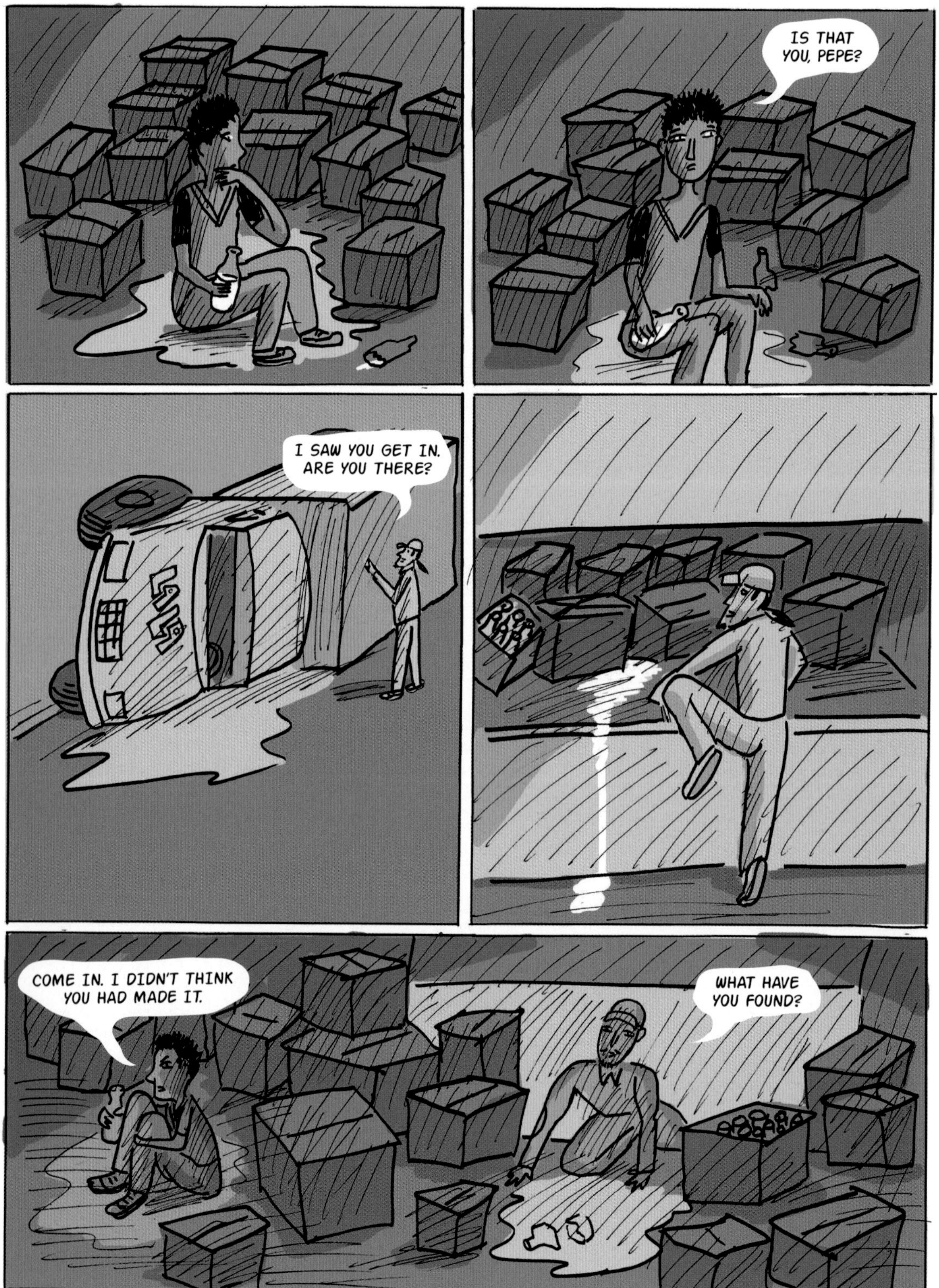
IS THAT YOU, PEPE?
I SAW YOU GET IN. ARE YOU THERE?
COME IN. I DIDN'T THINK YOU HAD MADE IT.
WHAT HAVE YOU FOUND?

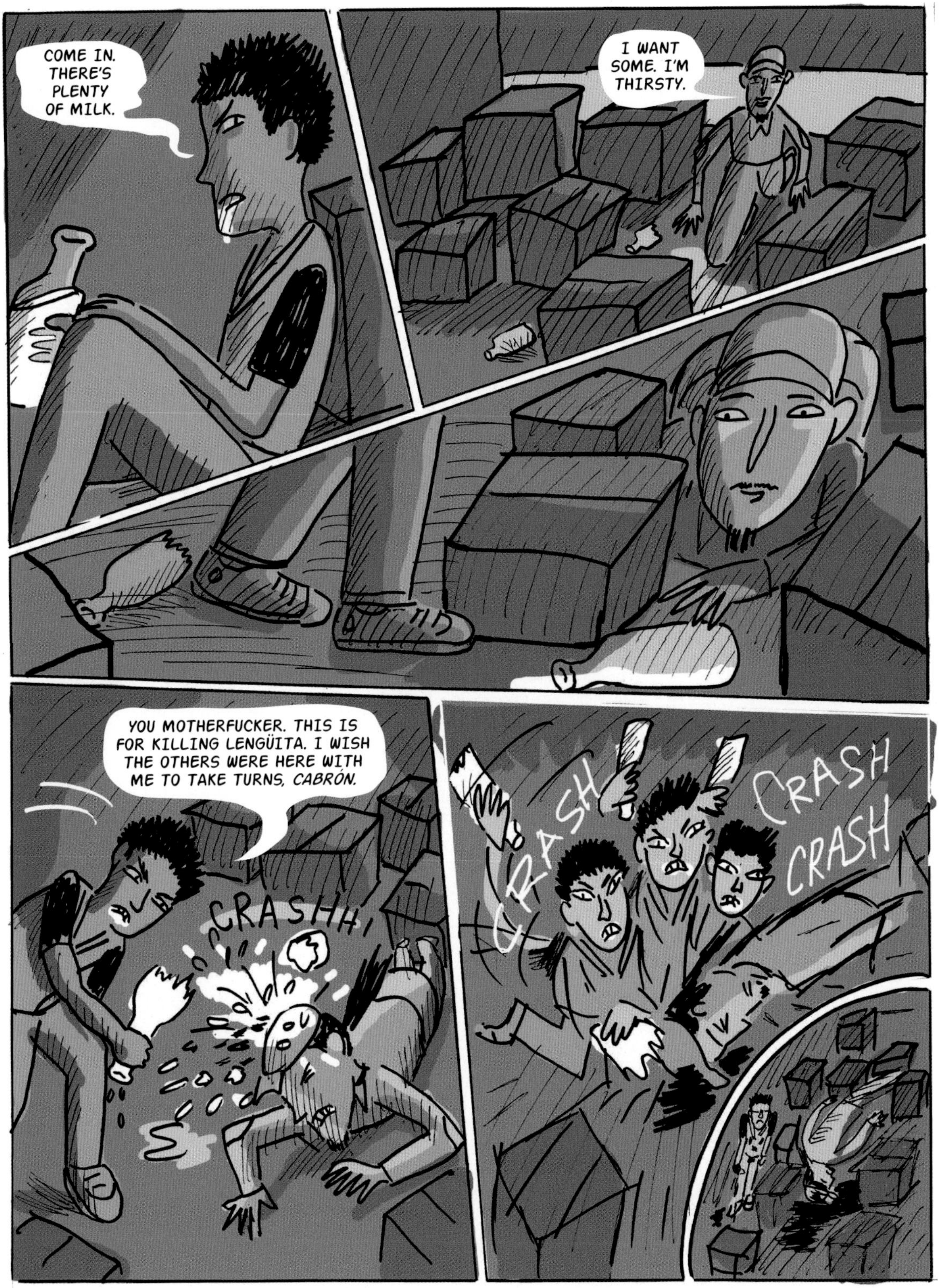
COME IN. THERE'S PLENTY OF MILK.
I WANT SOME. I'M THIRSTY.
YOU MOTHERFUCKER. THIS IS FOR KILLING LENGÜITA. I WISH THE OTHERS WERE HERE WITH ME TO TAKE TURNS, *CABRÓN.*
CRASHH
CRASH
CRASH
CRASH

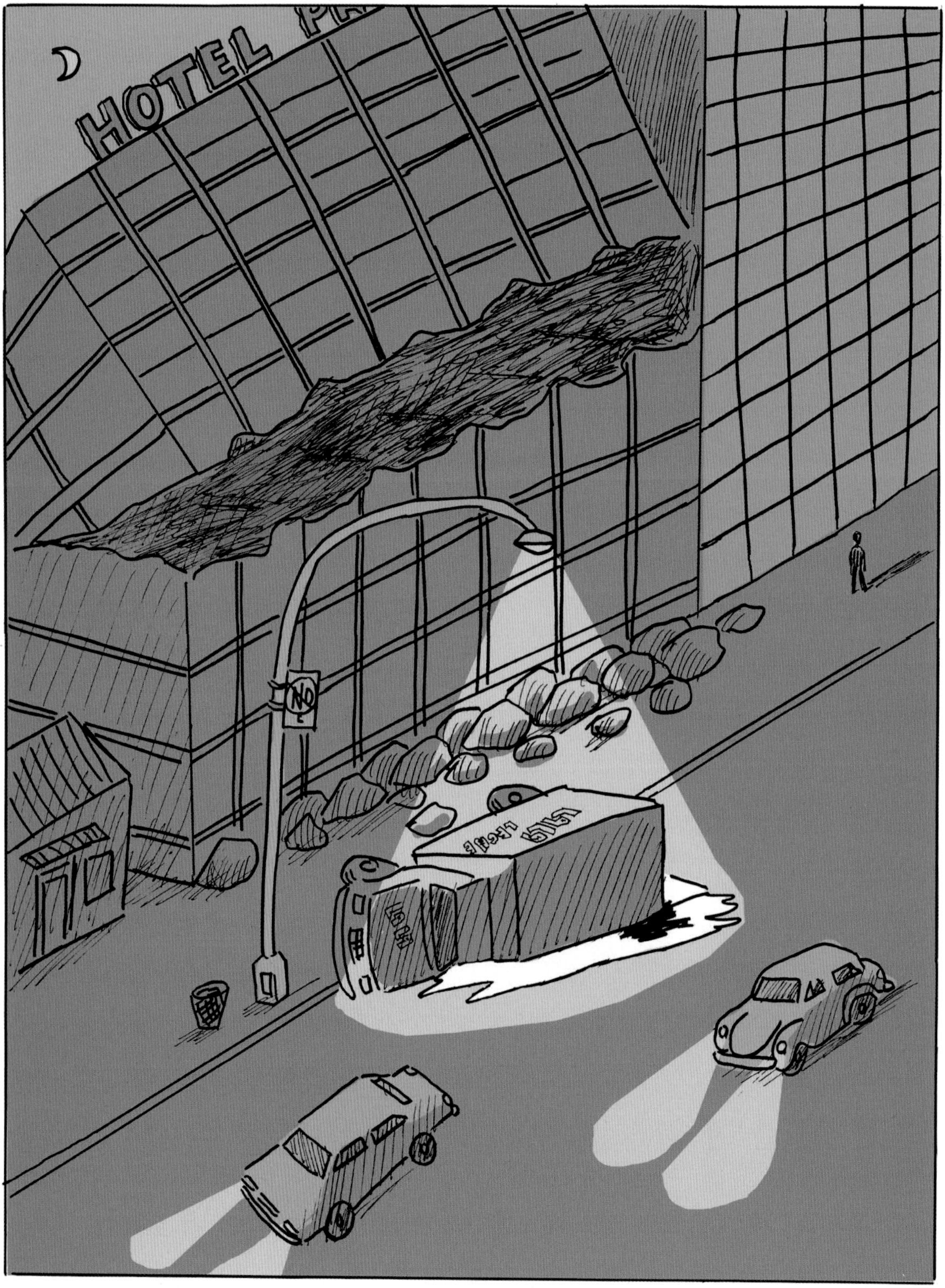
HOTEL
NO

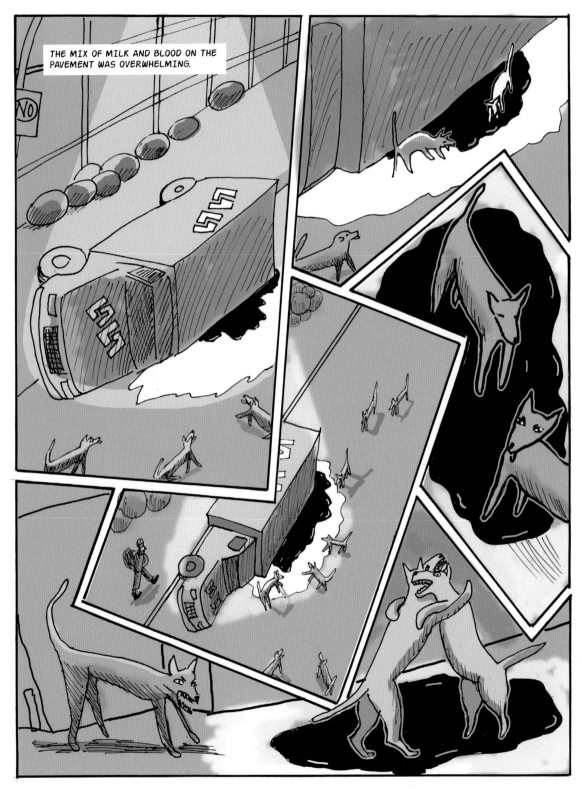

THE MIX OF MILK AND BLOOD ON THE PAVEMENT WAS OVERWHELMING.

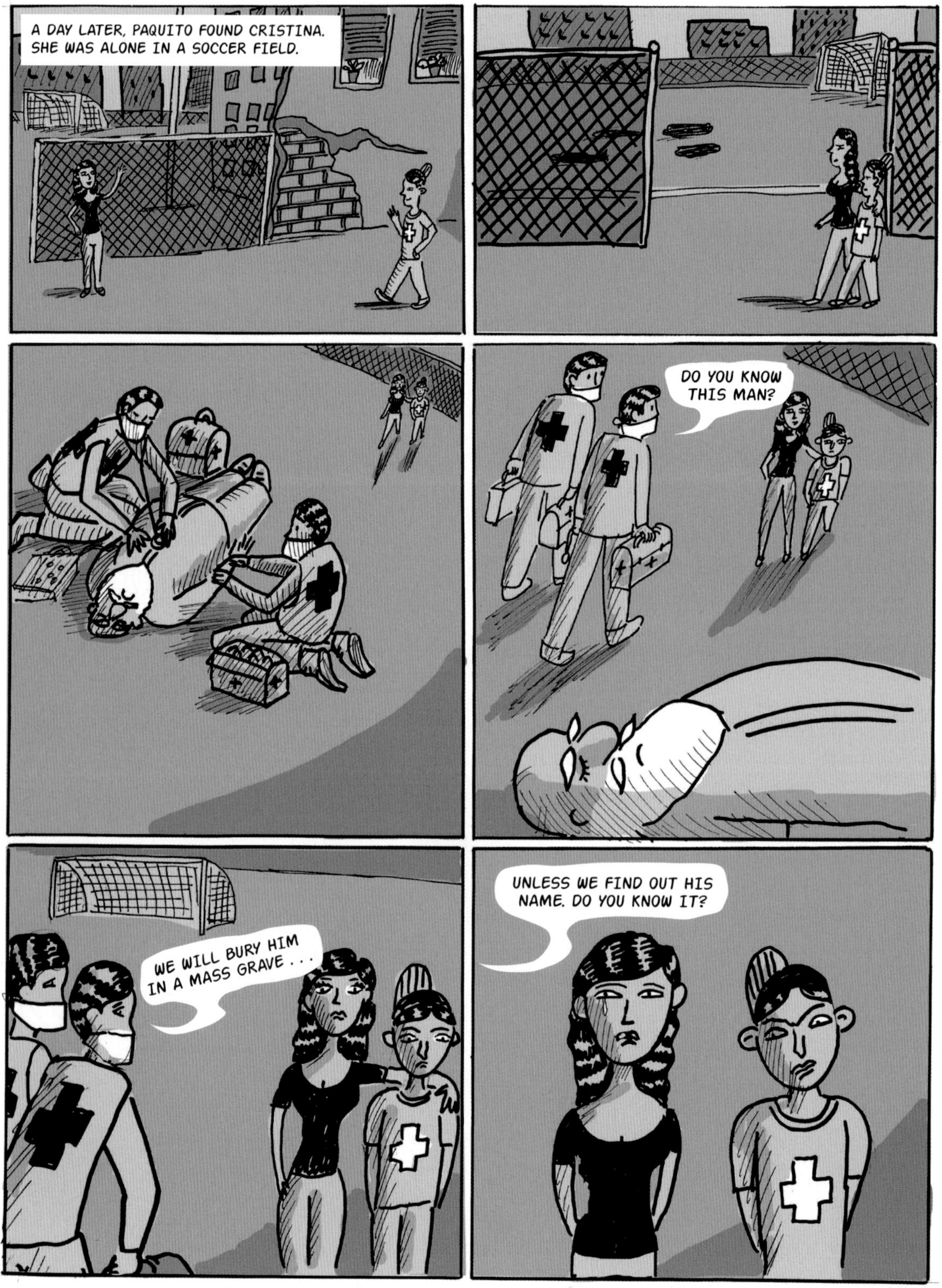
A DAY LATER, PAQUITO FOUND CRISTINA. SHE WAS ALONE IN A SOCCER FIELD.
DO YOU KNOW THIS MAN?
WE WILL BURY HIM IN A MASS GRAVE . . .
UNLESS WE FIND OUT HIS NAME. DO YOU KNOW IT?

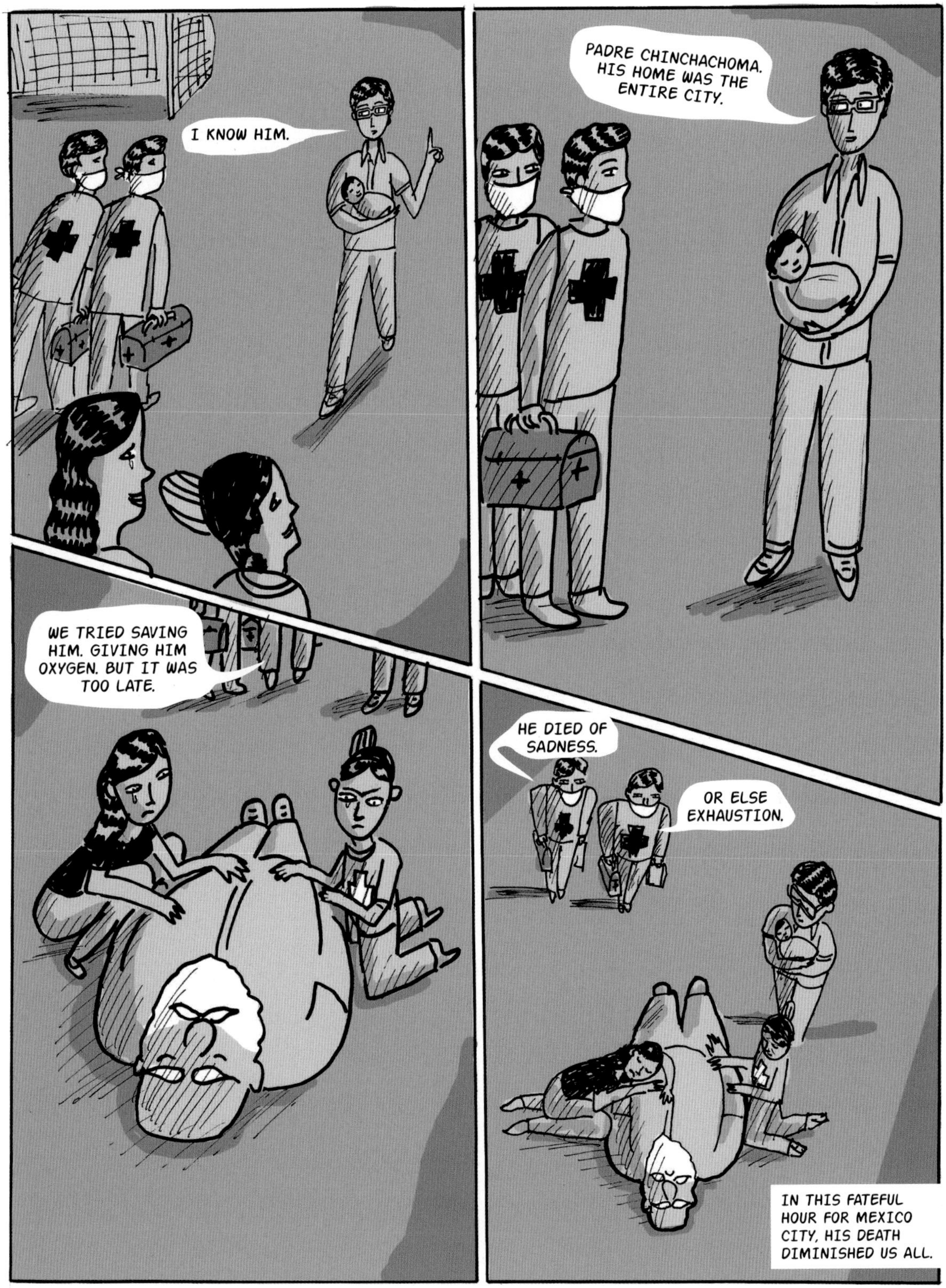
I KNOW HIM.
PADRE CHINCHACHOMA. HIS HOME WAS THE ENTIRE CITY.
WE TRIED SAVING HIM. GIVING HIM OXYGEN. BUT IT WAS TOO LATE.
HE DIED OF SADNESS.
OR ELSE EXHAUSTION.
IN THIS FATEFUL HOUR FOR MEXICO CITY, HIS DEATH DIMINISHED US ALL.

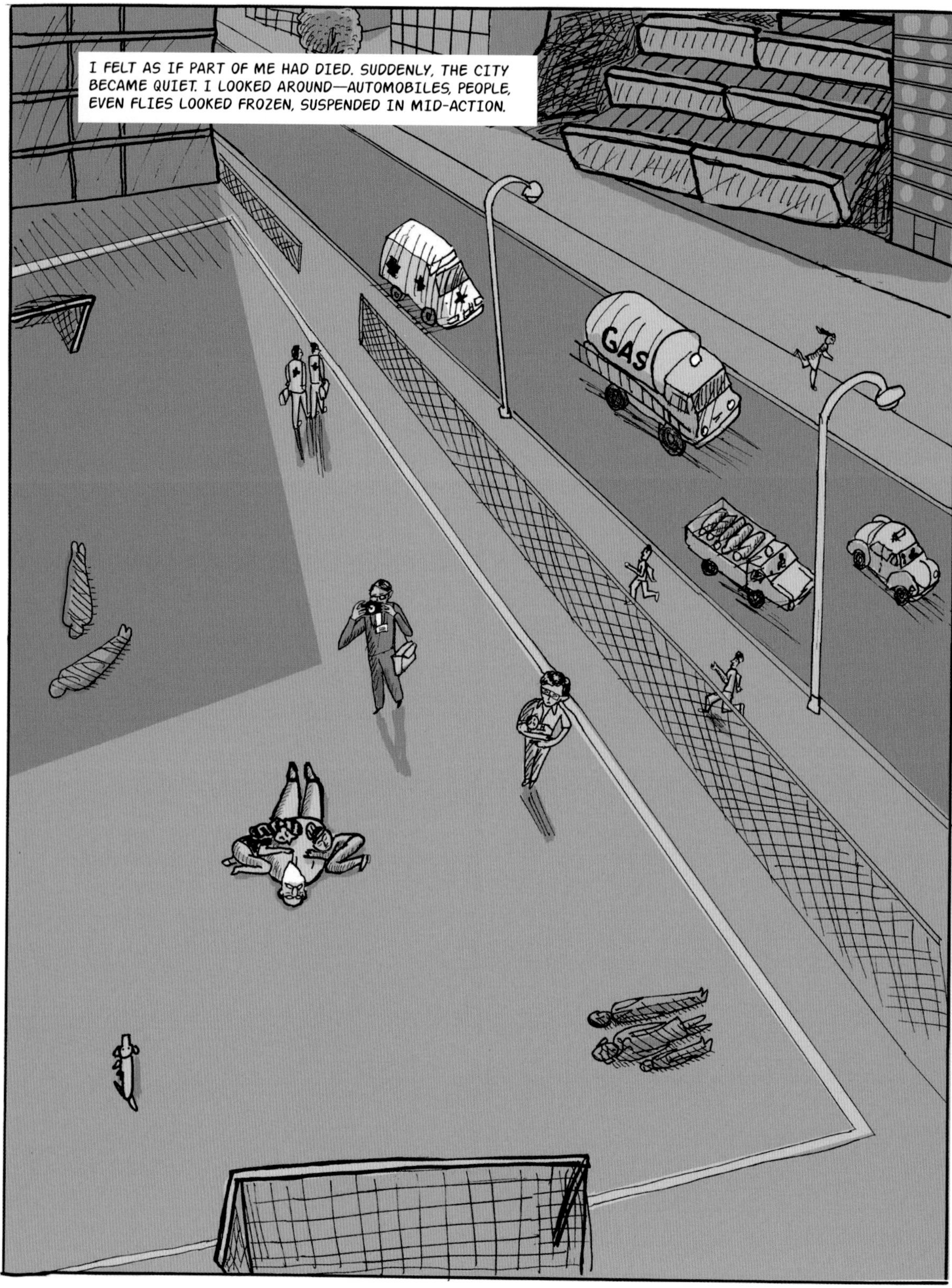
I FELT AS IF PART OF ME HAD DIED. SUDDENLY, THE CITY BECAME QUIET. I LOOKED AROUND—AUTOMOBILES, PEOPLE, EVEN FLIES LOOKED FROZEN, SUSPENDED IN MID-ACTION.
GAS

Muere Padre

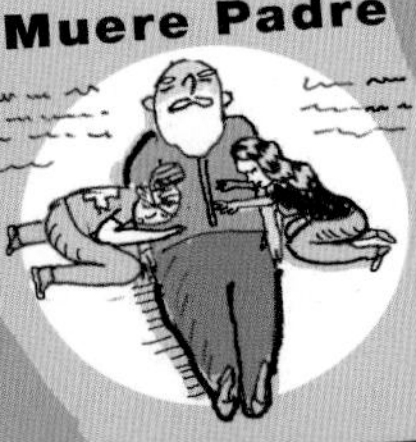

ADIÓS! México

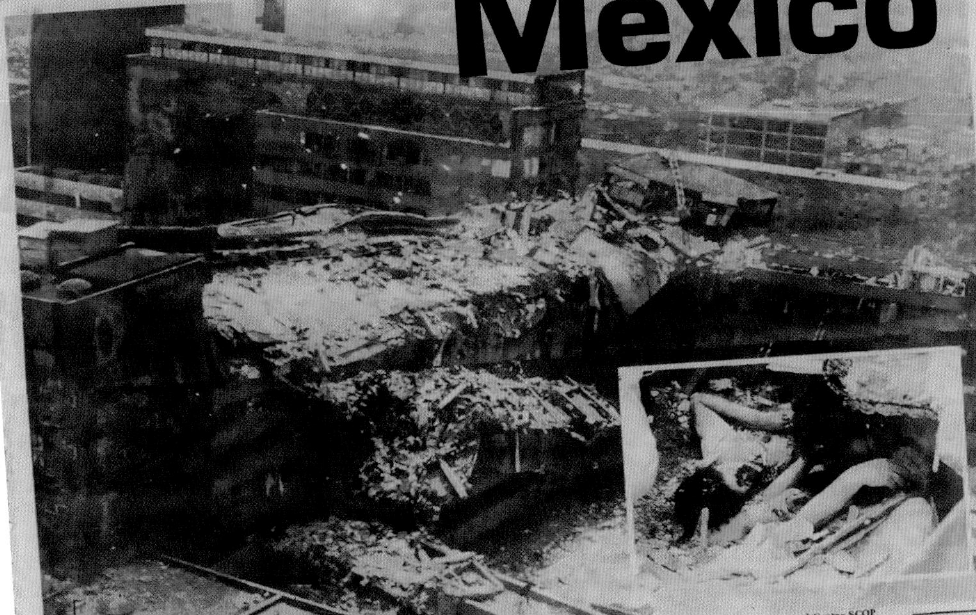

Severos daños causó el sismo al Centro SCOP en Eje Central Lázaro Cárdenas y Xola. Así como a otros edificios de la ciudad en algunos de los cuales se produjeron, desgraciadamente, víctimas humanas como en Santa María la Rivera en donde una joven madre encontró la muerte, junto con sus dos pequeños hijos. En un desesperado intento trató de protegerlos y los tres perecieron.

2a Oraciones
méxico, d. f., jueves 19 de sept. de 1985
año xxix
núm. 7143
director general: lic. fernando gonzález parra
CUARENTA PESOS

Desesperación e Impotencia en un Horrible Despertar

La Muerte Sembró el Terror

Por Angel MADRID VALDERRABANO

Impotencia, desesperación y muerte vivieron millones de aterrorizados capitalinos que vieron derrumbarse gran parte de su ciudad de México, cuando un pavoroso temblor de la escala 8 de Mercalli, se abatió sobre su endeble infraestructura.

Con ojos desorbitados y sin poder encontrar un sitio donde ocultarse, la gente gritaba en demanda de clemencia y elevaba oraciones al cielo en busca de protección divina, cuando dentro de sus hogares, camino a la escuela o centros de trabajo, fueron

(Pasa a la Página 8)

Como Castillos de Arena se Derrumbaron

Por Victor SANCHEZ BAÑOS

Horrible despertar. Como auténticos castillos de arena, decenas de edificios se desplomaron. Desde la perspectiva de un helicóptero en vuelo sobre el Centro de la Ciudad, parecía que había sido bombardeada.

El pavoroso temblor sumió a la zona metropolitana en una inmensa nube de polvo y humo. Ulular de sirenas de ambulancias, el paso precipitado de por lo menos doscientos camiones con elementos del Ejército y la Armada de México, enmarcaban el tétrico panorama.

(Pasa a la Página 8)

Nadie Acudió a sus Gritos

Los gritos fueron, primeramente, fuertes, vigorosos. "Manuel... Manuel..." No hubo respuesta.

El edificio de Londres 14, junto a la biblioteca Benjamin Franklin, estaba derruido. Las tres torretas encima de la azotea, aparentemente sólo de ornato, se habían caído sobre el edificio, propiamente dicho y habían afectado al último piso del edificio de junto.

Los gritos comenzaron a ahogarse en una angustia contagiosa. "Manuel... Manuel..."

La calle llena de curiosos. Algunos con deseos de ser útiles. Otros por

(Pasa a la Página 8)

Suspensión de Clases en la UNAM y la SEP

La Universidad Nacional Autónoma de México suspendió sus clases por el día de hoy y mañana debido a los trágicos acontecimientos registrados por la mañana. Asimismo, se han implementado una serie de medidas para brindar ayuda a los damnificados en los centros hospitalarios.

(Pasa a la Página 8)

Pánico en el Metro

Escenas de pánico, temor e histeria se vivió entre los pasajeros que, a las 7:19 horas viajaban en el Sistema de Transporte Colectivo (Metro) al paralizarse automáticamente el servicio como consecuencia del temblor.

Automáticamente los convoyes quedaron sin control en los momentos en que transcurría el movimiento telúrico de 8.0

(Pasa a la Página 8)

Recorre el Presidente Amplia Zona Devastada

Por Víctor SANCHEZ BAÑOS

"¡Dios mío!", fue la exclamación que en voz baja hizo el Presidente Miguel de la Madrid, cuando inició su recorrido por la zona devastada del centro de la ciudad, por este terremoto.

El líder del Ejecutivo Federal, desde las ocho ho

(Pasa a la Página 8)

Surgió la Rapiña; el Ejército Vigila

Por Dhora PETATAN GARCIA

Como siempre ocurre en las mayores tragedias de la humanidad, las aves de rapiña surgieron hoy en los puntos más afectados por el sismo más fuerte y prolongado de los últimos años que azotó a la ciudad de México y sin importarles la desgracia entraron a los hogares destruidos a robar todo lo que se encontraba

Trabajan al Máximo los Hospitales y Sanatorios

Por José Luis ARENAS y Armando TELLEZ FLORES

Todos los hospitales, sanatorios, y clínicas en el Valle de México, tanto del D. F., zona metropolitana trabajan a su máximo para atender a millares de heridos, quienes sufrieron machacamientos corporales y mutilaciones en diversas partes del cuerpo, a causa del movimiento telúrico, considerado ya como el siniestro más gigantesco de que se tenga memoria en esta urbe de 17 millones de habitantes.

Asimismo fue insuficiente el número de ambulancias para el traslado de

(Pasa a la Página 8)

Licencia Indefinida a Ornelas

En círculos políticos chihuahuenses hay desconcierto en la solicitud de permiso que presentó ante la Comisión Permanente del Congreso de esa entidad, el gobernador Oscar Ornelas.

Sin embargo, representantes de los partidos de oposición en la entidad, coincidieron en afirmar que se trató de presiones del centro de la República, así

Decenas de Edificios Dañados

Decenas de edificios comerciales y habitacionales, hoteles, tiendas de comercios, casas, obras en construcción, vecindades e inmuebles coloniales del centro de la ciudad se desplomaron hoy en la mañana en el peor desastre ocurrido en muchos años aquí, al registrarse un fuerte temblor con características

Datos Técnicos del Sismológico de Tacubaya

Oficialmente el Sismológico de Tacubaya informó que el temblor se registró a las 7 horas con 19 minutos en una escala de 6.8 grados Richter. El epicentro fue localizado a 16.5 grados latitud norte y 103.0 latitud oeste a 350 kilómetros al suroeste de Acapulco, costas de Michoacán y Guerrero. AQUI EN LA CIUDAD DE MEXICO EL TEMBLOR SE SINTIO CON UNA INTENSIDAD DE 8 GRADOS EN LA ESCALA DE MERCALI Y TUVO UNA DURACION DE 5 MINUTOS Y CON MENOR INTENSIDAD 2.

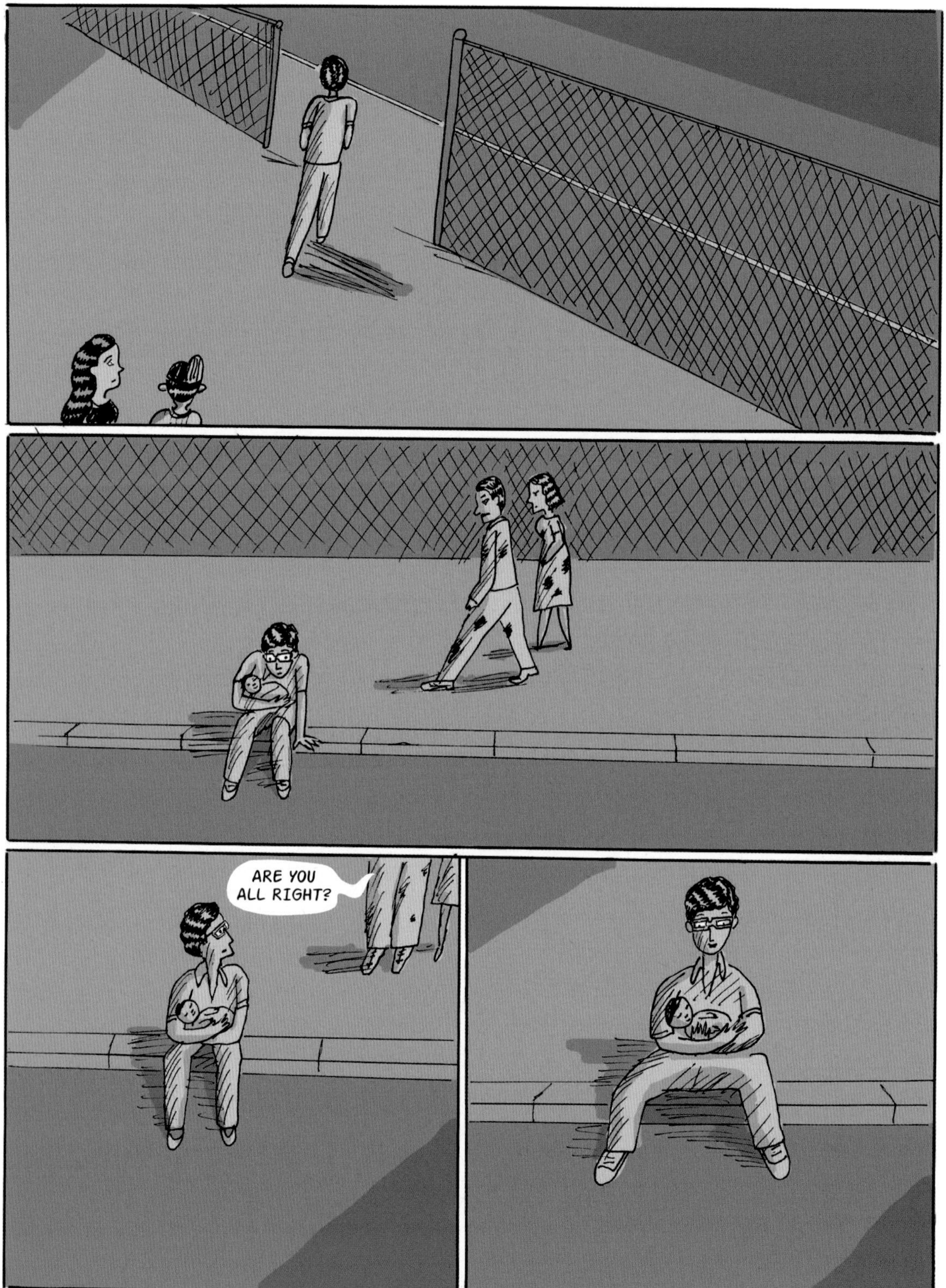
ARE YOU ALL RIGHT?

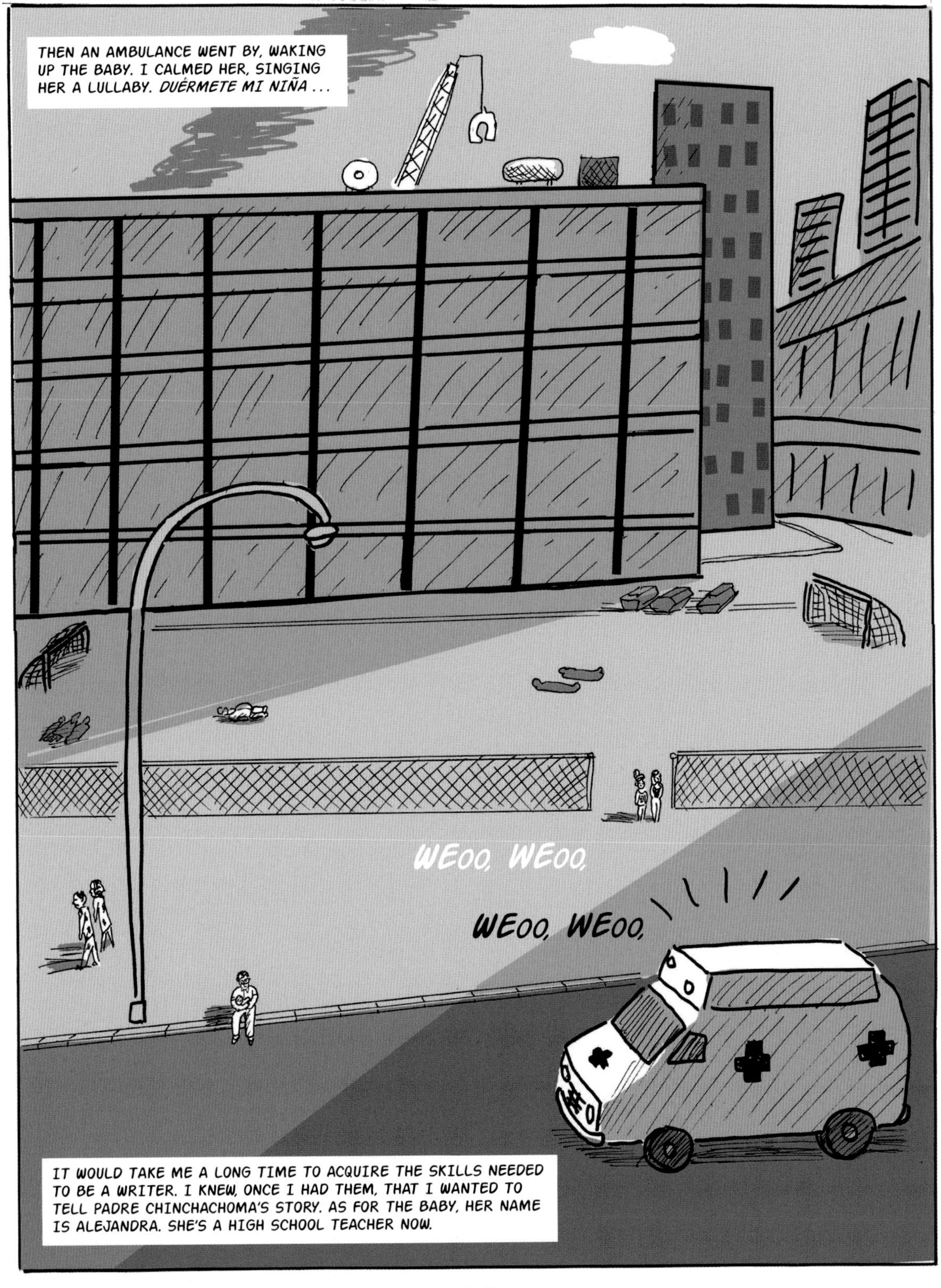
THEN AN AMBULANCE WENT BY, WAKING UP THE BABY. I CALMED HER, SINGING HER A LULLABY. *DUÉRMETE MI NIÑA . . .*
WEOO, WEOO,
WEOO, WEOO,
IT WOULD TAKE ME A LONG TIME TO ACQUIRE THE SKILLS NEEDED TO BE A WRITER. I KNEW, ONCE I HAD THEM, THAT I WANTED TO TELL PADRE CHINCHACHOMA'S STORY. AS FOR THE BABY, HER NAME IS ALEJANDRA. SHE'S A HIGH SCHOOL TEACHER NOW.

LÁTINOGRÁPHIX

FREDERICK LUIS ALDAMA, SERIES EDITOR

This new series showcases trade graphic and comic books—graphic novels, memoir, nonfiction, and more—by Latinx writers and artists. The series aims to be rich and complex, bringing on projects with any balance of text and visual narrative, from larger graphic narratives to collections of vignettes or serial comics, in color and black and white, both fiction and nonfiction. Projects in the series take up themes of all kinds, exploring topics from immigration to family, education to identity. The series provides a place for exploration and boundary pushing and celebrates hybridity, experimentation, and creativity. Projects are produced with quality and care and exemplify the full breadth of creative visual work being created by today's Latinx artists.

Angelitos: A Graphic Novel
   Ilan Stavans and Santiago Cohen

Diary of a Reluctant Dreamer: Undocumented Vignettes from a Pre-American Life
   Alberto Ledesma